CARAMBAIA

ilimitada

Jesmyn Ward

A descida –
Um romance

Tradução
NINA RIZZI

Posfácio
RONALDO VITOR DA SILVA

Este livro é para Brandon, que me viu e me amou, quando eu mesma não conseguia me ver ou me amar, e para Joshua, o primeiro a me mostrar que o amor é um elo vivo com os mortos.

Quando a venderam, sua mãe desmaiou ou caiu morta, ela nunca soube ao certo. Ela queria ir vê-la deitada no chão e o homem que a comprou não deixou. Ele simplesmente a empurrou. Afastou-a como gado, eu imagino… Foi a última vez que ela viu um de seus pais.

– Will Ann Rogers, em entrevista para o projeto
Nascidos na escravidão: depoimentos norte-americanos

Havia um navio,
o Henrietta Marie,
batia contra a água furiosa,
e havia algemas
e a mulher no convés
suas pernas se abrindo com o silvo de um grito.
… e eu também estava lá,
desfraldando com todos eles…

– Nikky Finney,
"Shark Bite", de *The World is Round: Poems*

… Querido rio cantando cheio
Do meu sangue, somos tão barulhentos debaixo
D'água? É o sangue que une
Irmãos? Ou é o Mississippi
Correndo pela veia mais gorda
Da América?

– Jericho Brown,
trecho de "Langston's Blues", de *The New Testament*

Capítulo I:
As mãos afiadas da mamãe

A primeira arma que segurei foi a mão da minha mãe. Eu era uma criança pequena, de barriga inchada. Naquela noite, minha mãe me acordou e me levou para a floresta da Carolina, bem no meio das árvores murmurantes, negras com o anoitecer. Os ossos dos seus dedos: lâminas embainhadas, mas àquela altura eu ainda não sabia disso. Caminhamos até chegar a uma pequena clareira em volta de uma árvore queimada por um raio, longe da casa creme do meu senhor e progenitor, que fica além dos campos de arroz. Longe do meu senhor, que é tão branco quanto minha mãe é preta. Longe desse homem que diz ser nosso dono, desse homem que leva minha mãe até um canto escuro na penumbra da cozinha dele, onde ela passa a maior parte do tempo trabalhando para alimentar a ele e suas duas filhas barrigudas e leitosas. Eu tinha ossos de passarinho, a cabeça roçava no ombro da minha mãe. Naquela noite, há muito tempo, minha mãe se ajoelhou nas raízes rompidas da árvore e desenterrou dois galhos longos e finos: um com a ponta esculpida como uma lança, o outro ondulado como uma cobra, talhado desajeitadamente.

“Pegue isso”, disse minha mãe, jogando o galho torto para mim. “Eu cortei quando era pequena.”

Não consegui, o cajado retorcido caiu no chão. Eu o peguei e o segurei com tanta força que os nós entalhados se abriram, e então minha mãe desceu em mim o seu próprio galho preto. Ela nunca tinha me batido antes, nem com as mãos nem com uma vara. A dor queimou um lado do meu ombro e depois atravessou o outro.

"Este aqui", ela grunhiu, a voz baixa sob o silvo de sua arma, "era da minha mãe". Sua vara era um chicote negro na noite. Caí. Rastejei para trás, lutando sob a vegetação rasteira que cercava aquela propriedade em ruínas à meia-noite. Minha mãe me perseguia. Falava em voz alta enquanto me caçava no mato. Ela me contou uma história: "Este é nosso segredo. Meu e seu. Ninguém pode roubar isso de nós". Eu mal respirava, me agachando ainda mais. O vento circulava e espiava através das árvores.

"Você é neta de uma mulher guerreira. Ela era casada com o rei Fon, dada pelo próprio pai, que tinha muitas filhas e era rico. O rei tinha centenas de esposas-guerreiras. Elas o protegiam, caçavam e lutavam por ele." Ela chacoalhou o arbusto acima de mim. "As esposas-guerreiras eram casadas com o rei, mas a faca era o marido delas, elas amavam o cutelo. Você é minha filha, filha da minha mãe. Minha mãe, a lutadora, o nome dela era Azagueni, mas eu a chamava de Mama Aza."

Minha mãe largou a lança e ficou com as palmas das mãos abertas. Elas reluziam prateadas. "Venha, Annis. Sai daí que eu vou te ensinar." Comecei a rastejar para a frente, ainda sentindo o ardume dos golpes. "Não se esqueça do seu cajado", disse ela. Recuei antes de me arrastar para cima e para fora, onde fiquei na ponta dos pés, um pé na frente do outro, pronta para correr. Esperando que ela me batesse novamente. "Bom", ela disse, olhando para os meus pés, minha dança oscilante. "Bom."

Cresci daquela noite para esta. Sou alta o bastante para olhar para a cabeça da minha mãe, seus ombros escuros, lindos e redondos como as maçanetas que costumo polir na casa do meu senhor. Minha mãe tem alguns cabelos grisalhos, mas seus dedos ainda são firmes como adagas, e ela ainda é aprumada, esbelta e ereta na escuridão da lua cheia. Costumamos vir para cá, para a nossa clareira secreta com a árvore queimada no centro, algumas noites por mês, quando a lua cheia brilha e não precisamos de fogo. Minha mãe inspeciona minhas mãos, pressionando cada calo, massageando as palmas. Posso ser maior e mais robusta do que ela agora, mas permaneço imóvel como a criança desdentada que fui, e me deleito com seu toque, desdobrado em sua ternura.

"Seus dedos longos." Minha mãe bate no centro da palma da minha mão e meus dedos se fecham rapidamente. "Você pratica com meu cajado esta noite."

"Aqui", diz minha mãe, desenterrando a arma que Mama Aza deixou para ela. Passa o punho pelo galho longo e fino, manchado de preto e quente pelo óleo das suas mãos, e das mãos de Mama Aza, antes dela. Mama Aza ensinou minha mãe a lutar com isso, determinada a transmitir esse conhecimento ensinado a ela pelas esposas-irmãs do outro lado do grande oceano.

Mamãe joga a arma para mim e pega seu cajado de infância, irregular como um raio. Eu suo, o medo sobe pelas minhas axilas. Meu coração bate nos ouvidos. Mamãe chicoteia sua lança e começamos a lutar: a cada giro, cada golpe, cada facada, minha mãe se torna mais fogo, menos ela mesma – mais chama líquida, que consome. Não gosto, mas depois não tenho tempo para gostar, porque tenho que desviar, bloquear, socar. O mundo se transforma em uma chicotada, um zumbido, e nós giramos junto.

Quando voltamos para a cabana que dividimos com outra família, Nan e seus dois filhos mais velhos estão dormindo. Os dois mais novos de Nan estão acordados e não param de chorar. Eles se aninham nos cobertores, com a respiração ofegante de tanto soluçar, enquanto a mãe e os irmãos cochilam. Nan sempre desviou seu amor pelos quatro filhos. Ela o reduz a um fio, a uma suavidade ocasional em suas ordens: *fique quieto, sossegue, não chore*, e os demais cuidados consistem em tapas e punhos cerrados. Ela não vai amar o que não pode manter. Minha mãe estende a mão para mim, e eu agarro sua mão enquanto nos acomodamos na cama, antes que ela adormeça. Mamãe sempre foi uma mulher que esconde um coração terno: uma mulher que me conta histórias sussurrando como o farfalhar das folhas, uma mulher que arde como uma lanterna de enxofre enquanto me conduz pelas trevas do mundo, uma mulher que me dá um presente quando, uma vez por mês, se desembainha ao me ensinar a lutar.

Na manhã seguinte, minha mãe me acorda antes do sol; ela cheira a feno, magnólia e carne de caça fresca do labor da meia-noite de ontem. Estou exausta. Quero rolar no nosso cobertor, puxá-lo sobre a cabeça e dormir mais, mas mamãe passa a mão firme pelas minhas costas.

"Annis, minha filha. Acorde."

Visto minhas roupas, enfio a blusa dentro da saia enquanto caminhamos em direção à casa do meu senhor. Não consigo evitar o mau humor que dobra meus joelhos, arrastando meus passos. Minha mãe caminha um pouco à frente e eu reprimo meu ressentimento. Mamãe está quase correndo: tem que ir até o forno, precisa acender e atiçar o fogo lá dentro, aquecê-lo para poder fazer a refeição da manhã. Sei que ela recebeu ordens de ir para a casa assim como eu, com tudo o que tenho para juntar, entregar e limpar para ela, para ajudá-la esta manhã, mas estou mal-humorada e cansada até que minha mãe começa a mancar, um pequeno fisgar em sua caminhada. A noite passada também dói nela. Corro em sua direção, deslizo minha mão pela dobra do seu cotovelo e esfrego seu braço. Observo a suavidade da sua orelha, seu cabelo trançado.

"Mamãe?"

"Às vezes eu queria alguma coisa doce", ela respira, batendo os dedos nos meus. "Você também?"

"Não", respondo. "Eu quero sal."

"Mama Aza sempre disse que não era bom querer doces. Eu os caçava e comia tanto que minhas mãos ficavam manchadas de vermelho e azul." Mamãe suspira. "Agora só consigo pensar em comer um pouco de doce."

A casa do meu senhor é enorme, com o interior marcado por rangidos. Minha mãe se inclina no fogão. Pego lenha, carrego água e subo as escadas, espiando os quartos das filhas do meu senhor. Elas são minhas meias-irmãs; eu sei disso desde que minha mãe me ensinou a lutar, mas a inveja e a repugnância ainda tomam conta de mim todas as manhãs quando cuido delas. Dormem de boca aberta, o rosa rajado nas bochechas, as pálpebras se contorcendo como peixes nadando em águas rasas. Os cabelos ruivos emaranhados em fios amarrados. Elas dormem até que o pai acorde as duas com batidas na porta, muito depois do primeiro rubor do amanhecer. Reprimo meus sentimentos, fechando a cara.

Meu senhor está na sua escrivaninha, de roupão, escrevendo. O quarto está abafado de fumaça fria e suor velho.

"Annis", ele diz, acenando com a cabeça.

"Senhor", eu respondo.

Espero que seus olhos passem direto por mim como acontece todas as manhãs, como água sobre uma pedra lisa. Mas seu olhar se fixa em mim, direto, e depois me segue pelo quarto enquanto eu encho a pia, recolho suas roupas, pego seu penico. Ele me avalia da mesma forma que estuda seus cavalos, a atenção tão segura e próxima quanto o toque em um pescoço com a crina longa, um quadril musculoso, um dorso arqueado e desgastado pela sela. Mantenho os olhos nas minhas mãos, e só quando desço as escadas é que percebo que elas estão tremendo, a sujeira dele se agita no penico.

Tenho o cuidado de me esconder do olhar dele. É algo que sempre soube fazer: manter a boca fechada. À medida que o dia avança, ando na ponta dos pés pelos corredores amplos e escuros da casa do meu senhor. Manipulo baldes e bacias com suavidade e amorteço o metal no chão com um toque. Fico muito quieta, logo depois da entrada da sala de aula das minhas irmãs pálidas, e ouço o tutor ler para elas do outro lado da porta.

As histórias que ouço não são as histórias da minha mãe: têm um ritmo diferente, um canto diferente que se instala no meu peito e estremece como uma faca vibrando na carne golpeada. Essas meninas, irmãs pálidas, leem os textos que o tutor orienta, gregos antigos que escrevem sobre animais e trabalho, vespas e abelhas, e eu ouço: "*As abelhas parecem ter prazer em ouvir um barulho de chocalho; e, consequentemente, os homens dizem que podem reuni-las em uma colmeia batendo em louças ou pedras*". A voz da irmã mais nova se transforma em um murmúrio e o tom sobe. "*Expulsam da colmeia todas as preguiçosas e desocupadas. Como já foi dito, elas diferenciam o seu trabalho; algumas fazem cera, algumas fazem mel, algumas fazem pão de abelha, algumas modelam e moldam favos, algumas trazem água para as células e misturam com o mel...*" Respiro nos salões de pinho e repito as palavras mais potentes: *cera, mel, pão de abelha, favos.*

"Aristóteles refere-se às líderes das colmeias como reis", diz o tutor, "mas os cientistas descobriram que são mulheres: na verdade, rainhas. Na Grécia antiga, os sacerdotes de Ártemis eram conhecidos como 'abelhas-reis'. As abelhas também foram creditadas por terem dado o dom da profecia ao seu irmão Apolo". O tutor dá uma risada seca. "Esta é uma superstição blasfema. No entanto, o conselho de Aristóteles para aqueles que trabalham e para os frutos desse trabalho é válido: deixe uma colmeia com muito mel e um apicultor encorajará a preguiça", diz ele, com a voz alta e suave, quase tão suave quanto a das minhas inseguras irmãs. Eu sei que ele está falando sobre abelhas, mas não – ele está usando as abelhas e o grego antigo para falar sobre todos nós que trabalhamos. Sei que ele está falando sobre minha mãe que faz biscoitos e ensopados no fogão da cozinha anexa, sobre Cleo, sua filha Safi e eu, que arrumamos quartos, tiramos a poeira de vestuários, limpamos o chão até que brilhe como verniz.

Desço a escadaria correndo até minha mãe, que me lê tão rapidamente quanto o tutor lê aquelas passagens.

"Você está ouvindo de novo?", ela pergunta.

Eu balanço a cabeça dizendo sim.

"Tenha cuidado", ela sussurra, e então bate a colher em uma panela preta. A cozinha está repleta de carne salgada. "Ele não acharia nada bom saber disso."

"Eu sei", respondo. Quero dizer mais. Quero dizer que invejo as filhas gêmeas do meu senhor, seus ombros macios, seus cabelos claros e finos como fios de seda de aranha, suas aulas, seus lençóis, seus vestidos cor de creme finos como papel. Quero dizer que, quando escuto atrás da porta delas, estou pegando uma coisa para mim, uma coisa que nenhuma delas daria. Repito mentalmente as palavras do tutor, tentando não me sentir culpada pela expressão preocupada da minha mãe, pela maneira como sua ansiedade a faz enfiar a colher na panela. *Cera, mel, pão de abelha, favos.* Como me desculpar por querer alguma palavra, alguma história, alguma coisa bonita para mim?

"Desculpe, mamãe", digo enquanto saio para pegar mais lenha.

Uma abelha solitária serpenteia pela horta: rechonchuda, listrada de preto, linda. Ela pousa no meu ombro, macia como a ponta de um dedo, e fico pensando que mensagem ela traz, de que mundos espirituais. Elas são *rainhas*, disse o tutor. Quando a abelha sobe e desaparece em uma flor de abóbora amarela ondulante, o vento sopra através das árvores, e por um momento penso que ouço um eco descendo pelos galhos: *Rainhas*.

Quando preparo a cama do meu senhor, ele observa ao lado da lareira fria. Normalmente, ele fica lá embaixo, tomando bebidas cor de âmbar e recebendo a visita de outros fazendeiros, todos com coletes bem abotoados e conversas sussurradas e pontuadas por arrogância. Esta noite, ele está sentado em uma poltrona estofada, parte do dote da sua falecida esposa. No jantar, reclamou de febre e congestão e pediu um remédio para minha mãe: uma mistura de cogumelos e ervas. Foi isso que coloquei diante dele numa xícara de cerâmica. Ele segura a xícara com dois dedos, as pernas estiradas bem à frente, as botas cobertas de lama da primavera. Os olhos dele brilham com a luz das velas, e eu observo minhas mãos: alisando, esfregando, dobrando. Vou fazer as coisas mais rápido e me apressar para poder sair deste quarto e entrar na noite enluarada.

"Você é mais alta que sua mãe", diz ele. Enquanto a voz do tutor é alta e ofegante, a voz do meu senhor é profunda e áspera. Não consigo evitar o susto, deixando cair sua colcha. "Venha aqui", ele diz. "Tire minhas botas."

Nunca fiz isso antes. Afasto-me da cama e olho para meus sapatos surrados, tão gastos dos lados que dá para ver os dedos dos pés. Não consigo me mexer.

"Você me ouviu", ele diz. Seu cabelo ruivo brilha. Não é uma pergunta.

Minha mãe me contou a história de como meu pai a violou. De como ele a encontrou, sozinha em um dos corredores superiores da casa, do lado de fora de um quarto vazio. Como ele a empurrou para dentro daquele quarto vazio e a jogou no chão. Como ele esfolou as partes mais delicadas dela. Como ele a estuprou daquela vez, e depois outra vez no rio, e outra, e outra, até que ela parou de contar e ficou grávida de mim. Anos depois, ele se casou com a mulher branca, de cabelos amarelos e pulsos finos, que mais tarde morreria no parto das gêmeas.

Ao me ajoelhar aos seus pés, me pergunto se minha mãe sentia o coração bater tão depressa como o de um coelho encolhido em um campo ao anoitecer, fugindo da sombra do falcão. Puxo os cadarços, ficando o mais longe que posso dele, o suficiente apenas para alcançar seus pés. Meus braços queimam pelo modo desajeitado como me ajoelho, mas desamarro e tiro as botas dele o mais rápido que posso. As meias cheiram a queijo apodrecido. Ele levanta um braço, faz como se estivesse espalmando minha cabeça, agarrando meu cabelo, me puxando para seu colo, mas eu me levanto, me afasto e saio pela porta antes que ele possa tocar em um cacho.

Mesmo assim, vejo como ele parece deter-se na minha boca, na minha cabeleira, que cai densa e brilhante, tão resistente às tranças, e reflete o próprio brilho acobreado nos fios.

Eu rasparia tudo, cada fiozinho.

A gema da lua está alta no céu quando minha mãe me acorda e nos esgueiramos para fora da cabana, para longe de Nan e de seus filhos, que rangem os dentes e falam enquanto dormem. Caminhamos descalças até a clareira, fazendo o mínimo de barulho possível, pisando com cuidado na ponta dos pés em trechos de terra batida. Varro as pegadas que deixamos com um galho de árvore que minha mãe tira de um pinheiro. Desde que tenho idade suficiente para lembrar, minha mãe me pede para contar a ela. *Me conta*, ela sempre diz, *se alguém te tocar*. Foi o que ela disse na primeira vez que me contou a história de como meu senhor a perseguiu e violou. *Por favor, Annis*, ela disse. Quero contar para ela sobre meu senhor antes de treinarmos, mas ela desenterra a lança e o cajado tão rapidamente, jogando-os no ar prateado, que não consigo fazer mais do que balançar o cajado para bloquear o dela, e então zumbimos repetidamente, estremecendo até parar e voltar ao ataque. A cada bloqueio, a cada golpe, a cada soco, há uma espiral em meu peito, que se enrola mais e mais até começar a queimar. *Qual é o objetivo disso?* Fico me perguntando. Qual é o sentido, se não posso me valer desse treinamento?

A lua cresce e estou esgotada, a fúria de nossa luta deixando para trás apenas uma ponta de ressentimento. Eu bato nela e tento esquecer.

"Qual era o nome da mãe de Aza?", eu pergunto.

Mamãe me manda girar e eu me esquivo em defesa e acerto sua barriga.

"Não sei. Mama Aza nunca me contou. Digamos que, quando o pai dela a levou para ofertá-la como esposa ao rei, sua mãe os seguiu pela manhã. Seguiu por quilômetros até que o pai parou e começou a discutir com a esposa, dizendo que era uma honra para a Mama Aza servir, que ela seria alimentada, vestida e reverenciada: a esposa de um rei. Digamos que a mãe dela pegou seu rosto entre as mãos e a beijou nas bochechas e na testa, tentou sussurrar algo, mas não conseguiu falar por causa do choro." Mamãe empurrou meu cotovelo para baixo. "Mama Aza disse que quando ela e o pai chegaram a Daomé, onde mora o rei, a lança se tornou sua mãe. O alfanje, seu pai."

Mamãe franze a testa, o rosto enrugado como uma toalha de mesa.

"As esposas-guerreiras tinham servos. Mas todas as esposas também eram servas. Tinham que treinar e desfilar. Tinham que seguir as instruções do rei. E as guerreiras não podiam ter uma família, não podiam ter filhos. Era contra a lei do rei."

Paro, enfiando o cajado de mamãe na terra, enterramos com força usando os pés.

"Me conta sobre meu avô, por favor", peço, olhando para os dedos dos pés, nossos pés do mesmo formato. Mamãe para. Ela me contou essa história muitas vezes, a primeira quando eu ainda era menina, em uma das nossas primeiras aulas.

"Mama Aza amava um soldado que montava guarda fora das muralhas do castelo e o tomou como amante." Ela faz uma careta. "O rei a enviou para o litoral junto com o homem que a amava. Foram levados até os brancos, para a água que parece nunca ter fim. Os brancos a fizeram passar por uma porta na praia e depois a colocaram em um navio." Minha mãe estende a mão, aperta minha camisa e puxa antes de soltá-la. "Eles a roubaram, a compraram para trazer para cá." Ela puxa minha camisa novamente. "Por que você está perguntando?"

Encolho os ombros. O segundo dedo do pé dela é maior que o dedão. Meu segundo dedo do pé é maior que o dedão. Os sapatos sempre machucam nossos pés.

"Mama Aza conhecia o poder dos homens antes de chegar àquele barco. Quando o pai dela a levou para o palácio, o rei disse: eu a tomo por minha esposa, mas ela pega o cutelo, o arco, o machado. Mama Aza disse que havia centenas, centenas de esposas e um rei."

Mamãe ataca e eu bloqueio.

"Nenhum outro homem pode viver no palácio além do rei", disse mamãe.

Não havia ali nenhum outro homem com o poder de pesar e medir Mama Aza, de avaliá-la como meu pai fez comigo. Nenhum homem além do rei: corpulento, carregado de joias, bem-vestido. Talvez seu *tononu*, mestre da casa e eunuco, fosse seu confidente.

Fico pensando o que será que a família real viu na minha avó. Se vissem algo nela que falasse de poder, significaria que ela poderia suportar mais do que o próprio peso do corpo. Quando minha mãe conta as histórias de Mama Aza, eu a vejo em minha mente, esbelta e longilínea como minha mãe. Mas às vezes acho que estou enganada, que as mulheres reais olharam para Mama Aza e viram uma garota como eu: desengonçada, corpulenta, quadris largos. Talvez Mama Aza tivesse aprendido a esconder tão bem sua ferocidade que tudo o que as mulheres e o rei viam era uma garota magra com uma linha fina que corria da cabeça aos pés e que a deixava ereta, desafiadora.

Quando o rei designou Mama Aza como amazona, ela sentiu alívio? Alegria por saber que não era bonita o suficiente para ser uma das suas esposas genuínas? Que não teria que se submeter a ele, suportá-lo no corpo e depois entregar sangue, bebês e leite materno? Ela ficou feliz ao saber que aprenderia como satisfazer os outros desejos dele, de sangue e de saque? Que ela serviria o marido em batalha, caçando elefantes, com faca e lança? Que levaria para ele embrulhos que continham cabeças em vez de bebês? Ou será que a afligia o fato de estar amarrada por outra corda invisível, por ter de se render naquele palácio cheio de mulheres escravizadas por um homem?

"Não entendo por que Mama Aza não dizia qual era o nome da sua mãe, minha avó. Ela me ensinou que os ancestrais vêm se você os chamar. Que, se estiver com problemas, você reza e eles ajudam", mamãe diz, atacando novamente. Não consigo bloquear. "Talvez ela pensasse que a mãe deveria ter se esforçado mais para ficar junto dela, e então ainda carregava essa dor." Mamãe dá um soco e eu desvio. A noite é silenciosa de gente e barulhenta de insetos ao nosso redor. "Tem gente que acredita que as pessoas que morrem voltam se morrerem de um jeito ruim, uma morte tão terrível que faça o Grande Deus lhes virar a cara. Fon acreditava que os espíritos vêm até nós, não importa o porquê, não importa quando, se chamarmos. Você tem que atacar agora", diz mamãe. Eu avanço e ela bloqueia e ataca. Eu mal consigo derrubá-la. Estou respirando com mais dificuldade do que deveria. Mamãe dá um passo para trás e segura a lança, pronta. "Não pense em mim desse jeito, tá? Eu sempre estarei com você. Para além deste tempo, no próximo. Sempre." Ela se aproxima, tão perto que nossos joelhos quase se tocam, e enxuga meu rosto: meio carícia, meio batidinha. “Agora, por que você está perguntando de novo sobre a história de Mama Aza?”

Respondo à minha mãe, hesitante. As palavras se amontoam enquanto o pânico que senti naquele quarto sai de mim, tenho que fechar os olhos para falar, para contar a história.

“Ele estava”, eu digo.

Mamãe assente com a cabeça.

“Me observando como um cão de caça.”

Ela pisca.

“Os sapatos dele. Os pés dele.”

Ela se acomoda, quieta.

“Segurou minha cabeça”, continuo.

Quando fica triste, minha mãe aperta os lábios em uma dobra fina e vira a cabeça, o rosto parecendo uma cortina fechada; eu a vi assim pela primeira vez quando era crescida o bastante para subir no seu colo e ser segurada por ela, depois de cair enquanto corria e ganhar um longo corte na panturrilha. Quando está com raiva, minha mãe cruza os braços sobre a barriga, como se pudesse conter a fúria; eu vi quando meu senhor abraçou com força suas filhas, vestidas com seus melhores vestidos pretos, enquanto baixavam o caixão com sua esposa para o túmulo, e sabia que era porque ele tinha passado a semana anterior pegando todos os pratos que minha mãe colocava na mesa e os jogando no chão, na parede, no teto, por causa da sua dor. Minha mãe e eu passamos os dias de joelhos, esfregando sem parar. Minha mãe está segurando a barriga agora, sua lança no V do cotovelo.

“Por quê?”, pergunto. “Por que estamos fazendo isso se não podemos pôr em prática?” Deixo meu cajado cair.

Minha mãe fecha os olhos, põe a lança de lado e se agacha. Sento ao seu lado e deixo meu braço roçar o dela.

"Mama Aza me ensinou isso", mamãe diz, olhando para o céu escuro, com os braços ainda apertados em volta da barriga. "Era praticamente a única coisa que ela poderia me ensinar. Isso e colheita."

Esfrego o braço dela com um dedo, todos os nossos golpes fortes desapareceram dessa clareira.

"Esse lugar, essas pessoas, esse mundo", ela suspira, "era tudo novo para ela. Ela não sabia como se movimentar por ele. Não sabia a ordem das coisas. Poucos meses depois do navio, ela descobriu. Depois que ela me deu à luz, o velho feitor entrou na cabana e me reivindicou, eu ainda molhada de sangue do parto e chorando. Essa posse do nascimento até o túmulo, e assim por diante, através dos filhos – esse mundo a oprimiu".

Agarro a pele macia debaixo da axila da minha mãe, um dos poucos pedaços macios e gorduchos que ela tem.

"Este lugar a deixou horrorizada", sussurra mamãe. "Quando fiquei mais velha, pensei que sabia. Pensei que entendia o quanto este lugar era errado, mas não entendia." Mamãe aperta sua cintura. "Eu não entendi o quanto era errado até que você saiu gritando de dentro de mim."

Naquela parte, a pele da minha mãe é macia como barriga de porco, a pálida pelúcia dos intestinos.

"Ensinar o jeito de lutar de Mama Aza, suas histórias – é uma forma de relembrar outro mundo. Outra maneira de viver. Não era um mundo perfeito, mas não era tão errado quanto este."

Mamãe aperta meus dedos.

"É melhor não esquecermos", diz ela.

As árvores ondulam e chicoteiam as folhas acima de nós. A árvore em ruínas range.

"Você se lembra do primeiro feito de Mama Aza como esposa de um rei?"

Eu balanço a cabeça afirmativamente.

"Ela correu", digo.

Mamãe solta um ronco.

"Se ele chegar perto de você de novo, você corre", diz ela. "Saber quando ficar e quando correr, quando não lutar, enfim, isso também faz parte da luta. Saber quando esperar, aguentar, observar e se esquivar. Você também precisa saber disso."

Ficamos sentadas na clareira até pouco antes do amanhecer, ansiosas demais para fazer alguma coisa além de nos apoiarmos uma na outra, nos abraçando, piscando e adormecendo com pequenos acenos de cabeça. Quando nos levantamos e enterramos nossas armas brutas, despejo o último punhado de areia sobre a madeira e o vento silencia. Tudo está quieto, até que ouço um zumbido, um som roçado. É uma abelha escura, vagando na escuridão da noite, nessa clareira de combate. Mamãe e eu voltamos para as cabanas com os braços cruzados e unidos. Ela apoiada em mim, eu a sustentando.

Olhamos para além das cabanas silenciosas e vamos direto para a casa do meu senhor.

"Começamos cedo", diz mamãe enquanto acende a lenha do fogão e sopra o fogo. "Talvez terminemos mais cedo", diz ela, e eu sei por quê. Ela quer apressar nosso trabalho para eu não ter que me ajoelhar aos pés do meu senhor novamente.

"Sim, mamãe", respondo, e começo a puxar a água.

Mas as horas se arrastam como sempre. Minhas irmãs pálidas querem mais água para se lavar. O tutor quer que eu limpe e lustre as prateleiras do berçário que virou sala de aula, reclamando de poeira. Meu senhor quer roupas de cama limpas e me disse que a febre deixou as da noite passada cheirando a suor. Quando a noite cai, ainda não terminei o trabalho. Quando a hora de dormir da família se aproxima, eu me vejo arrumando e dobrando desleixadamente a roupa de cama do meu senhor, a gentil Cleo e a Safi de olhos sulfurosos já descendo. Quando me deixaram para terminar o serviço, tive vontade de chamar Safi, suplicar à garota atenciosa que sempre corria para pegar os baldes muito pesados comigo, sempre rápida em agarrar a outra ponta de um lençol para dobrarmos juntas. Ela saberia que eu precisava de ajuda. Mas minha voz embargou. Minha respiração ficou rouca. *Corre*, digo para mim mesma. *Mamãe disse para correr.*

Meu senhor tropeça na porta aberta: ele veio ligeiro para cá. Enfio a última ponta do lençol debaixo do colchão, me levanto, me equilibrando na ponta dos pés. Dou um passo em direção à porta. *Foge*, minha mãe disse, *foge*. *Mas não tenho para onde ir*, uma vozinha diz. Respiro uma vez e depois outra, o ar do quarto é fresco, mas queima meu nariz, e sei que não posso me render ao que ele quer fazer comigo. Sei que não tenho o autocontrole da minha mãe, sei que vou lutar com ele, que vou usar os cotovelos como se fossem martelos, as pernas como se fossem paus, que vou cerrar os joelhos como se fossem punhos. Penso em Mama Aza agachada nas cabanas, com o bebê nos braços, a placenta ainda dentro dela, e o pai desse homem, meu avô, em pé ao lado dela, e como isto deve ter passado por sua cabeça: *Isso é errado errado errado*. É o que ouço agora. Como o conhecimento afunda no meu estômago.

"Annis?", a voz da minha mãe soa no corredor para lá da porta. Ela abriu a porta e está parada na abertura. "Terminamos." Os braços envolvem seu estômago. Sua cabeça está abaixada, mas então ela a levanta e eu sei que seus olhos também podem ser armas, que podem brilhar feito pequenas facas, como aquelas usadas para eviscerar um peixe. Nunca vi ninguém olhar através do meu senhor como minha mãe faz agora, como se ele fosse um mosquito zumbindo, indigno de atenção, nem mesmo de um aceno de mão. "Venha", ela diz.

Meu senhor tem seus próprios sinais de raiva, mas eu não procuro. Passo por ele para ir até minha mãe e sua mão afiada, o corredor longo e escuro, as escadas rangendo, a cozinha silenciosa, o jardim murmurante, a noite barulhenta. Passamos pelas cabanas, pelos campos e pela floresta até chegar à clareira. Nós nos afastamos o máximo possível da casa do meu senhor. Não desenterramos nossas armas. Fazemos uma cama na terra que afofamos com os pés e apoiamos a cabeça com os braços. Minha mãe envolve minhas costas, a respiração suave no meu pescoço.

"Existem algumas ervas", diz mamãe. "Vou procurar amanhã. É melhor termos conosco." Ela me abraça pela barriga e puxa com força.

"Ele não vai parar. Todas as vezes, depois da primeira, eu segurava isso", sussurra mamãe. Ela tira algo do cabelo trançado que parece uma sovela branca, fina como uma agulha.

"O que é isso?"

"Era de Mama Aza. Um pedaço de presa de elefante. Ela conseguiu em uma das suas caçadas." Mamãe coloca na minha mão, é macio e quente como a pele dela.

"Depois que superei a vontade de atingi-lo com isso, bem aqui" – ela toca meu pescoço, abaixo da orelha, onde o coração bate –, "tentei lembrar que ainda tinha muita coisa dentro de mim que ele não poderia pegar."

Os ombros das árvores tremem com o vento.

"Mama Aza disse que derrubar um elefante é um bom jeito de ensinar uma pessoa pequena a vencer alguém grande. Como é preciso ser astuta, inteligente. Do contrário, não sobreviverá." Mamãe enfia a agulha de marfim de volta no cabelo. "Lembra disso também, tá? Você não precisa desse marfim ou daquelas lanças. Nesse mundo, você é sua própria arma."

A lua empalidece o céu; ela está bem perto quando vamos dormir.

Uma hora antes de amanhecer, o silêncio é perfeito. Acordo com o ressonar da minha mãe se abafando no meu ouvido. Deslizo minha mão pelo seu antebraço até a carne musculosa perto do ombro e aperto com força suficiente para sentir o impulso sob meus dedos, mas suave o suficiente para não a acordar. Viro-me para poder ver seu rosto: a boca aberta, as maçãs do rosto caídas. A lua já se foi por trás das árvores, mas sua luz ainda impregna nossa clareira: vidro leitoso. Algumas noites eu roubo esses momentos para mim; o que minha mãe exige na luta, pego agora. O rosto dela é calmo como o de uma criança; seus membros estão tão próximos que poderiam ser meus. Coloco minha mão no seu pescoço, sinto o fluxo de sangue ali, o rio vermelho que a liga a mim. Sinto-me como só é possível me sentir com ela.

Um soluço meio zumbido vem da árvore em ruínas acima de nós e, de repente, a clareira se enche de um sussurro áspero. Aperto os olhos para olhar o céu e vejo guirlandas de pontos pretos subindo do tronco em um coro vibrante. Balanço o braço da minha mãe. São necessários mais alguns instantes, cada um espesso como mel, para decifrar o crescer escuro, o canto sibilante: uma colmeia criou raízes na árvore, e agora acordaram e saem com o amanhecer. *Só mais um pouquinho*, penso. Vou deixar minha mãe dormir mais um pouquinho, flutuar lá no céu no lugar dos sonhos, antes de despertá-la, acordá-la, trazê-la de volta para cá.

Só mais uma respiração, penso, sentindo o coração da minha mãe no seu pescoço. *Uma respiração.*

Meses depois, quando vejo o homem da Georgia[1] parado no início da trilha que vai das cabanas aos campos, meu senhor ao seu lado, apontando para mim e para minha mãe, cravo minhas unhas na mão da minha mãe para detê-la.

"Mamãe, não", digo.

"Venha", digo em seguida, repetindo o que ela disse na primeira vez que me estimulou a lutar.

"Por favor", insisto.

Viro-me para as cabanas, para a floresta, para a clareira distante. Puxo o braço da minha mãe, tento incentivá-la a correr, mas ela não se mexe. Ela para e me agarra pelo colarinho. As lágrimas escorrem pelo seu rosto e ela não tenta enxugá-las para esconder o brilho da sua tristeza. O céu está cheio de nuvens, o ar pesado com a chuva que se aproxima, o cheiro de água é enjoativo. Minha mãe só tem olhos para mim, só para mim. Ela passa as mãos em seus cabelos e depois nos meus, então algo afiado machuca meu couro cabeludo: a agulha de marfim deslizando para dentro dos meus cabelos. E então sinto apenas a pressão das palmas das suas mãos em meu rosto, nas orelhas, me segurando para olhá-la de frente.

"Annis, minha Arese", ela diz com a voz trêmula. "Eu te amo. Eu te amo, minha pequena." Um dos capatazes do homem da Georgia vem em nossa direção e agarra minha mãe pela mesma pele macia do braço, como fiz tantas vezes. As pessoas ao nosso redor começam a gritar; um raio de verão brilha à distância. Os capatazes

1 "Homem da Georgia" é a alcunha que os escravizados usavam para se referir aos traficantes de pessoas. O estado da Georgia era uma espécie de metonímia do Sul escravista dos Estados Unidos. [TODAS AS NOTAS SÃO DESTA EDIÇÃO.]

estão agarrando homens, mulheres e crianças que se encaminham para o trabalho. Os capatazes estão separando os que serão vendidos. Vieram buscar suas mercadorias para ir andando até New Orleans. Tem um naufrágio no meu coração, um redemoinho me sugando para baixo. Com certeza a terra está se abrindo debaixo de nós. Com certeza esse mundo terrível está me engolindo. Agarro os pulsos da minha mãe, musculosos como feixes de milho, e uivo.

"Mamãe", eu digo.

"Eu sempre estarei com você", minha mãe diz, e *Não, ela não*, eu penso, *não, ela não*, enquanto o capataz mais próximo, de braços largos e rosto sujo, a puxa. Meu senhor a escolheu para os mercados.

"Não", eu digo.

Mais uma, penso, e arranco minha mãe do homem, puxando-a como uma lança na minha direção. Ele a agarra novamente e puxa, e somos três entre muitas pessoas, brigando, até que o homem da Georgia, parado ao lado do meu senhor, puxa uma arma do coldre e a dispara para o alto. O pânico abranda, mas não pode acalmar meu amor, minha necessidade frenética de manter minha mãe aqui, aqui, bem aqui. Caio no chão, me agarrando em suas pernas.

"Mamãe", murmuro agarrada em sua saia. A mão livre dela encontra meu couro cabeludo.

Mais uma respiração, penso.

Capítulo II: Na corda bamba

Não consigo dormir depois de meu senhor ter vendido a minha mãe. Cleo se muda para o lugar dela na cozinha, e o fogão agora é seu grande elefante de ferro. A limpeza e a arrumação da casa e da cozinha e os serviços à mesa são de responsabilidade minha e de Safi.

Durante semanas, depois que o homem da Georgia levou minha mãe embora para o sul, para os mercados de New Orleans, não consigo nem olhar nos olhos de Safi ou Cleo. Não quero saber de ficar ouvindo atrás da porta do quarto das minhas irmãs. Carrego água em baldes; limpo os móveis com um toque rápido e leve; lavo as roupas tão depressa que nunca perdem o fedor do meu senhor, a podridão das minhas irmãs. Concluo todo o meu trabalho tão rápido que nunca fico sozinha no mesmo cômodo que o homem que vendeu a minha mãe. Não consigo nem dormir na cabana com Nan e seus filhos. Em vez disso, vou para a floresta à noite, para a nossa clareira, a árvore negra e sufocada pelas abelhas. Em tudo, estou sempre correndo.

Mesmo em pleno verão, as noites na clareira são frias. Eu me enrolo no cobertor que dividi com minha mãe. Deito-me de lado nas raízes da árvore, coloco os antebraços debaixo da cabeça, sinto um calafrio percorrendo meu pescoço, descendo pela espinha, passando pelas nádegas até as covinhas na parte de trás dos joelhos, e sei que nunca senti tanto frio. É isso que significa viver sem minha mãe envolvendo minhas costas, colocando os braços em volta de mim, segurando minha barriga. É isso o que significa estar sozinha. Dormir sem segurança é ficar acordada. Chorar tanto que a saliva escorre da minha boca formando poças embaixo do meu rosto. Sentir as abelhas que considero minhas descendo à noite para pousarem nos meus pulsos, meus pés e depois retornar para a colmeia; isso me faz pensar no néctar amargo que elas coletam de mim. Isso me faz pensar para onde levam a minha tristeza. Isso me faz pensar se meus soluços são um chamado reconfortante para elas, e que são as únicas testemunhas da minha dor. Dormir sem minha mãe é caminhar até a casa do meu senhor antes do amanhecer, me sentar em algum canto da cozinha enquanto Cleo peleja com o fogão, e não me importar se meu cabelo está emaranhado de sujeira, se meu rosto está manchado de lama.

Um dia se torna outro dia. Uma noite se torna outra noite. O calor vaza da terra, as folhas ficam marrons e caem, e o sol e a lua são luzes pálidas no céu. Não existe calor em lugar nenhum. Eu não desenterro nossas armas. Eu me enrolo na terra sob a pressão firme do vento na clareira. Olho através do meu senhor, através das minhas irmãs, através de Cleo, através de Safi, e só conheço tristeza nesse novo mundo. Não vejo ninguém até que um dia vejo Safi, que se ajoelha diante de mim na manhã de Natal, com um pano molhado na mão, e levanta meu queixo. Não vejo ninguém até que Safi segura e beija a palma da minha mão na sua e me puxa do canto, me leva até os tanques de lavar roupa e, lá, tira a minha roupa.

“Sou eu, Annis. Sou eu”, diz Safi, e então despeja sobre a minha cabeça copos de água que aqueceu e começa a me esfregar.

“Você está aqui”, diz Safi, e meu rosto desaba.

Deixo que ela me limpe como uma criança. Quando pede que eu me sente, caio diante de seus joelhos e ela desembaraça meu cabelo com os dedos, mecha por mecha.

“O que é isso?”, ela pergunta, puxando a longa agulha de marfim do meu couro cabeludo. Não toquei nela desde o dia em que o homem da Georgia levou minha mãe.

“Algo que minha avó comprou do outro lado do oceano. Ela deu para minha mãe. Minha mãe me deu.” Eu me inclino para a frente. “Quando eles a levaram.”

Safi prende o marfim em sua coxa antes de lavar, enxaguar e passar óleo no meu cabelo. Quando se inclina para a frente e começa a trançar o cabelo desde o couro cabeludo, ela puxa com a mesma força que minha mãe, enrola o cabelo com tanta tensão como minha mãe. As pernas de Safi são menos fortes, mas a sensação é igualmente macia. Mantenho a boca fechada, mas não consigo conter as lágrimas salgadas que correm pelo meu rosto. Quando Safi termina, ela coloca a agulha de marfim de volta, escondendo-a no meu couro cabeludo.

Eu me sinto acalentada.

Depois que terminamos o trabalho na casa, volto para a cabana, com uma manta que Safi enrolou em mim, os ombros curvados até as orelhas. Estou fria de novo, vazia. Meus pés estão frios como gelo. Na cabana, sento em um canto enquanto o vento raspa os troncos das paredes, me remexendo no calor da pequena lareira, no brilho dos filhos de Nan cantando uns para os outros. Fico pensando em que lugar do mundo minha mãe está. Pensando se teve um pequeno presente de Natal para ela – um pedacinho de tripa, um pedacinho de pé de porco, um pouquinho de caldo quente com carne salgada. Massageio minhas têmporas, tento relaxar a ferida de tanto pensar.

Quando saio da cabana para ir até a clareira, Safi está lá, com o xale bem apertado para se proteger do frio intenso do ar noturno. Não há lua cheia esta noite; perdi a noção das fases lunares, apenas sinto o congelamento cada vez maior: meu luto é digno. Eu enfrentaria o frio esta noite, mesmo estando limpa, mesmo que a memória sedosa do calor me siga como um gato irritante, porque parte de mim quer que o inverno me envolva na sua mão gelada, para espremer todo o calor, a tristeza e a presença para fora de mim, para fora. Deixar minha casca nas raízes das árvores. Penso que, se voasse, meu espírito iria para o sul. Encontrar minha mãe lá no fundo, em algum lugar.

"Você estava indo embora?", Safi pergunta, olhando para mim através do cabelo trançado na testa. A trança é uniforme e fina, e seus olhos são tão límpidos, tão escuros quanto os da minha mãe. Olho na direção da clareira que compartilhei com minha mãe e aceno com a cabeça.

"Está frio", diz Safi. Ela aperta o xale e faz uma careta. Seu rosto está sempre tão calmo, tão suave quando estamos servindo, transportando ou limpando; é estranho vê-lo franzido. "Posso ficar aqui com você esta noite?"

Protestos espumam, borbulham na minha garganta. A cabana está lotada. Nan e seus filhos fazem barulho, até dormindo. E a objeção mais contundente e silenciosa: a roupa de cama está suja por causa das noites que passei na clareira. Não tem mais o cheiro da minha mãe. Mas não digo isso a Safi. Olho para o degrau em que estou e penso no calor da roupa lavada, no banho, no toque morno do trapo que Safi usava, e não consigo dizer não.

"Ele disse que quer minha mãe lá", diz Safi, "na casa-grande".

Viro-me e abro a porta. Levo Safi até o colchão estofado e os cobertores que dividi com minha mãe. Um dos filhos de Nan grita durante o sono, uma palavra sem sentido. Chego mais perto da parede, viro as costas para Safi e tomo cuidado para não nos tocarmos. Eu quero que ela tenha espaço. Ela se acomoda ao meu lado, de costas para mim. Fico acordada até não poder mais, e, quando meus olhos se abrem na noite mais escura, Safi se recostou na cama, a coluna formando uma linha tênue na minha. Quente e segura como um relâmpago. Eu me enterro nela e fecho os olhos.

Safi volta na noite seguinte e, no final da semana, eu a espero, então não me ajeito para ir até a clareira. Em vez disso, começo a me sentar nos degraus da cabana e a esperar por ela, a madeira arranhando minha bunda, rachada e dura como as lanças de Mama Aza e da mamãe, enterradas na terra da clareira.

Enquanto minha mãe tinha armas no lugar das mãos e era persuasiva ou exigente, Safi é toda ternura. Ela está sempre preocupada com a mãe quando voltamos para a casa do meu senhor todas as manhãs, fazendo carinhos no cabelo dela, forçando-a a comer, levando mais água do que ela precisa. Eu e Safi limpamos a casa juntas, andamos lado a lado pelos cômodos, pelas portas, tão próximas que nossos braços batem, e eu me acostumo com a sensação dos seus braços longos, esguios e sem pelos, os pulsos finos como ossos de pássaro. Ela é um conforto, mas não pode acalmar a todos.

Sonho com minha mãe quase todas as noites, vejo o homem da Georgia levando-a embora. Ouço-a soluçando e esfregando o peito. Eu a segui por quilômetros de distância da casa do meu senhor até que o homem da Georgia disparou a arma no ar em uma reverberação rápida, um tiro após o outro, dispersando todos nós que implorávamos pela libertação dos nossos parentes.

Em noites como esta, a dor, represada pelas horas e pelo trabalho, me inunda. Escondo de Safi meu rosto destroçado e meus soluços silenciosos. Eu me dobro cada vez mais e choro. Tento esconder minha tristeza sob os sons de Nan e seus filhos, sob o tremor do barulho das árvores nuas, mas não consigo. Safi passa o braço ao meu lado e aperta minha mão, e eu soluço com essa maravilha, de ela querer me confortar. Por me tocar. Ela me puxa.

"Annis."

Balanço a cabeça.

"Annis", Safi repete, e me puxa com mais força.

A vergonha me faz corar. Fico imóvel.

"Por favor", ela diz, e passa a mão na parte de trás do meu couro cabeludo, então não consigo evitar. Eu me inclino para ela, lembro de minha mãe me segurando da mesma forma; então, quando me viro e ficamos de frente, estou em prantos.

"Você não precisa se esconder", ela diz com a voz tão baixa como um ratinho assustado. "Eu te entendo."

Ela pousa a mão no meu coração, que arde como fogo no peito. Seus dedos são finos, mas fortes como seda de aranha.

Eu me inclino para a frente e a beijo, e sua mão deixa meu esterno, sobe e passa por cima do meu ombro e segura minha nuca. Ela me puxa para mais perto, mais perto.

Eu estou queimando.

A horta da cozinha começa a brotar, as árvores ficam verdes e sonho com minha mãe com menos frequência. Os dias se sucedem e só me dou conta quando Safi e eu nos encontramos no escuro da minha cama. Uma espécie de alívio exala através de mim porque acredito que aqueles momentos furtados com Safi transformaram em cinzas a profunda infelicidade dentro de mim, fazendo-a flutuar. Minha mãe me contou que algumas esposas do rei se amavam, se acariciavam; me lembro disso em momentos estranhos – com a coxa de Safi presa entre as minhas, ela lambendo meu pescoço. *Ah, mamãe*, penso, e então não consigo mais sentir meu corpo, minha dor aumenta como uma espécie de inundação. Mesmo no meio de um beijo com Safi, eu me afundo. Nessas noites, Safi usa os dentes para me arrancar da vergonha, vergonha da nossa felicidade, e depois, quando ainda estamos debaixo dos cobertores, saciadas, espero que Safi adormeça, e afundo de novo. Penso em minhas abelhas, me perguntando se seu zumbido surge do tronco em ruínas, me perguntando se eu poderia me enrolar em gaze e extrair mel delas. Me pergunto onde está minha mãe, em algum lugar no mundo sombrio e vasto. Sei que não estou me expressando direito com Safi, que não estou quite com sua ternura, então, quando o arroz fica alto e rígido nos campos e a luz da lua brilha pelas frestas da cabana, agarro o pulso de Safi.

"Venha", eu digo.

Sob a luz calcária da lua, Safi é linda: suas bochechas parecem ameixas, sua boca cheia como figos roxos. Uma flor quente desabrocha em meu peito e aperto a mão de Safi, que é muito menor que a da minha mãe. A flor se dobra. Tento me livrar do sentimento.

"Quero te mostrar uma coisa", digo.

Safi me segue enquanto a levo para fora do vale raso e rumo às colinas baixas onde minha mãe me ensinou a procurar cogumelos, verduras, raízes e ervas, até nossa clareira, nossa árvore. Enrolo uma gaze que surrupiei da casa do meu senhor em torno do rosto perplexo de Safi, dos seus braços e pernas longos e magros, até que ela esteja toda envolta, protegida de picada de abelhas. Um lobo uiva, e eu me viro, juro que vejo a miragem de outra mulher vestida de branco na clareira, mas não há ninguém lá além de mim, Safi e minhas abelhas. O tutor disse que as abelhas ficam quietas à noite, mas minhas abelhas estão vivas, zumbindo e voando de sua pirâmide âmbar, presas entre os ossos da árvore. As abelhas, minhas abelhas, estão acordadas. Safi e eu ficamos na noite enluarada, com os dedinhos enganchados, enquanto minhas abelhas nos cumprimentam, cheias de verão. Elas pousam em beijos, toques e retoques, em nossos ombros, nossas cabeças, nossas mãos. O dedo dela: um elo vivo. Eu poderia chorar com a doçura disso, por saber que existem outros neste mundo terrível que me tocarão com bondade. Mas saber o tempo todo que as lanças esculpidas estão enterradas na borda da clareira deixa o ar carregado como antes da queda de um raio. Minha mãe. Eu fico atrás do corpo menor de Safi, coloco meus braços sobre seus ombros e fico assim, de trás para a frente. Pisco tentando afastar a falta da minha mãe. Sentir o que pode ser sentir, amar novamente.

Deixei essa corda de sentimento me levar até depois do sol nascer no dia seguinte. Deixei-me animar para que, depois de Safi e eu esfregarmos, enxaguarmos e estendermos as roupas, depois de juntas tirarmos o pó, remendarmos e fazermos o que precisa ser feito, eu ficasse do lado de fora da porta da sala de aula. A voz do tutor, a mesma; a leitura das minhas irmãs, ainda lenta e hesitante. O tutor está contando a história de um homem, um italiano antigo, que está descendo para o inferno. O inferno onde ele viaja tem níveis como a casa do meu pai. O tutor diz: "*Vamos descer*, começou o poeta, *e entrar neste cego mundo*."[2], suas palavras ecoam através de mim. Ouço os suspiros: o vento de verão empurrando a casa, a madeira rangendo, mas, em vez do poeta italiano descendo ao inferno, vejo minha mãe labutando no inferno desta casa. Descendo do sótão quente e abarrotado de caixotes para um segundo andar repleto de quartos onde as filhas do meu senhor choraram atrás dos buracos das fechaduras depois da morte da mãe delas, depois que minha mãe se tornou a ama de leite delas e as tirou do peito; descendo para o primeiro andar, onde minha mãe ficava cada vez mais seca diante de um fogão aceso; para o porão cheio de batatas e cebolas, frio e infestado de ratos; descendo cada vez mais, até porões mais profundos, porão abrindo-se para porão. Mais inferno. "*Eu irei primeiro. Você vem logo em seguida*", diz o tutor. "*Através de mim você vai para a cidade atormentada pela dor*", diz ele, a voz como um zumbido suave do veludo.

"Cidade atormentada pela dor", sussurro, imaginando como seriam os espíritos naquele lugar. Uma vez perguntei à minha mãe sobre o espírito, depois de terminarmos de treinar na clareira. O suor esfriando sobre nós sob a luz das estrelas distantes enquanto os mosquitos retalhavam meus pés.

"Eles não conhecem", minha mãe disse. "Tiveram que abrir uma porta, caminhar por uma caverna, descer a um vale ou subir uma montanha para encontrar o

2 Dante Alighieri, *A divina comédia - Inferno*, Canto IV. O verso deu origem ao título deste livro no original, *Let Us Descend*.

espírito." Minha mãe olhou para o vento agitando as árvores. "Este mundo está cheio de espírito."

"Cheio?", perguntei.

"Estão em toda parte." Mamãe cantarolou e revirou os olhos, e então franziu a testa, séria. "Quando você chama, o espírito responde, Arese", disse ela.

Ainda estou pensando em espírito, em inferno, quando me encontro com Safi no quarto do meu senhor para tirar o pó e trocar a roupa de cama. Quero aquela corda, aquela boia. Meu senhor nunca está aqui durante o dia, está sempre fora, supervisionando as pessoas curvadas nos campos, visitando vizinhos. Acho que minha sujeira, a fuligem que usei durante o verão e o inverno, o afastou. Pela primeira vez, estou feliz pela minha dor, mas quero mais do que isso agora.

Eu me aproximo de Safi quando ela se levanta depois de esticar uma colcha e coloco a palma da mão sob seu cotovelo, meus lábios na penugem do seu pescoço, longo e elegante como o de uma garça. Ela não se afasta. *Este espírito, aqui*, penso eu, *neste mundo cego*. Ela se vira para mim, beija minha testa, e eu cantarolo até que um baque soa na porta, e Safi e eu nos afastamos uma da outra, os lábios ainda úmidos e quentes, para ver meu senhor, sua boca larga e rosada, seu cabelo ruivo se espalhando longe da cabeça como um leque. O pânico toma conta de mim, e sobe e sai de mim em uma risada, alta e irregular. Safi cruza as mãos, olha para os pés e faz uma reverência. Minha risada desaparece. Este inferno.

Vamos descer, penso, e sigo Safi para fora do quarto.

Conheço o custo daquele beijo duas manhãs depois, quando vejo o homem da Georgia. É quando percebo que andei em direção a essa corda durante toda a minha vida. Todos os meus dias de trabalho-corrido, todas as minhas noites-curtas. Que tenho andado em direção a essa corda cheia de nós, gasta e preta. A esse homem branco que me amarra e me prende a outras mulheres neste cordão. Algumas recuam. Algumas choram. Algumas brigam por bebês chorando, mulheres-apodrecidas, homens de olhos-suaves, crianças trêmulas se aglomerando ao nosso redor no frio escuro antes do amanhecer. Em direção a essa morte antes da morte. A essa venda. Nan, Cleo e minha mãe conversaram sobre o que era ser vendida – todas nós falávamos, pois ouvíamos histórias sobre como era, histórias contadas de uma fazenda para outra, de um campo de trabalho para outro. *Bog afundou*, disse o garoto enviado para negociar sucata com nosso ferreiro. Preso inundado, disse o homem enviado para comercializar gado. *Fumado e naufragado*, disse o ferreiro enviado pelas regiões de arroz para ferrar os cavalos. *Inferno*, minha mãe disse, *e mais de nós arrastadas para lá todos os dias.*

Mesmo eu tendo ouvido a conversa, mesmo tendo visto aquele homem laçar minha mãe, mesmo tendo seguido pelo que pareceram quilômetros, não sei até agora o que significa estar amarrada. Safi luta ao meu lado enquanto outro homem branco envolve seus braços na corda que nos amarra para sermos vendidas.

"Minha mãe", ela chora. "Minha mamãe!"

"Não", eu digo. A corda fica mais apertada quando terminam de amarrar Safi. Ela puxa, gritando por sua mãe. Sua cabeça balança para a frente e para trás.

"Por favor", eu digo.

Os esfolados dos ferrolhos. Safi cede em mim, mas eu só tenho olhos para meu senhor. Ele olha diretamente para trás, com a boca fechada agora, os lábios finos e firmes. Os pés na terra, a terra que herdou do pai junto com os arrozais, a forja, as tecelagens. Eu me empurro contra a corda e mostro os dentes; eu morderia sua cara. Eu esmagaria seu nariz com a palma da minha mão e esfaquearia profundamente o osso em seu rosto. Eu colocaria minhas mãos em volta da sua garganta e apertaria tanto o espírito desse homem que chamam de homem da Georgia. O homem da Georgia que nos leva para o sul, para New Orleans, da maneira mais barata, da maneira antiga, terrível e desagradável: acorrentando os homens, amarrando as mulheres com cordas, deixando as crianças andarem lá atrás o máximo que puderem, sem se importar se cairão mortas na beira da estrada neste lugar de terra-vermelha. Este inferno enorme e sufocado pelo choro.

A fila estremece. Os homens já estão se resvalando pela estrada, desajeitados nas suas correntes. Algumas mulheres gritam, assustadas, quando começamos a nos mexer. Eu chuto o chão como chutaria meu senhor se algum dia tivesse a chance, antes de me afastar do homem que deu a cor de lama da minha pele. Cuspo e insulto o homem que vende a mim e a Safi por roubar um pouco da vida dele. O homem que violou e vendeu minha mãe.

Nossa fila avança lentamente no amanhecer que se aproxima até o sol inundar a terra ondulada com luz. Seguimos. Somos uma longa cobra, se enraizando nas árvores. Durante mais de um quilômetro, há tosse, soluços e choro. Oito homens brancos a cavalo nos flanqueiam, liderando. Dois seguem atrás com uma charrete, armas em punho. Essa é a ameaça que nos faz avançar. Seguem-se homens, mulheres e crianças soltos: eles imploram, rogam e suplicam pela libertação dos seus parentes. Assim como fizemos uma vez. Os homens brancos ignoram. Um quarto da manhã viajando e meus pulsos já estão em carne viva. Safi tropeça.

"Continue, Safi", eu digo. "Por favor, continue."

"Annis", ela diz, e então não diz mais nada, mas o tremor nos seus ombros fala por sua voz. *Você nos trouxe até aqui*, dizem. *Você*.

A corda machuca.

Eu me acalmo e Safi se choca contra a mulher à sua frente, que grita. A culpa afunda nas minhas entranhas.

Eu, que, na minha dor, estava faminta.

Isto é minha culpa.

"Safi", eu digo. Quero chamá-la por outros nomes, todos os outros nomes que sussurrei depois que ela me encontrou e me aqueceu. *Meu doce*, eu a chamei. *Meu doce de mel*. No final da nossa primeira noite com as abelhas, ela se deitou ao meu lado, na raiz da árvore. Nos abraçamos na terra, ainda amarradas com gaze, e ela passou seu braço escuro em volta do meu braço mais claro e descansou o rosto nas minhas costas. Nós, crianças-famintas de amor e cheias de dor, no escuro.

Caminhamos quilômetros antes de o homem da Georgia sacar sua arma, antes de atirar para o alto, fazendo com que as pessoas que nos seguiam corressem. Ao som do tiro, Safi tropeça e cai de joelhos. O homem da Georgia grita na frente da fila e estala seu chicote. Se minhas mãos estivessem livres, eu a pegaria e a levaria para o mais longe possível.

"Safi", eu digo. Agarro a parte de trás do seu vestido e a levanto. Meus ossos parecem prestes a quebrar. "Você tem que andar", eu digo. "Vem."

Eu a puxo para que fique em pé.

"Não", ela diz, e tropeça para a frente enquanto a fila nos puxa, todas nós, mulheres, cambaleando a passos largos.

“Vamos, Safi, ou vão te obrigar”, digo. Eu gostaria de poder ter dito: você me salvou, Safi. Você me limpou da minha tristeza e me salvou, me envolveu no calor do seu carinho. Eu quero dizer: te amo. Mas a corda é implacável.

“Eia”, o homem da Georgia e seus capatazes gritam. “Eia!”, gritam, incitando-nos, homens e mulheres amarrados, e seus cavalos a um trote.

“Por favor”, repito, arfando, e então tudo que consigo fazer é respirar, meus músculos destroçados pela dor são inúteis, capazes apenas de continuar tropeçando. Eu corro.

Corremos noite adentro. O crepúsculo chega como a descida lenta de um grande pássaro, deslizando pelo ar e depois pousando sobre as árvores altas e azuis, afundando na terra, tudo ficando preto. Um dos homens na fila finca os pés na terra, não quer mais caminhar naquela estrada e, quando o faz, o homem da Georgia e os seus rapazes o atacam. Chutam suas pernas e batem nele até que cuspa saliva e sangue no chão. Até que torne a lama cor de ferrugem.

“Vocês vão chegar lá de um jeito ou de outro”, diz o homem da Georgia, para o céu escurecendo, para todos nós. “Seus pés são seu barco.”

Quando paramos para passar a noite, os homens brancos a cavalo nos deixam amarrados. Eles nos cercam perto do fogo, quatro fogueiras em uma clareira, e comem o que está na carroça. Para nós, dão restos duros. Mastigo o que posso, engulo com a água de um balde de lata que passam para nós. O homem da Georgia sorri, escovando seu cavalo nas costas e laterais onde a sela ficou o dia todo. O cavalo funga e mastiga. Eu gostaria de ter a lança da minha mãe comigo agora. Então poderia dar joelhadas nos cavalos, acertar os traficantes da Georgia na boca, fazer seus dentes voarem longe.

"Você está dormindo, Safi?", pergunto.

O choro sai de Safi em um longo assobio e eu esfrego suas costas no comprimento de uma agulha, circulando as vértebras de sua espinha, até ela se acalmar. Até ela gaguejar e, por um piscar de olhos, podemos fingir que estamos de volta à cabana, Safi esfregando meu couro cabeludo, meu rosto em seu pescoço, e trocando histórias.

"Me conte uma história", digo.

Safi murmura.

Puxo a corda e coloco os nós dos dedos no meio das costas dela.

"Me conta sobre a tecelagem. Me conta sobre sua avó."

Ela balança a cabeça. Eu quero ouvir sua voz.

"Por favor", peço.

"Ela empurrou aquela lançadeira", Safi respira.

"Sim", respondo.

"Parece", diz ela, "como um rio. Como um silêncio. Sua mãe a ensinou. E ela ensinou minha mãe".

Mais adiante, as mulheres murmuram no escuro. A dor nos faz conversar umas com as outras. Puxo os joelhos contra o peito, tentando aliviar a pulsação dos meus pés, as juntas na parte de trás das pernas, as dobradiças inchadas dos joelhos. Safi vira de costas e conversa com o céu. Olho para cima, tentando ver o que ela vê, mas só há uma grande escuridão olhando para nós.

"Levou anos para minha mãe fazer isso sem pensar."

Eu murmuro e passo os nós dos dedos ao redor dos calombos sob a pele de Safi.

"Mas, quando o senhor nos mandou para outra casa, ele disse para ela esquecer tudo aquilo. Que ela era necessária em outro lugar." Safi se acalma. "Minhas pernas doem", ela sussurra.

"Ah, Safi", digo. *Sinto muito, Safi*, quero dizer, *por isso*. Mas o que minha mãe sempre me disse veio à tona. "Respire."

Foi o que minha mãe disse quando meus braços tremeram ao segurar a lança esculpida para cima e para longe do corpo e eu reclamei por não conseguir fazer isso. Talvez ela tenha seguido o mesmo caminho; será que ela olhou para o mesmo céu negro? Será que quando esteve aqui há um ano neste caminho sombrio ela contou a si mesma o que me contou? *Respire*, minha mãe disse.

Safi se aquieta e dorme. A fumaça das fogueiras queima minha garganta. Aperto os olhos e pisco e vejo uma mulher com uma coroa de flores brancas nas sombras, a pele brilhando sombriamente à luz das fogueiras do homem da Georgia e seus capatazes. Eu me pergunto se alguém da fazenda do meu senhor poderia estar nos seguindo, se poderia ser a mãe de Safi no escuro, nos seguindo, mas, quando fecho os olhos e abro novamente, não consigo ver a mulher. O vento corre pela copa das árvores como um riacho.

Levantamo-nos à noite. O cheiro de café e pão de milho é sutil, mas vai direto para minha barriga e bate forte. Os capatazes do homem da Georgia nos conduzem em grupos pelas cordas para nos aliviarmos e, depois, passam uma xícara ao longo da fila para que cada um possa beber, mas não há como roubar um pouco de comida do café da manhã, nem batatas quentes assadas na brasa, nem mesmo o milho cozido do gado. Tem água, só isso, se agitando em nosso estômago enquanto caminhamos pela floresta, seguindo a massa negra de homens em seus cavalos através da escuridão, uma escuridão que é mais escura contra o céu iluminado. Olho para Safi, mas suas costas são uma porta fechada. A neblina matinal se dissipa e sobe. Não há murmúrios esta manhã, nem gritos ou súplicas. A caminhada de ontem nos deixou acabados, e a caminhada de hoje se estende diante de nós. Aperto os olhos, tento encontrar a mulher novamente, mas há apenas uma floresta que se estende por toda parte, cercando ambos os lados do caminho esburacado, uma menção a uma estrada. Um dos homens, mais velho, com alguns tufos de cabelos grisalhos e careca, tropeça e cai. Metade da fila cai e o restante dos homens tropeça e se agacha.

"Alinhem os pés de vocês", diz o homem da Georgia.

O homem que caiu é o último a se levantar, mas, quando se levanta, suas costas ficam retas como um broto jovem. Ele olha diretamente para o homem da Georgia por um longo segundo e depois para seus pés. O homem da Georgia atiça seu cavalo e grita "Andem" para todos nós. Estudo o caminho, procuro evitar sulcos ou raízes. Não quero o homem da Georgia olhando para mim, não quero nenhuma atenção dele. Não sei se conseguiria olhar para sua cara do jeito que o homem mais velho fez, diretamente. Um olhar que é toda uma sentença. As raízes sobem como ondas num lago. A caminhada se torna tão estúpida como esfregar uma grelha para empilhar mechas e acender uma fogueira, ou como buscar água para as pessoas no campo.

Nós caminhamos. Caminhamos e vejo apenas galhos de árvores, sujeira e ervas daninhas desgrenhadas sob meus pés. O sol sobe mais quente, brilha mais forte, e, à medida que o dia avança, meu mundo se estreita mais, se torna isto: meus ossos como pilões amassando as tigelas das minhas juntas. Torna-se a corda que esfrega meus pulsos até ficarem vermelhos. Quando o sol está alto no céu, percebo que não seremos alimentados ao meio-dia;

quando Safi chora na minha frente e a água escorre por sua perna, sei que não vamos parar para nos aliviar, que nisso também somos gado. Que se espera que andemos e soltemos as sujeiras como cavalos. Enquanto o sol brilha, toco o ombro de Safi, mas ela não sente os meus dedos através do manto de sua tristeza, ou finge que não sente. Como caminhamos, todos nós. Minha mãe longe de mim, ao sul para ser vendida. Mama Aza até o portão, o navio, que a levaria pelas águas quase infinitas até chegar a este lugar. Antes disso, a caminhada que fez com o pai até a capital, onde caiu aos pés do rei no pátio real, magra como um graveto.

Olho para cima e vejo a noite chegando. Estamos nos arrastando lentamente, apoiados em nossas correntes e cordas. As palavras do tutor ressoam na minha cabeça: *Vamos descer*. Os capatazes do homem da Georgia param os cavalos. Safi cai de cócoras. Aproximo-me dela e afundo. Minha língua parece inchada na boca. Safi se curva e se afasta; ela não quer meu conforto. Não posso retribuir o cuidado que ela me deu, não posso limpá-la, aquecê-la e tranquilizá-la.

"Sinto muito", eu digo.

Quando chega a hora de beber do copo, não sinto nenhuma corrente divina passando por mim – apenas uma linha fina de sentimento. Mastigamos a comida dura que nos é dada. Deitamo-nos, mas não consigo dormir; tudo o que consigo fazer é olhar para as costas estreitas de Safi, observá-la aos trancos e barrancos, penso que ela está chorando, mas, quando me aproximo para confortá-la, percebo que Safi está desfazendo os nós. Ela está esfregando os pulsos para a frente e para trás na corda. O sangue molha o sisal tingindo-o de um tom escuro de rubi.

"Safi", eu chamo. Mas ela não me responde, nem naquela noite nem na próxima. Em vez disso, ela se volta para me encarar e toca minha bochecha, uma, duas vezes. Não posso deixar de me aconchegar em seus dedos inchados, que provocam um arrepio frio pelo meu rosto. Ela se vira para tornar a desamarrar, toda a ternura que dedicou aos outros agora destinada a afrouxar a corda, a escapar.

"Safi", digo. "Posso te contar uma história?" Quero contar a ela sobre Mama Aza, sobre como ela também encontrou o amor na dor da orfandade.

"Não", Safi sussurra. Seus músculos se contraem como um cavalo que espanta moscas, e seu pequeno puxão me diz o que ela está fazendo.

"Eles podem te ver, Safi", digo.

Ela para, vira a cabeça. Quero puxar a corda também. Cortar minhas mãos, dilacerar meus pulsos até poder puxá-los, viscosos, para fora. Quero correr em direção a Safi, colocar minha boca na dela, inspirar sua respiração pela última vez, porque eu a conheço. Sei que a mãe dela, com cara de melão e olhos pretos, sozinha na cozinha do meu senhor, com a cabeça inclinada, sem ver, ancora no peito de Safi e puxa, puxa.

"Ela não tem ninguém, Annis."

Quero dizer: *nem eu*, mas então a vergonha me submerge. Um vento sopra forte e, por uma ou duas respirações, pressiona com força antes de desaparecer.

"Meu doce", digo, e não sei se estou me desculpando ou implorando para que ela me perdoe por querer desabar sobre ela, para seguir minha própria linha de felicidade em sua direção. As árvores ao nosso redor roçam o céu de couro preto. Cochilo com uma coceira incessante no couro cabeludo, a queimação das crostas nos meus pulsos, o ranger dos meus ossos nas juntas, o roçar das minhas roupas nos braços e na cintura, deixando minha pele com vergões avermelhados. Estamos caminhando há cinco dias. Dormir não é nenhum alívio.

No dia seguinte, sou um arado sulcando: preso em degraus e desbaratado pelas raízes. O pescoço de Safi brilha com o sol que perpassa as folhas: madeira recém-cortada em chamas. Como seus tendões eram macios sob minha língua, como eram salgados, mas desvio o olhar, envergonhada. Fico pensando se o italiano se sentiu assim em sua caminhada descendente, pensando se sua mente se prendeu a tudo no mundo superior que alguma vez lhe proporcionou conforto e prazer. Fico me perguntando por que só consigo pensar além da dor na boca de Safi, nas mãos da minha mãe.

Depois que nos acomodamos para passar a noite, alcanço a delicada ponte das costelas de Safi. Puxo a corda, e, embora a mulher atrás de mim diga "Já não bastava puxar na caminhada?", eu continuo, os dedos mal roçando o vestido de Safi. Há uma névoa de musselina além da nossa linha, nítida contra o brilho do fogo, na forma de uma mulher. *Quem*, eu penso, mas, quando me concentro, ela não está lá. Em vez disso, o homem da Georgia está diante de nós. Todo o resto paira às suas costas. Ele veio atrás de Safi.

"Você, garota", ele diz. Safi e eu nos sentamos.

"Você", ele repete.

"Eu, senhor?", Safi sussurra.

O fogo crepita. O cheiro de fumaça do jantar que os traficantes de gente comeram paira no ar. O feitor se abaixa e desamarra Safi.

"Quieta", diz ele.

Ele a liberta pelos pulsos. Com a lança da minha mãe, eu poderia bater na parte de trás dos joelhos dele e, em seguida, fazer um corte direto na carne, pelos tornozelos.

Safi tropeça e se reclina desviando do homem. O vento agita as árvores. Ouço então um sussurro: *Annisinha*. Safi e o homem da Georgia desaparecem no escuro, longe dos homens e do fogo. Eu me encolho, contraio o pescoço no peito, os joelhos na barriga, grata por essa pequena misericórdia: esses homens da Georgia não vão compartilhá-la. Mas ouço Safi gritando no escuro. Eu não cubro meus ouvidos. Se ela tiver que suportar, o mínimo que posso fazer é testemunhar.

Depois de o homem da Georgia amarrar Safi na corda e sair, eu agarro o braço dela. Ela choraminga, e eu sei que ele a machucou por dentro e por fora. A noite cintila. Eu gostaria de poder enxergar melhor, talvez tocar a pele de Safi onde ela não está partida, algum pedaço dela que esteja inteiro. Safi balança a cabeça e empurra o cocuruto no meu peito. Sua respiração parece úmida no escuro.

"Sinto muito", digo. Meus dedos queimam como se fosse eu que a tivesse arrastado para a escuridão além do fogo, como se fosse eu que a tivesse esfolado. "Sinto muito", repito, e falo sério, muito sério, enquanto sopro em seu cabelo, enquanto beijo seus dedos finos e entrelaçados, falo sério mesmo quando paro, tonta, porque o homem da Georgia cometeu um erro. Em sua pressa para voltar ao seu saco de dormir, para o fogo crepitante, o homem da Georgia amarrou Safi com frouxidão, e ela deslizou os pulsos finos, os dedos finos, para fora da corda. Ela olha para mim, nós duas ainda assustadas, e um sorriso flutua em seu rosto como um raio de calor, e é tão largo e branco no escuro, ela está tão satisfeita quanto minha mãe na primeira vez que a acertei nas costelas com a lança, na primeira vez que passei por sua defesa vibrante, aquele amor me atravessou como brasa. Eu me assusto, me afastando dela, e, num piscar de olhos, Safi está livre da corda, preta, linda e coberta pelo luar no escuro, assim como estávamos cobertas pela noite, envoltas em gaze, inundadas pelas minhas abelhas na minha clareira.

"Safi", eu sussurro.

Ela coloca a mão sobre minha boca, puxa minha mão amarrada até seu rosto, balança a cabeça, e eu sei o que ela quer dizer. Eu sei. A corda rói meu pulso. O rosto de Safi está molhado. Ela puxa o nó que me prende, tenta enfiar os dedos na trama. O cavalo do homem da Georgia balança a cabeça na escuridão e Safi para, se agachando. Suas mãos são fitas vermelhas, escorrendo sangue. Mas ela está livre. Ela está livre.

"Vai", eu sussurro. "Vai."

"Não", Safi responde. "Vem comigo."

Ela apoia a cabeça na palma de minha mão. A tristeza toma conta de mim, pesada como roupa de cama encharcada, pesada como o caldeirão que cozinha as roupas. Mas também há amor, batendo em mim como um tambor, por Safi, Safi que foi a primeira a me tocar com gentileza depois que minha mãe foi embora. Safi que vestia o beijo das minhas abelhas como se fosse renda fina. Safi que se apoiou em mim, abrindo a cortina da minha dor, sempre.

"Vai", eu repito.

Ela beija a palma da minha mão, e minha pele está tão calejada que mal sinto seus lábios antes que ela se agache na escuridão, para longe da fogueira dos homens, para longe do homem da Georgia, o cheiro dele ainda forte nela, para dentro da floresta. A floresta a acolhe com um sussurro, soando da maneira como meu senhor e quase todo mundo me chamavam: *Annis Annis Annis.*

Viro-me de lado na terra e fico imóvel. Presto atenção em Safi, na tagarelice da sua fuga, mas não ouço nada além do eco do murmúrio das árvores, não sinto nada além da sua ausência, de Safi, no ar, envolvendo minhas costas, assobiando na minha fronte úmida. Lambo a palma da mão e sinto o gosto do sangue e do sal das lágrimas de Safi. Fecho os olhos quando ouço a voz de uma mulher, um chamado enevoado sob o silêncio das árvores. A princípio acho que quem está me chamando é Safi, voltando para mexer na corda, para me libertar. E então, quando Safi não vem da escuridão sussurrante, acho que é minha mãe, que ela veio até mim como disse, porque eu chamei seu espírito, porque eu chamo, porque em cada respiração, cada solavanco, cada olhar cortante, cada piscar, sou eu dizendo seu nome desde que foi tirada de mim: mamãe. Mas a voz que murmura do nada, da escuridão por toda parte, não é a voz da minha mãe. Não é a doce Safi. É um vento mau, que entra pelas dobras das janelas, subindo pelas frestas do chão. Que arrasaria as mudas verdes nos campos. Que derrubaria um homem do cavalo. É um uivo alto que se transforma em um gemido baixo.

Meu coração palpita: de medo, de carência. Parte de mim não se importa a quem pertence essa voz, porque percebo que só eu posso ouvi-la: ninguém mais acorda e espia a floresta, perguntando "Quem está aí?". Os traficantes roncam e fungam, e os homens acorrentados e as mulheres amarradas ficam caídos durante a noite, esmagados pelo dia. Eu a ouço me chamando pelo meu nome verdadeiro, o nome que minha mãe me deu antes de meu pai o transformar em Annis. *Arese.*

Arese: *Ela veio em boa hora.*

Capítulo III: Linha de perda

O homem da Georgia não percebe que Safi escapou até que uma luz leitosa se infiltra pela neblina matinal. Ele xinga e bate nas mulheres da linha com seu chicote, e nos amontoamos, abaixamos a cabeça e curvamos os ombros. Os cortes ardem: um fino raio de fogo. Nossa linha é um nó ofegante e emaranhado.

"Como", ele resmunga. "Como?"

Nós nos arrastamos até ele se cansar, e então ele amarra uma nova mulher na minha frente, e o restante dos homens nos desembaraça, puxando nossa fila em linha reta. A nova mulher diante de mim tem um nariz torto, quebrado e esmagado em um gancho, e a corcunda de alguém acostumado a apanhar.

"Como", ela diz. "Como?"

Ela vira a cabeça para mim, seu cabelo, como todos os nossos, emaranhado em volta das bochechas e da testa depois de uma semana de caminhada. Sem poder se lavar ou esfregar gordura na pele, suas rugas ficaram escamosas, irritadas e rachadas. E sangram. Como os quilômetros percorridos nos desgastaram, nos descamando pedaço por pedaço. Será que Safi ouve o homem da Georgia xingando seus homens do alto do cavalo, apontando para a floresta densa ao nosso redor? Eu não respondo à mulher na minha frente. Para todos aqui, não sei de nada.

"Não temos tempo a perder. Encontre a gente no Alabama", o homem da Georgia cospe. Os dois capatazes que faziam a vigília noturna cavalgam pela manhã abafada, com os rostos zangados e os cabelos escorridos. O homem da Georgia verifica as correntes dos homens, nossa corda, amarrando bem em nossos pulsos. Nossos membros estão começando a inchar: braços, mãos, pés, tensos e quentes com o sangue da caminhada dos dias anteriores. Aprendi com minha mãe alguns remédios que poderiam diminuir o inchaço. Mas não consigo nada disso, nem erva amarela nem carvalho vermelho. A linha fica embaralhada. Em breve, nossos pés vão partir.

Não sei como responderia à pergunta da mulher, mesmo que pudesse. *Foi erro do homem da Georgia*, eu poderia dizer; isso explicaria a corda afrouxada, mas não os hematomas e o sangue em Safi quando ele a conduziu de volta à linha. *Sorte*, eu poderia dizer; isso explicaria a noite que deu cobertura, mas não para Safi sozinha na selva, correndo em direção a uma espécie de liberdade. *A sua luta*, poderia dizer, e isso seria o mais próximo que eu poderia chegar da resposta de como Safi libertou suas amarras. Foi sua luta que a levou para a escuridão, para longe de mim. *Meu doce mel*. Eu tropeço e me endireito, sentindo uma faca afiada na perna. Não serei eu quem nos derrubará em pilha. Não nesta manhã, quando o homem da Georgia iria nos espancar. Nós andamos como gado, cabras. Fomos feitos para ser um rebanho, mas não somos. Não somos, não.

A primeira lição que as esposas-guerreiras mais velhas ensinaram a Mama Aza foi: *Corra*. Repito a palavra enquanto olho para baixo e vejo a mulher à minha frente, a que tomou o lugar de Safi, arrastando os pés pelo caminho. Cada vez que ela levanta o pé, ele lateja vermelho. Tento andar na ponta dos pés, mas dói mais do que com a planta, então caio na subida e na descida por mais que minhas pernas queiram dar passos largos. Eu me pergunto se Mama Aza fez o mesmo. Lembro-me das histórias da mamãe sobre Mama Aza e as esposas-irmãs, para poder esquecer a dor que sinto, como cada passo parece um osso cravado no chão: nem carne nem pé.

"Quando Mama Aza conheceu a mais velha das esposas-guerreiras do rei, a guerreira pensou que ela era fraca e a colocou no final da fila. E então amarraram um bastão longo e pesado como uma espada nas costas de Mama Aza e ordenaram que ela corresse. Mama Aza e suas esposas-irmãs correram até sangrar. E então elas passaram por tudo", mamãe contou. "Deixaram pegadas na terra. E isso foi tudo o que elas fizeram. Por meses. Até os pés sararem, a carne ficou grossa. Mais dura. Correram pelos campos até sentir que explodiriam ao meio. Como se o ar estivesse abrindo caminho por suas gargantas. Você sente uma dor assim por tanto tempo, aí acorda um dia e descobre que dói um pouco menos, e depois menos. Até poder bloquear a dor como se fosse uma picada de mosquito.

"Mama Aza pensava que, por serem todas mulheres, seria como uma espécie de família, que as outras esposas seriam suas irmãs e mães. Mas então encontraram os elefantes. Ela nunca tinha visto um elefante de perto. Observou as mães enrolarem a tromba em volta dos bebês, observou amarrarem o rabo ao nariz e andarem pelo mundo, comendo, cochilando e brincando, viu como a fêmea era a espinha dorsal da família, sempre no centro, assim como sua mãe. Foi então que Mama Aza descobriu que tinham sido enviadas para matar os machos, os que têm dentes, que caçar elefantes as ensinaria a lutar. Porque, se conseguissem matar um elefante, poderiam matar um homem. Mas ela não queria matar nenhum daqueles elefantes. Ela disse isso para a garota ao seu lado quando acamparam à noite. Perguntei se ela queria matá-los, se ela não estava com um pouco de medo. A garota, que tinha dentes grandes, largos e brancos como presas na boca, abaixou a cabeça e disse num sussurro que era uma honra para ela ser esposa do rei. Olhou para a líder, que Mama viu que as observava, com a espada na mão. E foi assim que Mama soube que não havia sido dada a nenhuma família. Era um exército. E ela não era nada além de um corpo."

Caminhamos sob o sol a pino até que a mulher na minha frente tropeça. Cada respiração dela é um assobio. Ela cai de joelhos e paramos. A mulher que está diante da mulher caída, alta e com um lenço amarrado nos cabelos, puxa-a para cima, coloca-a de pé, mas a pobre mulher cai novamente. Seus olhos parecem infestados de vermes: amarelos e secos.

Ela continua piscando, não consegue parar, mesmo quando o homem da Georgia se aproxima e a mulher grande a deixa cair.

"Levante-se", a mulher grande sussurra, mas a mulher caída parece não ouvir.

"Vamos, moça", diz o homem da Georgia.

Ele sacode o chicote. Começo a rezar para Mama: *Mama, por favor, faz ela se levantar. Por favor, faz ela ficar em pé.* Eu me arrasto até que a linha entre mim e a mulher caída esteja firme. Eu me derreto na multidão: uma poça de cera no côncavo de uma vela. Não quero ser notada por ele, como Safi, como a mulher ajoelhada.

A mulher caída treme. A mulher grande dá um passo para trás e estica a própria corda. A mulher fraca está presa: uma minhoca no anzol. Ela geme.

"Sabe como eu monto esse cavalo, moça? Cravando as esporas. A dor faz qualquer criatura se mexer." Ele sacode o chicote novamente. "Levante-se", ele diz.

Eu me inclino para trás e puxo. Uso todas as minhas forças para me mover, do jeito que minha mãe me ensinou. A mulher grande olha para mim, vê a corda esticada e se inclina para trás também, devagar, devagar. A mulher caída levanta um centímetro. O homem da Georgia golpeia o chicote nos flancos do cavalo e vejo cicatrizes longas e finas por toda a parte traseira do animal. Feridas velhas que o homem da Georgia fez para que ele corresse. O cavalo dança, com a respiração pesada, entrando em pânico. Eu puxo com mais força. A mulher grande estremece, o que parece acordar a mulher ajoelhada apenas por um segundo, e é o suficiente.

"Sim", ela engole em seco, "senhor", cuspindo a segunda palavra. A mulher caída se levanta lentamente, os joelhos travando, depois cedendo. Ela balança no ar. A corda corrói minhas mãos, mas a mulher permanece de pé.

"Vai", diz o homem da Georgia. Nós desenrolamos. A mulher caída balança contra a corda que puxamos com força, mas permanece de pé, andando cambaleante. Há um brilho branco por entre as árvores: o fantasma da mulher está de volta. Eu a vejo nitidamente, o suficiente por um momento para saber que não é Safi. Ela é muito alta, muito magra. E seu vestido esvoaça: um vestido de baile enevoado que sangra e escurece a cada pontada de dor nos meus pés. Eu olhei para ela desesperadamente, torcendo, contra toda a realidade, que pudesse ser minha mãe que escapara da fila um ano antes, como Safi. Vagando e esperando que eu caminhe para o sul. Não consigo evitar: viro a cabeça para olhar diretamente para a mulher, e ela não está lá. A esperança se transforma em fumaça. O céu cospe chuva. A água queima meus pulsos.

Chove durante duas semanas. Um dia é garoa, no outro uma chuva cegante, no outro tosses intermitentes de vento empurrando água para os lados, no outro uma neblina densa o bastante para nos manter encharcados, no outro o dilúvio retorna, e então o tempo volta para o mesmo ponto. Temos as calças cobertas de lama, que atrapalham os passos. Nos dias mais claros, nuvens de mosquitos giram em torno da nossa corda; mas não podemos coçar. Não há sinal da mulher estranha que aparece e desaparece, nada que me distraia do poço da fome, das dores concorrentes que percorrem meus membros inchados, minha cabeça, estômago e pés, então faço o que posso: me lembrar.

Mama Aza disse à minha mãe que as esposas-guerreiras correram por tanto tempo que as mais jovens desmaiaram no final. As guerreiras mais velhas cutucavam e batiam nelas com a ponta das lanças, castigando-as.

"Levantem-se! Só os mortos se deitam", diziam as esposas-guerreiras.

Mama Aza disse que suas corridas intermináveis as levaram aos caminhos dos elefantes: as terras onde os grandes animais rondam na grama. As noivas passavam horas observando os elefantes à distância, observando os velhos, os fracos, os doentes, os jovens. Os elefantes eram brincalhões e bravos. Eles alimentavam e acariciavam os filhotes e cuidavam dos velhinhos. Mama Aza começou a diferenciá-los e não resistiu em nomeá-los: Aquele Que Ataca, Aquela Que Canta Para A Lua, O Pequeno Que Viaja. Isso ela sussurrou para si mesma.

Quando as esposas-guerreiras indicavam o animal velho que iriam matar, disse Mama Aza, a lâmina e a lança pareciam soltas e pesadas nas mãos, de um jeito que os dedos quase não conseguiam segurá-las. A pele do animal era opaca e enrugada pela idade, mas tinha lindas presas marmorizadas, peroladas como leite de cabra. Mama Aza disse que cada uma das guerreiras mais velhas apontava para uma mais jovem com seu rifle e dizia: *Prove que merece ser noiva dele*. Se não atacassem o elefante, mereceriam a desgraça e, depois da marcha para casa, a morte, afinal para que serve a noiva de um rei se ela não luta por seu rei? Quem não arriscaria a vida servindo a ele?

Mama Aza disse que as guerreiras mais velhas amarravam chifres de antílope com firmeza na cabeça das jovens noivas e todas rastejavam pela grama alta. As que corriam primeiro para o animal eram atingidas e chifradas, jogadas para o céu, e caíam. Mama Aza saltou sobre a moça de dentes grandes, que jazia morta no chão, os olhos úmidos, globos abertos, muito abertos, até as nuvens. Mama Aza mirou no olho do animal, no pescoço, na barriga, em todas as suas partes macias, entoando uma das primeiras coisas que as esposas-guerreiras lhe ensinaram: *Arma forte, alvo suave, arma forte, alvo suave*. O bicho girou, driblou. Entrincheirado. Atingido. Mas havia muitas esposas e apenas um elefante.

Mama Aza disse que, quando o animal caiu, as fêmeas do rebanho gritaram e rugiram e duas atacaram, ela se perguntou se seriam as esposas, irmãs ou filhas do animal. As guerreiras mais velhas, que tinham mosquetes, atiraram para o alto e assustaram as fêmeas. Então as esposas começaram a destroçar o elefante: juntando a carne, cortando a pele, preservando as presas. Naquela noite, Mama Aza encontrou a agulha de marfim estilhaçada, do tamanho da palma de uma mão e fina como uma caneta, que mais tarde ela daria à mamãe. Ela a escondeu nas suas roupas, pois as esposas não deveriam tomar para si nenhum dos despojos do rei. Os elefantes seguiram as mulheres guerreiras por quilômetros enquanto transportavam a carcaça do velho animal para entregar ao rei, perto das muralhas da cidade. As fêmeas eram tempestuosas, trombeteando nuvens ao longe; depois, estrondos silenciosos e escuros, e, no perímetro das casas, a manada de elefantes desapareceu.

A pele que circunda minhas feridas é áspera, saliente e tão dura quanto a pele dos elefantes de Mama Aza. Pelo menos Safi será poupada disso. Apesar de toda a sua corrida, da batida do seu coração na garganta, do seu pânico agudo enquanto foge para o norte, de volta para sua mãe, para se esconder e viver nas terras fronteiriças arborizadas ao redor da fazenda do meu senhor. Se ela conseguir chegar lá – *ela consegue* –, pelo menos será poupada disso.

Depois que a chuva passa, o sol nos persegue por dias. Fico queimada, vermelha. O vento raspa meu rosto, soprando incessantemente durante uma semana. O barulho é estranho e alto, e tão implacável que sinto falta do som da água corrente; todos ficamos surpresos com os homens da Georgia nos dizendo para parar repentinamente em uma clareira. Há uma colina verde, árvores que nos rodeiam como uma tigela virada, uma cachoeira caindo em uma piscina do mesmo verde profundo das árvores que nos rodeiam. É tão lindo que sinto um aperto no peito, meu coração é um passarinho se agitando no ninho. Por um momento, não me sinto presa. Esqueço o que me prende. Mas a dor em mim, atravessando pulso, quadril e coxas, me traz de volta ao meu corpo, preso a esta corda. Eu puxo quando paramos, puxo o cabo com os braços, só para repelir essa beleza. Quero transformar assim minha admiração em amargura.

O homem da Georgia faz seus homens montarem acampamento. Quando o fogo está alto, os dois homens que foram enviados para capturar Safi retornam, com os cavalos sem fôlego e as cordas que não usaram. O homem da Georgia xinga tão alto que conseguimos ouvi-lo do outro lado da cachoeira. Nós, mulheres amarradas e homens acorrentados, olhamos para todos os lados, menos para o homem que grita; a mulher grande que me ajudou a puxar a mulher doente encosta o queixo no peito para esconder um sorriso. Na maioria das noites, as mulheres da fila só conseguem sussurrar umas com as outras antes que os traficantes cheguem até nós, ordenando que nos calemos, batendo os chicotes. Mas, depois que eles se instalam, podemos falar sob a agitação das cataratas. A água engole nossos murmúrios. O céu nublado e desgastado pelo vento ruge. Esta noite, os homens acorrentados estão sentados a uma certa distância de nós. Um homem mais velho e curvado fala, as rugas como pernas de aranha nos cantos dos olhos, as bochechas altas e firmes como nozes à luz do fogo.

"É mais rochoso aqui", ele murmura. Mexe a mão e, no escuro, as correntes tilintam. "Mas não em outros lugares. Do outro lado do rio, mais lá pra cima, parece que não. Tem um pouco de argila ali, misturada com areia."

"Você já veio aqui antes?", pergunta-lhe outro homem algemado, este de ombros estreitos e cabelo comprido depois do mês de viagem. Ele sacode a cabeça, tirando o cabelo dos olhos, que brilham no escuro.

"Não, não vim. Mas passei. Joguei os troncos nos rios. Às vezes a gente cavava nas margens, fazia buracos pra poder descansar na hora mais quente do dia."

"Não ficava tudo inundado d'água?"

"Não se você construísse direito", ele responde.

"Não parece que existe um jeito de construir direito", o homem franzino retorque. Ele respira com dificuldade no escuro. "Você sempre vai se afogar."

"Não", diz o homem mais velho. Seu sorriso brilha. "Tem que medir. Tem que ter duas vezes mais terra em cima do buraco do que o tamanho do buraco. Tem que cavar e fazer uma curva, e depois escorar com paus. A gente não tem pregos pra desperdiçar, não, por isso corta a lenha, enterra nas paredes e deixa tudo assim."

O homem franzino olha para os traficantes da Georgia e diz: "Quase não tô com fome hoje", como se quisesse se convencer.

Eu sei que seu estômago, assim como o meu, como o de todas as pessoas aqui, está se comendo por dentro. A fome corroendo como um cachorro necrófago. Não consigo parar de sorrir e até isso dói. O homem mais velho se vira para mim e sorri. Ele também sabe que o outro homem mente.

"Você conhecia a menina que fugiu?"

"O nome dela é Safi", eu digo. Dou uma espiada nos troncos escuros da floresta, em parte esperando ver o rosto dela, em parte não. A minha parte inteligente não a quer por perto; minha parte inteligente sabe que ela não está. Mas há uma ondulação no ar, um lampejo de tecidos agitados e membros longos e finos, e sei que alguém está lá. Sei que há uma mulher que nos segue: não Safi, mas alguém que se esconde naquele vento malsão.

"Eu conheci a Safi, filha", o homem mais velho responde. "Ela era famosa pelo trabalho na tecelagem." Ele também olha para as árvores, onde o caminho que percorreremos amanhã levará para o sul. Somos como um passarinho descendo por uma goela quente e úmida, engolido por uma cobra. A noite pulsa. O homem não sorri mais e, olhando para ele, me pergunto como conseguiu. Todas as teias de aranha em seu rosto diminuem. "E mesmo assim ela tinha as mãos tão macias." Algo no tom quente da sua voz é muito terno, me lembrando da minha mãe sussurrando no escuro.

"O senhor conheceu minha mãe?", eu pergunto.

"Como que ela se chamava?", ele pergunta.

"Sasha."

"Ela tinha alguma habilidade?" Ele quer dizer tecer ou costurar, alguma habilidade que a tornaria famosa em todos os condados. Quero dizer: *ela conseguia jogar uma lança tão rápido que desaparecia e, quando cortava o ar, era como o bater das asas de um beija-flor. Ela era baixa e magra, com músculos, e forte como uma cobra trepadeira nas árvores. As mãos da mamãe não eram macias, não com todo o trabalho de cozinhar, iluminar, forrar, limpar e lavar roupas que ela fazia, mas seu toque era.* Mas essa história não é para ele. É minha e é a única coisa que me mantém de pé.

"Não", eu respondo.

"Não lembro dela, não", o homem mais velho responde. Ele desaba e o homem franzino ao seu lado suspira. Os grilhões tilintam. Eu olho para cima. Morcegos disparam sobre nós. Coloco um pão duro na boca. Tenho que deixar minha saliva umedecer suavemente e, a cada mordida, minhas gengivas protestam, sensíveis. *Por favor, Mama*, peço, *diga ao pai de Safi para cuidar dela. Mantenha-a segura*. Fico pensando por que ainda não começou a chover, embora a água da tempestade que se aproxima esteja pressionando todos nós. Desabamos. Faço um travesseiro com o braço, gostaria que houvesse mais carne em meus ossos e fecho os olhos.

Meu maxilar dói. Quando acordo, meus dentes estão moles na boca. Bocejo e meus ossos estalam. Fico imóvel, ouvindo a escuridão, ouço roncos altos como serras cortantes e ganidos sonhadores. Ouço o grito dos insetos, seu silvo e tique-taque crescentes. Preciso dormir, mas não consigo. Preocupada com Safi como se vermes me percorressem. Penso na minha mãe, se ela se deitou nesta mesma clareira, amarrada e triste, me cubro. Viro-me de lado e olho para a noite que circunda a clareira. A saudade da minha mãe se espalha sobre mim como uma grande rede de pesca e se aperta, tão inteira que posso senti-la da cabeça aos pés. Uma esperança selvagem surge no meu peito: e se for minha mãe à espreita? E se ela se libertou como Safi, e se ela estava voltando para mim durante todo este ano terrível e finalmente me encontrou nesta descida?

"Você disse que viria se eu chamasse", sussurro, as palavras ocultas sob a torrente da cachoeira. "Você disse, mamãe", eu digo.

Há movimento nas árvores: saias tão esvoaçantes e cheias quanto as usadas por qualquer uma das filhas do meu senhor, exceto que essas são torcidas. A mulher que as usa é negra como minha mãe, e esbelta como ela também; então um terror repentino me congela. Quero que ela venha até mim, para desatar minhas cordas, mas não quero que esses homens a peguem. A palavra soa como um sino na minha cabeça; eu não suportaria ver aqueles homens amarrarem minha mãe novamente.

No entanto, a mulher que pode ser minha mãe, que deve ser minha mãe, não tem medo. Ela sai da floresta em pé, altiva, mais graciosa do que qualquer mulher que já vi, e é então que percebo que não é minha mãe. Elas se parecem pela expressão dos olhos, pela força da boca, mas minha mãe nunca andou daquele jeito, quase deslizando, com os ombros arqueados para trás. Minha mãe nunca usou um vestido tão fino, cinza e cheio de camadas, tão franzido e esvoaçante: as saias da minha mãe nunca rodavam como se estivessem vivas. Engulo em seco e olho em volta para minha companheira amarrada, meu companheiro acorrentado, para os homens da Georgia rolando e se contorcendo em seus sacos de dormir, todos mergulhados no sono. Essa mulher deve ser alguma outra irmã, esposa, mãe, amiga; a decepção rompe minha garganta e escorre por dentro. Tento não sentir, mesmo assim: essa mulher pode significar liberdade para outra pessoa aqui – mas não para mim.

A mulher para a uma distância equivalente a um homem alto, mas perto o bastante para que eu veja o brilho negro dos seus olhos, para ver que há algo de errado com sua saia, com sua blusa. O que tomei por fio prateado entrelaçado no tecido, brilhando à luz do fogo, é elétrico, um relâmpago deslizando sobre suas roupas. As saias não são de seda, nem de algodão fino, mas obscuras e cheias como as altas nuvens de verão, se elevando no céu e fervilhando até se precipitar. O que pensei ser um manto são fios de neblina caindo sobre os ombros, formando cortinas de chuva nos braços.

"Quem é você?", eu pergunto.

Ela me olha como se fosse um erro ter me encontrado aqui, como se estivesse esperando encontrar outra pessoa deitada no chão, outra pessoa que pensou que encontraria, tremendo com o vento frio que sopra do seu vestido. Eu me apoio no cotovelo, tomando cuidado para não puxar a corda. Algo na inclinação da cabeça dessa mulher, no seu sorriso, me faz querer levantar e ficar de pé, como minha mãe me ensinou a me preparar antes do primeiro golpe: leveza na parte mais larga do pé, calcanhar fora do chão, dedos abertos. Mas a corda, os que dormem impossibilitam que eu faça qualquer coisa além de tremer, cada parte do meu corpo tirita com tanta força que mal consigo respirar.

"Eu", ela responde.

"Quem você está procurando?"

"Eu procurava você." O raio corta seu rosto em dois.

"O quê?"

"Você me chamou."

"Não", eu respondo.

"Vim para te entregar", ela diz.

Esse espírito é mais alto que minha mãe, mais escuro, e onde a névoa do seu cabelo se instala ele cai como cordas ao seu redor.

"Você me chamou", ela diz novamente. A maneira como me olha, os olhos arregalados e perscrutadores, severa na altura das sobrancelhas, me lembra quem me vendeu. Ela me faz sentir pesada e insuficiente.

"Minha mãe que te mandou?"

O manto da mulher ondula como um ninho de cobras ao vento. Seu sorriso se divide e ela gargalha. A mulher infestada de vermes amarrada diante de mim na fila acorda assustada e se senta, enxugando os olhos no antebraço. A mulher com saias estranhas está mais perto dela do que de mim, mas a mulher de olhos amarelos nem sequer olha para essa figura envolta em nuvens negras e relâmpagos prateados.

"Tá frio", diz a mulher fraca. "Quer que eu fique mais perto de você?"

Balanço a cabeça, e a mulher amarrada se acomoda novamente, puxando o xale com mais força em volta dos ombros, se balançando para voltar a dormir. É então que percebo que essa mulher envolta em tempestade não é nenhuma mulher.

“Não”, diz o espírito. “Venho no meu tempo, quando sou chamada.” Ela aponta para mim. “Você me chamou.”

“Eu não te conheço. Nem sei seu nome”, respondo.

Este mundo é carregado de espírito, disse mamãe, e se você o invoca, deve presenteá-lo: enfeites de conchas e roupas feitas para embelezar, ervas aromáticas e frutas maduras. Não tenho nada além de pés rachados, da pele engrossando na corda e do meu sangue na areia. Não tenho nada além de mim mesma.

“Me chame de Aza”, ela diz.

“Você é minha avó?”, eu pergunto. “Você é o espírito da minha avó?” Quando minha mãe me contava histórias de Mama Aza, havia nela uma aspereza, impregnada pela marcha, pela corrida, pelo zumbido e pelas batidas da lança e da espada, pelo pressionar dos pés das esposas-guerreiras, pela maneira como o rei nem sequer olhava para ela. Mas também havia ternura no coração de Mama Aza, na maneira como ela acordava minha mãe, sempre com a mão esfregando suas costas, um murmúrio em seu ouvido: com que suavidade ela a fez aceitar os dias difíceis. Mas não vejo nada disso neste ser, nem no preto marmorizado de seus olhos, nem na inclinação predadora de sua cabeça.

“Você não”, começo a dizer. Uma camada da saia do espírito esvoaça ao vento com granizo e me envolve, me prendendo.

“Você cresceu”, diz Aza.

O frio aperta e não consigo respirar. O céu treme. Trovões estrondosos, e uma chuva torrencial começa atropelando todos nós em um grande rio. O espírito desaparece; a tempestade chega. Os homens e mulheres ao meu redor lutam para ficar de pé, com as costas curvadas sob a chuva. Meu corpo é um grande hematoma. Eu gemo, viro de bruços e vomito. Afasto-me dos doentes o melhor que posso, mas a corda fica tensa, por isso me agacho de cócoras como os outros, tentando sair do chão lamacento. O céu grita sobre nós. Inclino a cabeça diante do dilúvio, diante da dor que ricocheteia através de mim, diante da admiração por aquele espírito carregado pela tempestade que veste o rosto e o corpo de Mama Aza, e não durmo.

Capítulo IV: Rios seguem para o sul

Os homens da Georgia acordam todos na escuridão encharcada. A dor da marcha ferve através de mim, e limpo minhas roupas enlameadas, os restos de terra em minhas feridas – tudo em vão. Nós estamos cansados. Embora os traficantes ameacem, assediem e chicoteiem, nós, homens acorrentados e mulheres amarradas, nos arrastamos com dificuldade. *Aza*, eu digo, pronunciando o nome do espírito que vestia relâmpagos: Aza. Cada passo sacode minha perna, minha coluna, minha cabeça. A cada passo, outra batida por seu nome: *Aza*.

Por que ela adotou o nome, o rosto e a forma de Mama Aza? Não há respostas neste passo ou no próximo. Não há o que decifrar na sujeira. A tempestade que o espírito trouxe turvou tudo com a cor da ferrugem: minhas mãos, a trilha sem fim, o céu acima dos pinheiros pontiagudos e eretos. Agulhas afiadas e duras como pequenas facas. Se eu chamasse o nome de Aza ela viria até mim agora durante a marcha? Traria alguma calmaria com sua nuvem de tempestade? Embora ela pressione como o coração de um furacão, suas saias ao vento e seu rosto coberto de raios são um alívio. Uma pausa nesta caminhada. Os quilômetros desalentam à medida que o sol forma um arco no céu, e fica cada vez mais difícil lembrá-la: sentir como sua vinda, estranha e nova, me fez esquecer a corda e meus ferimentos.

Andamos, comemos e dormimos. Aza não retorna no dia seguinte. Não retorna na semana seguinte, nem na outra, enquanto avançamos mais para o sul. Esta terra é úmida, repleta de rios e pântanos. No rio seguinte, o terror toma conta de mim como o refugo nos arrozais. Seguimos, atravessando onde a água corria mais estreita e rasa, nos equilibrando em pedras ou cravando os dedos dos pés em fundos rochosos, o frescor de um momento de bálsamo. No extremo sul, a água barrenta do rio se agita, preta no centro. Ficamos na margem, esperando que os traficantes retirem nossas cordas, nossas correntes, mas eles não tiram. Alguns enfrentam a água com seus cavalos, que os carregam para o outro lado. O restante espera conosco assobiando para a fila de mulheres, nos aglomerando com seus animais altos.

"Vamos em frente", dizem. "Vamos!" Nos arrastamos em direção à água, e as primeiras mulheres da linha entram no rio, com as saias levantadas. A corda é puxada e vou atrás delas, peixinhos correndo em volta dos meus tornozelos. A água queima o sangue dos dedos dos meus pés, é ácida nos pequenos cortes espalhados por toda parte nas minhas pernas. Os homens acorrentados, que nos seguem, ficam próximos uns dos outros, olhando para nós sem palavras. A mulher na minha frente, com o cabelo emoldurando o rosto magro, respira com dificuldade e se afasta.

"Eu não sei nadar", ela sussurra.

"Se a água te pegar, chute como se estivesse correndo", sussurro de volta. Essa é outra coisa que minha mãe me ensinou. "É outro jeito de andar", disse mamãe, colocando os braços em volta da minha barriga e me segurando na água fria do rio; ela me fez chutar e balançar os braços até eu conseguir manter o nariz e os olhos secos, até conseguir atravessar a água como uma cobra.

"Chute", digo à mulher, mas eu mesma entro em pânico no meio do rio quando sinto a água me levantar. As mulheres que entraram primeiro já estão saindo do outro lado do rio: elas sabem que a corrente puxa, então apoiam os pés no mato e recuam, tentando nos ajudar. A mulher que não sabe nadar está diante de mim, balançando a cabeça enquanto chuta, mas a coroa molhada de seu cabelo desaparece, reaparece e afunda, e ela cospe água quando emerge antes de descer novamente. Nado o melhor que posso: pareço mais uma rolha do que uma cobra. Meus pés atingiram a areia debaixo d'água; passo a corda pela cintura, puxando a mulher atrás de mim para que ela possa emergir e respirar. Quando saio cambaleando do rio, a mulher à minha frente está vomitando água, a de atrás, tossindo e cambaleando até a margem, todas nós, mulheres amarradas, chutando jatos de areia quente e poeirenta enquanto nos amontoamos e olhamos para trás, para o outro lado do rio, para os homens acorrentados. Nadamos apenas alguns metros, na veia preta no centro do rio, mas pareceu muito mais. Sofro para respirar, conhecendo mais uma maneira de morrer nesta caminhada.

O primeiro dos homens pula na água. Mais altos do que nós, eles tentam saltar do fundo do rio, através da correnteza mais profunda, mas suas correntes são mais pesadas que a nossa corda. Eles levam mais surras e chutes para cruzar o rio. A água espuma enquanto eles lutam. O lodo transforma o rio em lama. Nas margens, os capatazes andam e gritam. "Eia!", dizem como se estivessem impelindo seus cavalos. "Eia!", eles gritam e riem.

Um estrondo como um trovão ressoa no céu, e procuro por Aza, penso que quase posso vê-la em meu ombro, os cabelos em revoada como uma chuva açoitada pelo vento, mas não vejo nada além de um dos grandes cavalos vermelhos que os homens da Georgia cavalgam, escavando a areia. Água escorrendo por todo lado. Olhos revirando: lambendo a mordaça.

Viemos para temer os rios. Nos mais rasos, nossos pés afundam e a caminhada que já era dura em terra seca se torna uma luta árdua. Nos mais profundos, lutamos contra o afogamento. As mulheres que sabem nadar, as mulheres que atravessam com sucesso, puxam as outras, as que ofegam, as que se debatem. Elas se estendem mais e vão cortando a água até chegarmos ao pior até agora: marrom-escuro nos lados, preto no meio, um meio que se estende pelo espaço de pelo menos duas carroças. Cristas de redemoinhos na parte superior.

Quando as mulheres entram na água, a primeira cai e desaparece no coração negro do rio antes de emergir e respirar com dificuldade. Quando entro, ando até a beira da corrente escura e recuo quando meu pé não bate em nada. Esse coração sombrio é um precipício. A mulher na minha frente se debate, o cabelo flutuando como uma alga. Eu não quero matá-la. *Respire*, minha mãe disse. Dou mais um passo e o mundo desaparece.

A água é escura como a noite e agitada por toda parte. As bolhas fazem cócegas no meu rosto, no couro cabeludo, e, quando fecho os olhos, posso imaginar que é a mão da minha mãe em cima de mim, me aninhando, embalando todo o meu corpo. Às vezes, depois dos nossos treinos mensais de luta, adormecíamos e ela passava os dedos pelo meu couro cabeludo com um toque tão leve quanto esse, tão carinhoso quanto esse, e por um momento tenho vontade de abrir bem a boca, quero deixar o ar fluir de mim, do meu peito, quero respirar essa carícia úmida e deixar que ela me leve para baixo, para baixo, até o fundo preto. Eu nunca mais precisaria andar.

"Minha pequena", dizia mamãe. Ela falava tão baixo que não passava de um sopro no meu ouvido. "Você vai voar nos sonhos? Para onde você vai?"

"Para a floresta, mamãe", eu dizia.

"E depois, Arese?", ela perguntava, arrancando de mim uma história.

Fico pensando, se eu morrer neste momento, se poderia permanecer nesta lembrança. Se depois de deixar a última bolha de ar subir, eu me levantaria e estaria novamente lá na nossa clareira com minha mãe, ouvindo suas histórias. Se eu conseguiria ouvi-la dizer: *Minha pequena: Arese*.

Mas então a corda aperta meus pulsos e me lembro da mulher de olhos amarelos que cede sob o peso dos dias. Lembro-me da mulher atrás de mim que geme baixinho toda vez que chegamos a um novo rio. E sei que não serei a única arrastada para o fundo pela correnteza, flutuando à deriva rio abaixo, me transformando em lodo. Seriam elas também. Eu chuto e ali, na água lamacenta, está o toque de um braço quente. Levanto-me, suspiro e vejo os ombros da mulher infestada de vermes balançando diante de mim, e a cabeça da mulher atrás de mim chutando e se sacudindo para ficar em pé.

"Aza?" Eu suspiro, e então há muitos braços, tantos braços quantas são as correntes, e eles me agarram todos de uma vez, e eu puxo o máximo de ar que posso e afundo na água. A parte inferior do rio é escura e mal iluminada, salpicada de amarelo. Eu me debato, lutando contra a correnteza, mas também olho para baixo e vejo um rio dentro do rio, uma correnteza na correnteza, um nó de redemoinhos que, num piscar de olhos rápido e embaçado, forma um rosto: nariz achatado, olhos profundos, boca larga, que, com o estouro de uma bolha, fala.

Eu poderia te engolir, diz este rio.

A corda puxa.

Te abraçar. A voz do rio surge em meus ouvidos enquanto a água desce, enquanto a linha sobe. Eu recuo em direção à superfície, à luz. A respiração queima minha garganta. A multidão de braços do rio me agarra e me arrasta para as profundezas mais escuras.

Continue, diz o rio.

A voz do rio: o tilintar abafado de barcos e correntes submersos.

Além deles acima, além deles abaixo. Aqui.

A voz dele: o baque das árvores caídas no leito escuro do rio.

Eu poderia te dar tranquilidade.

Meus pulmões vibram.

Eu te abraçaria.

Eles se debatem.

Minha correnteza ficaria mais fácil para você. Esse espírito de tempestade seria pior.

Meus pulmões pressionam e rugem.

Ela iria te despedaçar com seus ventos.

Eles acendem: chama branca.

Eu te manteria inteira.

Lodo na minha língua. Flores podres nas minhas bochechas.

Eu poderia te ajudar aqui.

Não há dor nos meus pés. Nenhuma dor nos meus braços. Sem dor nas pernas. Apenas o centro, ardendo em busca de fôlego. Eu poderia respirar. Eu poderia respirar. Ainda os pés. Ainda os dentes. Abrindo. Abrindo.

Você poderia ser livre.

Sou sugada. A corda me puxa de volta para meus braços, meu peito, minhas pernas e tudo de uma vez, me arrastando para cima, para cima. Lama na minha boca.

Na superfície, o dia está terrível e claro. O rio está escorregadio, grudento, mas todas as mulheres na fila estão puxando, puxando da margem. Eu afundo, emerjo, ofegante. A areia arranha meus joelhos quando tropeço na margem, com mulheres tossindo e vomitando ao meu redor. Há água por toda parte: irritando meu nariz, vazando pelos meus olhos, escorrendo pela minha garganta. As mulheres na corda gritam e puxam. Minha mãe sempre disse que este mundo fervilha de espírito. Ela estava certa.

Do outro lado da água, os homens acorrentados descem a margem, olhando de soslaio para os homens da Georgia. O ferro deles tilinta e afunda na lama.

"Eia!", os traficantes dizem. "Vamos!", eles gritam. Soltam os comandos como tiros. A cada grito, eu recuo, subindo a margem, me agachando para puxar e puxar o que resta da nossa fila na torrente de água.

O rio fala num pequeno murmúrio, lambe o ar: *Venha*, ele diz. *Venha*.

O primeiro homem acorrentado entra na água e, quando faz uma pausa na borda subaquática escura, salta, tentando ganhar impulso, mas leva muito tempo até que sua cabeça coroe o rio, e ele só consegue respirar uma vez antes de afundar novamente. O homem atrás dele é puxado para a água pela correnteza e cada homem que o acompanha, até o último, um homem de ombros estreitos, tropeça na parte rasa. Este último homem, percebo, não sabe nadar. E ele é baixo, uma cabeça mais baixo do que todos os outros homens. Eu o reconheço; ele cultivava a horta na casa do meu senhor. Mesmo no inverno, o homenzinho fazia o verde florescer. Ele se contorce, mas a corrente puxa.

"Não", sussurro, mas ninguém consegue ouvir por causa da luta dos homens para atravessar o rio. Nem as mulheres que se juntam no chão à minha volta, nem os últimos homens da Georgia que atravessam a água com os seus cavalos, nem os homens acorrentados, que estão sendo arrastados rio abaixo pela correnteza, com a fila das suas cabeças afundando, emergindo e se inclinando como corda de pesca frouxa rio abaixo. O último homem se senta e se curva na margem, cravando os calcanhares na terra, mas desliza para o lado e para a frente, mais perto da borda.

"Droga", o homem da Georgia grita, e então seus homens descem dos cavalos e vão da margem até a água, onde agarram os homens acorrentados pelos braços e puxam com força, tentando salvá-los de desaparecer rio abaixo.

O último homem cai de lado na água, no coração noturno do rio. Ele provoca apenas um leve respingo e, uma vez caído, não há espuma nos seus chutes.

"Eia!", o homem da Georgia grita. "Puxem!" Seus homens puxam, lutando para erguer os homens acorrentados, que sobem do rio um por um, sufocados, ofegantes, aos gritos e roucos. O homem mais velho, que se sentou perto de mim depois que Safi fugiu, vomita água. O mais jovem tosse tanto que não consegue respirar, com o rosto enterrado na areia.

"Venha", digo, contra o murmúrio do rio, para o céu, para o jardineiro afogado. Os homens brancos se erguem. Os homens meio-afogados também se levantam e puxam as correntes, e sangue fresco escorre de suas feridas, circula pelos pulsos, escorre pelos braços, mas quando o último homem, o pequeno jardineiro, aparece, ele flutua, com o rosto na escuridão profunda, de costas para o céu cinzento e coberto de nuvens. A mulher ao meu lado solta um soluço agudo. Os homens acorrentados se acocoram, de boca aberta, ofegantes, enquanto os homens brancos xingam. O homem da Georgia chicoteia o cavalo que gira em círculos, se agachando, os olhos revirando, brancos. O homenzinho acorrentado agora corta a água com facilidade; na morte, ele é reto como uma cobra.

Quando os homens da Georgia libertaram o jardineiro na correnteza, deixaram seu corpo flutuar rio abaixo. Observo até não conseguir mais vê-lo, até que ele desaparece em uma curva do rio, eclipsado pelo verde. Tristeza: abelhas agitadas por um vento forte sacudindo a colmeia. Desespero: a rainha no centro: encorpada, pulsante, empurrando. Ainda.

Sentimos o cheiro do pântano antes de vê-lo. A princípio, cheira como os arrozais: água preta, lama no fundo, plantas e animais se transformando em lodo nas profundezas. Aquele cheiro dos moribundos dando lugar aos vivos. Quando andamos, nossos pés afundam. Nossas roupas molhadas não secam nos dias quentes e tudo isso nos derruba. Nos inclinamos na corda e trabalhamos duro. Os homens da Georgia nos conduzem pela beira do pântano: a água chega de todos os lados, a lentilha-d'água é brilhante e verde, flutuando na água turva. Cipreste, fresco com a chuva, brilhando.

É difícil ficar em pé. Nas trilhas mais longas no norte, andei meio dormindo, meio acordada e meio não, mas aqui não consigo. A trilha tem espinhos e dentes com pontas afiadas. Os insetos enxameiam o pântano em revoadas tão densas que tornam o ar cinza enquanto giram em torno uns dos outros, fazendo festa com tudo o que há para comer neste mundo. Mas quando nós, mulheres, caminhamos por essa reunião frenética, os arrastamos atrás de nós em uma rede fina e pungente. Os homens da Georgia vão à frente e atrás, limitando nossas filas nas extremidades, porque a trilha é muito estreita.

Os insetos sibilam e ecoam. A mulher de olhos amarelos na minha frente olha para trás e percebo que ela está falando.

"Tem um pântano como este no lugar de onde eu venho." Ela tropeça e se endireita, depois se vira para mim novamente: imagino que ela queira que eu saiba que ela está falando comigo, então aceno com a cabeça. "Eles chamam de Grande Pântano Sombrio."

"Grande como este?", eu pergunto.

"Maior", ela diz. "As pessoas entram lá e desaparecem."

"Que pessoas?"

Ela olha para mim e sorri. Seus lábios se fecharam sobre os dentes, os cantos da boca curvados um pouco para baixo, fisgões aqui e ali, e entendo sua resposta tão nitidamente como se ela a tivesse dito. *Nós, pessoas.*

"De onde você é?", pergunto.

"Carolina do Norte. Um pântano tão grande que sobe até a Virginia também."

Piso em uma raiz lascada e uivo, surpresa por poder sentir alguma coisa através da sujeira sangrenta e coriácea dos meus pés.

"Qual é o seu nome?"

"Phyllis", ela responde.

"Você esteve naquele pântano, Phyllis?"

Ela não sorri desta vez.

"Não. Ouvi histórias. Algumas pessoas que conheço foram lá." Seu sussurro é tão baixo que mal consigo ouvir. "Meu tio. Meu sobrinho." A cada palavra, a cada passo, seus ombros se curvam mais e sua cabeça afunda. Ela está estudando o terreno, mas percebo vergonha também. "Eu estava com muito medo. Dizem que tem buracos, cobras e javalis." Ela tropeça e se segura. "Difícil de entrar. Mais difícil ainda de sair." O cabelo dela se enrosca ao vento, balançando com o musgo cinza das árvores ao nosso redor. "Eu não quero ir por este caminho."

Aperto os olhos para ver os dedos do pântano pousando sua mão na terra. Nas vinhas e no musgo, obscurecendo tudo. Uma família inteira de crocodilos, tomando sol em fila sobre um tronco em um ponto iluminado, uma brecha sob a folhagem emaranhada. Tartarugas abrindo caminho ao longo da beira do caminho. Um dos crocodilos balança a cauda e há uma graça selvagem nisso, como o braço da mamãe balançando o cajado.

"Qual é o seu nome?", Phyllis pergunta.

"Annis", digo, cuspindo o suor que escorre pelo meu rosto.

"Meu sobrinho voltou uma vez."

"O que ele disse?"

"Que as panteras rondavam o pântano. Que ele viu mães e filhotes por lá e que, quando o sol se punha, os machos gritavam como gatos agarrados pelo rabo. Disse que também tinha ursos negros, que você precisava levar sua comida para cima das árvores. Disse que os insetos eram tantos que às vezes deixavam o céu dourado."

"Onde eles moravam?"

"Eles construíram casas."

"Casas?"

Ela olha para trás.

"Fora da floresta."

"Os dois fizeram tudo isso?"

Ela olha de lado para mim e então balança a cabeça. "É para lá que eles vão. Alguém desaparece, é assim", ela sussurra.

Fico boquiaberta olhando para ela e depois fecho a boca para me abaixar sob uma teia com uma aranha amarela do tamanho da minha mão.

"Tem ilhas nos pântanos." Phyllis olha para a frente novamente e continua falando por cima do ombro, as palavras pousando em mim, leves como sal. "Você pode encontrar."

Eu estudo a selva escura, o emaranhado de árvores. É difícil imaginar alguém lá fora, além do muro de ciprestes, das cercas de videiras, além dos animais em busca de sol e comida, sobre a água. Não consigo imaginar ilhas, elevações secas, neste lugar submerso.

"Ele me chamou para ir com eles." Phyllis continua a falar tão baixo que me esforço para ouvir. "Eu falei que não." Ela respira úmida e depois fica quieta, o único som é a sucção de pés na lama.

"Porque você não sabe nadar", digo.

"É. Não sei."

"Você estava com medo."

Phyllis soluça e passa as mãos amarradas pelo rosto.

"Melhor que isso", ela responde e dá uma risada que é como o som de algo quebrando.

"Phyllis", sussurro, e ela fecha a boca, mas ainda assim seus ombros tremem enquanto avançamos por esse crepúsculo cada vez maior, por essa floresta úmida sem fim.

Quase caio quando chegamos ao próximo rio. É largo e marrom, tem o comprimento de pelo menos cinco carroças. Não há como cruzar isso. Todos nós vamos nos afogar. Phyllis ri até soluçar. Não quero que o homem da Georgia olhe para ela, então chego o mais perto que posso no nosso pequeno grupo e me inclino para ela.

"Phyllis, olha", eu digo. Aponto com o queixo, embora ela não possa me ver. Ela está respirando muito rápido, com muita dificuldade, e todo o seu corpo treme. "Respire", digo. Phyllis não consegue parar e não quer me ouvir, então toco a parte superior de suas costas, onde os ossos de sua coluna repousam como pedrinhas sob a pele.

"Olha", repito.

"O quê?"

"Lá."

Há barcos atracados à beira do rio, todos amarrados às árvores que se curvam sobre a água. Pirogas, canoas e esquifes. Todos toscamente esculpidos, os esquifes amarrados ao acaso. Há uma corda que vai de um lado ao outro do rio, e um garotinho branco com cabelos cor de fogo está usando a corda para atravessar a correnteza, numa piroga em que cabe apenas ele. Nenhum dos barcos é grande para levar todos de uma vez, e meu coração dá um solavanco, cheio de esperança. Eles vão tirar as cordas.

O homem da Georgia não diz nada quando se aproxima primeiro de nós, as mulheres. Seu cabelo está grudado na cabeça e, embora ele enxugue o rosto com o lenço, desbotado pelo uso e solto nas pontas, seu rosto brilha.

"Vou desamarrar vocês agora", ele diz para todas nós, para nenhuma de nós, porque olha por cima de nossas cabeças, para a floresta. Ele rói um galho e isso atrapalha o que ele diz, mas nós o entendemos. "Vocês sabem o que essa água faz. É melhor terem cuidado." Os outros traficantes então se aproximam e vão afrouxando nossas mãos, e meus braços, meus braços parecem leves como asas, tão leves que minhas mãos se erguem, e, por um momento, eu poderia ser um dos insetos do pântano, voando acima das árvores sufocantes, da maldita água, para o céu claro. Meus ombros se fecham. Olho para meus pés rachados. A ausência da corda afrouxa a saudade em mim, e eu poderia chorar por tudo: minhas abelhas; nossa clareira arenosa; nossa árvore queimada por um raio; a floresta distante da casa do meu senhor, onde procurávamos cogumelos e plantas; o conhecimento seguro daquela terra, do que ela poderia dar e do que poderia reter; o cheiro forte e limpo do ar na primeira manhã fria do outono; a ternura de Safi; a mão da minha mãe envolvendo a minha no cajado: *Arese, minha pequena*. Nós, mulheres amarradas, estamos todas imóveis, quietas, remoendo nossa perda.

"Venham", diz o homem da Georgia.

É difícil andar sem a corda, meu corpo está familiarizado com o puxão. Atrás de nós, os outros homens da Georgia dão ordens aos homens acorrentados enquanto se preparam para remover os grilhões. Os traficantes mantêm as armas preparadas: uma na coxa, outra no ombro e ainda outra na mão. A ameaça tão presente como se estivessem apontados e armados. Não há areia na beira do rio, apenas o pântano alcançando todos os dedos verdes até a água. Os ciprestes se arqueiam em direção ao céu, os joelhos quebrando na parte rasa. Os barcos batem neles. O garoto ruivo sorri; ele não tem a maior parte dos dentes da frente, a boca aberta e rosada como a de um bebê.

"Vamos, vamos!", diz o homem da Georgia.

Phyllis sobe no primeiro bote. A madeira amarrada balança na água. Ela agarra minha mão com força e eu vou para o meio da embarcação. Minha mão dói com a necessidade desesperada dela em apertar, mas não afasto. As mulheres lotam o barco até que ele comece a inclinar.

"Chega!", um dos condutores, salpicado de sardas, grita. "Mais burras que uma ovelha", ele murmura, a voz redonda com algum tipo de sotaque, que eu não reconheço. Os condutores se afastam. Eu me pergunto o que o homem imundo pensaria se eu lhe contasse que minha mãe me ensinou tudo o que sei sobre coleta de alimentos, que me ensinou a identificar dezenas de cogumelos. Conhecia cada um deles, e eu era jovem e de boca macia como seu filhinho de cabelos ruivos, ainda mais jovem, mas podia sair sozinha e caçar comida para mim e para minha mãe, e nunca comemos nada que nos fizesse mal.

Os crocodilos flutuam acima das águas rasas e, na correnteza do rio, sibilam uns para os outros. Sob seus estalidos e sons deslizantes, o velho rio fala uma língua que não consigo entender completamente, mas capto palavras: *Para congelar*, diz, *para gelar*. *Para descansar*, sussurra. Na floresta na margem que se aproxima, Aza surge de repente. Ela está esperando por mim. Estou fraca como um trapo torcido, mesmo assim quero cuspir na água, quero falar por cima do seu murmúrio, por cima do silvo dos répteis, e dizer aos homens pálidos e peludos: *não sou nenhum animal. Não sou nenhuma ovelha*. O segundo condutor, baixo e de peito peludo, sorri para o sardento e diz: "Desta vez não vai ter comida pros jacarés!". O sardento ri.

Phyllis solta minha mão e salta, graciosa como um cervo de pele macia, para a terra firme. Eu sei que dói quando ela cai, sei o que a caminhada desgastante fez com seus pés, pernas e quadris. Procuro Aza, mas ela desapareceu. Phyllis franze a testa. Recolho meus próprios ossos triturados, que quebram poeirentos nas juntas, e sigo.

Os homens da Georgia nos amarram assim que todos atravessamos o grande rio, amarram as cordas nos nossos pulsos e acorrentam os homens com força. Caminhamos até o anoitecer. As árvores apagam as estrelas, escurecem o mundo, e os insetos são ensurdecedores. Quando nos param à noite na trilha, os homens da Georgia acendem grandes fogueiras em ambas as extremidades para nos proteger dos predadores. Eles têm medo do que se esconde na escuridão pantanosa. Espero por Aza. Desejo que ela venha, para comer toda a luz do fogo, mas ela não aparece. Enrolo as pernas e os braços nas roupas, escondo o rosto nas mãos, mas os mosquitos ainda me picam até que adormeço.

Quando acordo, Aza está inclinada sobre mim, o rosto emoldurado pelas fogueiras fumegantes, que ardem fracamente durante a noite. Eu viro para o lado, mas ela paira, imóvel como pedra. Tento não puxar a corda, embora tudo em mim queira ficar de pé e se afastar dela, esse espírito envolto em névoa negra. Invejo como vai e vem, e tenho que engolir minha raiva; mesmo ela dizendo que vem quando é chamada, quando eu preciso, ela não aparece.

"Você dorme muito", ela diz.

"Você foi embora", eu sussurro.

"Estou com você, mesmo quando você não pode me ver."

"Por quê?"

"Eu caminhei com sua mãe", diz Aza. Ela olha para nossa longa fila, para os traficantes que se levantavam e cospem.

"Para New Orleans?"

Ela sorri. Em vez de dentes, sua boca brilha com o clarão de um relâmpago.

"Sim, e antes. A vida inteira dela."

"Eu nunca te vi." O toque do seu vento me lembra as correntezas dos rios; eu reprimo uma pontada de pânico. "Ela nunca me contou sobre você."

Seu sorriso desmorona.

"Estou contigo mesmo quando você não pode ver."

Aza estende o braço e uma brisa agita meu cabelo enrolado. "Assim como sempre estive com ela. Agora eu ando com você."

Ela diz isso enquanto sobe e desce entre os troncos das árvores, onde para, flutuando, o rosto liso como a água do pântano, encerrando a conversa. Mas não desaparece. Em vez disso, permanece longe o bastante para que eu não consiga levantar a voz e falar com ela. Os homens da Georgia acordam com um grunhido e começam a ladrar para todos nós. No meio da manhã, estamos circundando um lago tão grande que não consigo ver onde termina. As perguntas que quero fazer a Aza apertam minha garganta. Ela flutua tão perto, envolta em nuvens de tempestade. Sua voz soa como chuva vindo de longe.

"Sua avó", ela diz.

Eu aceno com a cabeça.

"Ela se deparou com um oceano."

A corda puxa.

"Essa água se espalhou de horizonte a horizonte. E todos os sequestrados com a sua avó, todos amarrados da cabeça aos pés, de um lado para outro, no navio."

Mantenho minhas mãos retas e para baixo, mas a dor não alivia.

"Os homens que iam no navio as estupraram."

Um dos homens da Georgia assobia.

"Eles se livravam dos mortos. Deixavam a água tomá-los."

Meus tornozelos parecem cheios de pedras.

"Sua avó rezava no escuro. Para seus ancestrais. Aos espíritos que sua mãe lhe ensinou. Ela acordava e rezava. Ela bebia quando lhes davam água e orava. Ela ia dormir rezando, com os lábios sangrando."

Cada passo trôpego é uma contusão.

“Um dia, as duas mulheres que a acompanhavam morreram.”

Cada avanço é uma facada no meu quadril.

“Eu as encontrei no grande mar. Minha dança balançou aquele barco profundamente e com força. As ondas jogaram sua avó com os mortos, banharam-na em sangue, vômito e merda. Ela parou de rezar.”

Dobro os cotovelos com força e tento voltar a essa caminhada estúpida, mas a dor persiste.

“Naquela noite, ela implorou à tempestade. Ela não sabe, mas me chamou. Ela disse: por favor, por favor, não me leve. Ela disse: eu conheço você aqui. Você me ouve. Por favor.”

Estou nadando em dor.

“Eu conheço seu poder”, ela disse. “Eu te conheço.”

Deixei a corda me puxar: todas nós, mulheres, gemendo. Nosso coro me dizendo que não estou sozinha.

“Os outros ainda vivos continuavam chorando. Tímidos como formigas. Mas sua Mama Aza foi persistente. Forte.”

Tento lembrar que há mais do que dor, mesmo enquanto meus ossos giram nas juntas, triturando a poeira da sepultura.

“O chamado dela fez com que eu dançasse sobre as águas. Eu conhecia todos, ofegantes como peixes no porão, chorando até a água correr pela boca.”

Meus pulsos sangram.

“Eu os poupei por causa dela. Porque ela me chamou.”

Deixamos o lago, mas não saímos da água. A sola dos nossos pés afunda e dói em carne viva.

“Eu os poupei porque sua Mama Aza me chamou.”

O pântano dá lugar à terra firme, e as árvores caem ao nosso lado, dos dois lados.

“Você entende?”

Estamos em uma pequena elevação e os cavalos dos traficantes relincham e dançam em círculos na grama. O som do latido dos cães paira no ar.

"Ela me conhecia."

Há pequenas construções de madeira, erguidas sobre palafitas, acima do pântano.

"Sua mãe também me chamou, como a mãe dela antes dela. Quando ele a estuprou e ela gerou você."

Ao longe, há uma mancha de quadrados escuros, uniformes demais para ser uma floresta, envoltos em neblina em vez de folhagem. É uma cidade.

"Você me chamou."

Um grande rio negro serpenteia ao longo da margem.

"Todas vocês me chamaram."

O homem da Georgia equilibra seu cavalo e o conduz até a frente da fila.

"Chegamos", diz ele.

A cidade brilha no horizonte. A voz do tutor soa na minha cabeça: "*Eu sou o caminho para a cidade da angústia, sou o caminho para a dor eterna, sou o caminho a seguir entre os perdidos*". Aza estende as mãos diante de si como se estivesse alcançando as chamas crepitantes de um fogo quente, seu rosto iluminado pela hora dourada e um meio sorriso, satisfeito.

"Esse lugar me chama tão alto quanto você e sua linhagem. Tudo é suplicante. Todas as orações. Todo o anseio", diz Aza. Ela cresce imensamente, então tenho que olhar para cima para vê-la, a tempestade girando abaixo do seu rosto. "Cidade dos vivos, cidade dos mortos, cidade de todos os intermediários." As nuvens fervem sobre sua boca, suas bochechas, seus olhos; ela é uma coluna de tempestade, e tudo que ouço é sua voz. "New Orleans."

Capítulo V:
Cidade das desgraças

Caminhamos até New Orleans e cada passo é uma pequena queda. Deixamos para trás o lago e as palafitas; as árvores se levantam, balançando e ondulando por todos os lados, e nós no meio de uma paisagem verde. Quando a paisagem se abre, há um rio, um rio tão largo que as pessoas do outro lado parecem pequenas como coelhos, meio congeladas ao se alimentar à luz do meio da manhã. Aza desaparece. O barco que nos transporta neste rio é grande o suficiente para caberem todas as mulheres. Aqui não há alívio para nossa corda. Este rio não tem palavras, velhos gemidos vindos das suas profundezas. Depois de atravessarmos, há mais casas, de um andar, estreitas e compridas, e depois de dois andares, agrupadas, às vezes lado a lado, com pouco espaço para uma pessoa ficar entre elas. As maiores são revestidas de ferro fundido e amplas varandas: grandes palacetes de pedra se erguendo e obscurecendo o céu. Canais longos e escuros cortam a cidade a cada esquina. O ar cheira a café queimado e merda.

As pessoas lotam as ruas. Homens brancos usando chapéus de abas largas conduzem os cavalos por estradas esburacadas que se transformam em avenidas repletas de cascalhos. Mulheres brancas de cabeças cobertas conduzem as crianças por baixo dos toldos e por portas altas e ornamentadas. E, em todos os lugares, nós, sequestrados. Alguns em cordas e correntes. Alguns andando em grupos, com sacos nas costas ou na cabeça. Alguns formam filas na beira da estrada, todos vestidos com as mesmas roupas rústicas: mulheres de vestido longo e escuro e avental branco, e os homens de terno e chapéu escuro, mas sei que estão amarrados a homens brancos, adornados com ouro e armas, que os observam. Sei que estão amarrados pela forma como estão em fila, sem falar uns com os outros, com cortes recentes marcando as mãos e o pescoço. Sei que estão amarrados pela maneira como demonstram sua tristeza, pela maneira como olham para algum horizonte invisível em direção à sua ruína.

Mas algumas pessoas negras não parecem ter sido sequestradas. Algumas mulheres cobrem os cabelos com turbantes estampados e brilhantes e caminham pelo mundo como se cada passo que dão fosse realmente seu. Elas são mais claras como eu, algumas ainda mais claras, em tons leitosos e veias azuis salientes, como as mulheres brancas com suas toucas e chapéus. Deslizo para perto de Phyllis e me afasto da caravana de carroças que passa ruidosamente. Um punhado de mulheres passa serpenteando; seus turbantes são brilhantes e cintilantes como joias, e elas olham para todos os lados, menos para nossa corda: curvadas, sangrando e em carne viva por causa da longa caminhada.

"São livres", digo a ela.

"Quem?", Phyllis pergunta.

"Ali." Aponto com o queixo.

Phyllis espirra e limpa o nariz no braço.

Três meninos, de cabeça raspada, seguem atrás de uma mulher de pele oliva com um turbante creme.

Os meninos olham para nós com os olhos arregalados e curiosos, e a mulher, que deve ser a mãe, os agarra bem perto pelo ombro e conduz os meninos à sua frente.

"*Non*", diz a mulher. Ela os apressa para um trote que combina com os cavalos que puxam as carroças. "*Allons-y*." Um dos meninos tropeça, mas ela o segura pela parte de trás do colarinho.

Phyllis os observa até que desapareçam em uma curva arborizada. Tento não fazer isso, mas ainda procuro mais turbantes, caminhantes mais rápidas, desviando os olhos, vestindo cores intensas e brilhantes. Mais gente livre.

"Andem!" O homem da Georgia grita para que nos aprofundemos neste labirinto de cidade até que ele para do lado de fora de uma cerca de madeira da altura de duas mulheres apoiadas nos ombros uma da outra. Telhados aleatórios, com azulejos e remendos, aparecem por cima. Há um portão no centro da cerca e, à medida que ele se abre, o som de alguém chorando no recinto se espalha.

"Entrem", diz o homem da Georgia mais próximo.

Entramos amontoados pela porta. Olho para trás, para as casas de dois andares e os estabelecimentos de pedra. Um homem branco com um bigode espesso está parado na varanda de uma casa, com as mãos enfiadas nos bolsos, nos observando ser conduzidos. O rosto tão inexpressivo quanto as janelas.

"Pra dentro, garota", diz o homem da Georgia. O homem do outro lado da rua passa a mão no peito com um colete preto e tira o chapéu. O portão se fecha com um ruído áspero de madeira mal ajustada, e entramos.

Entramos em um pátio repleto de prédios: dois são altos e de tijolos caiados. Os demais são baixos e sem janelas, com tijolos tão escuros quanto o rio. O chão abaixo de nós está reduzido a terra e areia, quase tão plano quanto um piso de madeira. Mas há pegadas, tantas pegadas: as covinhas dos cinco dedos dos pés, a suave bola dos calcanhares, às vezes rodeada pela marca dos cascos de um cavalo. O homem da Georgia entra em um dos edifícios altos e seus homens descem dos cavalos e nos levam até um estábulo. Gargalhadas ecoam de dentro dos prédios. Os cães ladram e latem com o barulho.

"Venham", diz um dos seus homens, baixo e de testa vermelha. O cabelo dele serpenteia o colarinho. Nós, mulheres, seguimos até um dos prédios longos, baixos e de tijolos escuros, enquanto um homem branco conduz os acorrentados até outro prédio – o gêmeo deste barraco. Nós, mulheres, nos abaixamos para entrar e, quando me levanto, meu cabelo roça o teto. As mulheres mais altas se abaixam e se arrastam na escuridão densa. Não há janelas e a única luz vem das frestas entre os tijolos. O homem demora para nos desamarrar; a primeira mulher que ele solta manca até o canto mais afastado do cômodo e se senta. Uma mulher cai de joelhos assim que a corda é retirada. Outra mulher curvada mantém as mãos à frente como se fizesse uma oferenda, se inclinando de um lado para outro. Phyllis desliza pela parede mais próxima. Quando meu pedaço de corda cai, dou um passo para trás, lentamente, como fazia com minhas abelhas nos dias em que o musgo fumegante demorava para acalmá-las. Por um momento, a saudade da minha colmeia parece tão forte que me faz tropeçar ao lembrar: a clareira, o velho chamuscado da árvore, o mel, âmbar e pesado.

"Annis", diz Phyllis.

O homem da Georgia fecha a porta. Afundo no chão ao lado de Phyllis, encosto a cabeça no tijolo, fecho os olhos e tento lembrar como a apicultura me ensinou a ficar quieta, a abafar a alegria. Como uma vez, em minha respiração, houve alegria.

Dormimos com fome, enroladas em trapos. A respiração áspera de Phyllis se transformou em uma tosse forte e cortante. Algumas das mulheres roncam, mas a maioria está imóvel e silenciosa como árvores caídas. Será que foi para cá que minha mãe veio, será que ela dormia neste chão também? Será que ela se deitava na escuridão quente e próxima e pensava em mim? Coço o couro cabeludo e imagino a pressão dos meus dedos como se fossem os da minha mãe na última vez que ela lavou, passou óleo e trançou meu cabelo. Eu me mexo de modo que minhas costas roçam as de Phyllis e, por um minuto, me permito fingir que ela é minha mãe, quente e inteira.

Um fio de fumaça serpenteia pelas rachaduras dos tijolos e se acumula em espirais de fuligem sob a emenda do telhado. Aza ganha forma em um preto mais escuro.

"Você voltou", digo.

"Outras pessoas me chamaram."

"A senhora seguiu minha mãe até aqui? Para uma senzala?", eu sussurro.

Um raio percorre o pescoço de Aza antes de escurecer. Ela não desce ao chão.

"Sim."

"O que aconteceu com ela?"

O relâmpago forma um arco na sua cabeça em um halo elétrico. Ela franze a testa antes de responder.

"O mesmo que vai acontecer com você." Seu rosto muda. A suavidade ao redor dos olhos dela, que poderia ser simpatia, desaparece, tão rápido quanto o zunido de um beija-flor voando sobre sua bochecha. "Você vai ficar triste. Alguém vai chegar e te levar embora."

"A senhora sabe?", pergunto. "Sabe para onde minha mãe foi?" A esperança espuma pela minha garganta e faço o possível para engolir tudo isso, o sentimento, a esperança.

"Longe desse lugar", diz Aza. "Ela foi levada embora, para o norte, no interior."

A sensação, a esperança, agora é um creme pesado e desce até meu estômago.

"A senhora a seguiu?", pergunto.

Aza finalmente desce em uma névoa envolvente.

"Ela estava mal, mas não me chamou." Estico um dedo na direção dela. Na borda das roupas esfumaçadas de Aza, há um toque de chuva fria. Seu rosto está plácido, água calma. "Os espíritos precisam ser chamados", diz Aza. "Essa foi a última vez que a vi."

Fecho a mão em punho e esfrego na barriga: dói de frio.

"A senhora sabia que ela precisava de você", digo, e gostaria de não ter feito isso. Minha esperança ficou rançosa, borbulhando no fundo da minha língua como ácido.

O que eu não digo: *Você não fez nada*.

Aza está nítida e bonita na escuridão. Ela desvia o olhar de mim, para além das paredes de tijolos, e seu perfil, por um momento perfeito, é o da minha mãe. Ela parece próxima, próxima durante a noite, e a saudade ressoa em mim.

"Sim", diz Aza. "Durma."

Viro-me de lado, imaginando como o frio pode acalmar em um momento e queimar no seguinte.

Eles nos obrigam a mergulhar num cocho antes de nos vestirem com roupas de sacaria, todas no mesmo tom castanho. Levam a primeira mulher embora no meio da manhã enquanto estamos agachadas no prédio baixo e escuro. Quando essa mulher retorna, entra cambaleando no cômodo antes de se esgueirar para um canto escuro. Ela se recusa a falar, mesmo quando as outras mulheres a cercam, perguntando. Homens batem à porta e nos levam, uma de cada vez, nos chamando pelo nome: *Sara, Marie, Elizabeth, Aliya, Annis.*

Quando o homem branco, indistinto na porta de entrada, me chama, eu o sigo para o dia quente e claro. A senzala é empoeirada e árida, mas, acima do portão que nos separa do lado de fora, as copas das árvores que ladeiam a rua balançam. Nuvens, como barrigas de pombas, flutuam no céu. Os cavalos amarrados aos postes arrastam os pés e relincham. As vozes dos homens se enredam em uma corda, se enrolam em volta de mim, apertam. Não consigo respirar. O homem branco me conduz pela porta do grande prédio onde o homem da Georgia entrou ontem, mas o homem da Georgia não está agora. Há uma lareira e uma cornija no interior, castiçais para iluminar a sala, brilhando diante de espelhos com bordas douradas. Há uma escrivaninha, uma mesa com arabescos ornamentando os cantos e cadeiras de madeira com encosto alto. São cinco homens brancos, roupas limpas, os cabelos com a marca dos chapéus que penduraram na porta. Eles têm bigodes brancos, são altos e baixos, barrigudos e magros, pálidos. Usam relógio. Os dentes brilham à luz das velas.

"Venha aqui, garota", diz o mais baixo e barrigudo deles. Ele é vermelho nas extremidades: as mãos, a linha do cabelo, as bochechas, todas manchadas de vermelho, como se tivesse cortado a garganta de algum animal e sido salpicado de sangue. Outro homem branco, magro e careca, está ao seu lado.

"Bom porte", diz o homem baixo. "Olhos brilhantes."

"Ela parece bastante saudável, desde que seja alimentada", diz o homem magro sobre sua papelada.

"Como farei", diz o baixinho.

O homem magro rabisca e fala por cima do ombro. "Leve-a para dentro."

"Sim, senhor", diz uma voz, e só então noto a mulher negra, com os cabelos presos e cobertos, os olhos no chão, que se levanta da cadeira e vem em nossa direção, com a camisa e a saia soltas e simples. Ela estende a mão para mim, mas não pega a minha, e se vira, esperando que eu a siga, antes de desaparecer por uma pequena porta. Os homens estão todos me observando, mas não dizem nada. Há uma mesa baixa com uma toalha manchada. Não quero chegar perto, mas ela aponta e diz: "Por favor, sente-se". Eu me sento na beirada, a madeira divide minhas pernas.

"Esse é o médico e ele vai te examinar, se certificar de que está saudável e, se algo estiver errado, ele vai te tratar." Ela fala, mas olha além de mim, como se houvesse outra eu atrás de mim, flutuando no ar, subindo pelo teto. *Aza*, penso. *Aza, você disse que ficaria*.

"Você está entendendo? Acene com a cabeça se está entendendo."

Olho para ela, diretamente para ela: as sardas em sua testa alta, a verruga na lateral do nariz, os caninos tortos.

"Você está entendendo?", ela diz.

Aza, eu digo. *Essa mulher livre. Quem a poupou?*

O médico entra.

"Tire a roupa", diz a mulher.

Aza, olha, eu digo. *Olha para ela*.

Tiro meu vestido pela cabeça. Engulo um pequeno som quando o ar toca minha pele com uma mão fria.

Aza. Há um brilho no lado do meu olho.

"Ele é médico", diz a mulher. Ela olha para mim e seus olhos ficam presos por um momento, e então ela desvia o olhar. A vergonha é como uma carranca nela. "Ele vai...

examinar você", ela sussurra, e olha através das mãos cruzadas para os pés.

Aza, eu digo, *por favor*.

O médico que lembra uma vagem molenga entra e mede: altura, mãos, pés, cintura, pernas, braços e cabeça. Ele olha dentro da minha boca aberta, dos meus ouvidos, olha dentro dos meus olhos. Eu pulo quando ele segura meu crânio, pressiona as placas da minha cabeça, esfrega meus olhos fechados. Eu os mantenho fechados quando sua mão percorre da cabeça até meu pescoço e rasteja para baixo, uma aranha pálida e com juntas de noz.

"Traços delicados de alguma mistura. Não apresenta marcas de gravidez. Cintura fina", murmura o médico. "E quadris largos." A mulher com a cabeça coberta rabisca as anotações, o olhar fixo na página. "Provavelmente venderia melhor como uma garota chique", diz ele. Imagino-me como Aza, flutuando acima da mulher com a cabeça coberta, acima do médico, acima dos pequenos vermes de dor que se enterram em mim com os dedos do médico enquanto ele os move sobre mim, dentro de mim, enfiando-os em mangas e bolsos cada vez mais sensíveis, mais macios. Mas saber que minha mãe suportou isso, e até pior que isso, me traz de volta, de volta ao meu corpo. Apesar de todas as lutas que ela conhecia, que ela apreciava, ela não tinha como reprimir aquilo.

Ah, mamãe.

Um dos homens me leva de volta ao prédio baixo de tijolos. Está quente e abafado, e quero avisar Phyllis antes que ela siga o mesmo homem de volta, e contar sobre a mulher, o médico magro, com suas mãos penetrantes. Mas não posso. Sento-me ao lado dela e me abraço, cada parte de mim está úmida: minha cabeça, meu rosto, até o meio das omoplatas, minha barriga, meus pulsos, entre as pernas, onde o médico sondou, e até meus pés vermelhos abertos. Eu me inclino contra a parede. Aperto os olhos para ver os fios nítidos da luz do dia entrando pelas frestas; há gravuras no tijolo. Algumas letras. Uma forma que parece um sol. E, mais abaixo, uma longa linha reta com um pequeno triângulo no topo. Eu toco, retraço; parece uma lança. Fico pensando se minha mãe teria esculpido isso, colocado sua marca aqui, já que nunca poderia escrever seu nome, pois não tinha bastão.

Fico pensando se ela deixou isso para mim.

Quando Phyllis retorna, ela cai ao meu lado. Seus soluços, por mais suaves que sejam, saem como se fossem dentes arrancados. Espero que ela se acalme e então tiro a agulha de marfim do meu cabelo, de seu esconderijo no meu couro cabeludo, onde uso todos os dias desde que minha mãe foi levada, e raspo a parede ao lado da marca que pode ser da minha mãe. Traço um círculo, uma linha reta no centro, e depois desenho uma pequena forma oval em um lado do círculo, e outra no outro lado: asas. Quando pisco os olhos, pode ser uma abelha.

Todas as mulheres estão dormindo, abraçando a si mesmas ou umas as outras. Todas nós latejando e machucadas pela caminhada e pelo médico. Depois que minha mãe foi vendida e antes de Safi me limpar e aquecer, quando minha dor era um dilúvio quente e fresco, eu vagava pela clareira quando o ar ficava alaranjado, quando os coelhos procuravam a última comida do dia e as corujas e os coiotes vinham caçá-los. Eu pegava a agulha de marfim que minha mãe me deu e andava pela floresta, com o marfim na mão, me sentindo um fio de cabelo menos indefesa, mesmo sabendo que era uma tola.

Mamãe não disse que eu era minha própria arma? Que eu sempre fui sabida o bastante para descobrir uma saída? Mas agora me sinto desarmada, com uma suavidade dolorida. Aza desce e me envolve.

“Por quê?”, eu sussurro. “Por que você não poupou minha mãe disso? Por que não poupou a mim? A senhora poderia nos tirar deste lugar.”

O cabelo de Aza é vivo: nuvens agitadas, o sol poente incendiando tudo. Ela se inclina para a frente e uma brisa sopra dela. Parece uma roupa de cama recém-lavada batendo no meu rosto, estalando ao vento frio.

“Minha chuva não pode desgastar a fechadura. Meu vento poderia acabar com isso, talvez, mas há homens demais aqui. Muitos cães. Eles te seguiriam e te encontrariam rapidamente.”

“Tem que haver outras maneiras. A senhora nunca tentou?”, pergunto.

O vento de Aza é forte, não há nada da sua terna mãe. Ela me encara com seus olhos negros, suas íris relampejantes.

“Eu segui sua Mama Aza depois que a poupei no navio. Havia algo sobre ela, algum som. Um silvo fino, como o dos pássaros junto ao vento forte antes de uma tempestade.” A névoa de Aza brilha arroxeada; uma das mulheres geme. “Eu a segui pelo mercado. Vi com que força sua Mama Aza estava presa nesta terra, tão seguramente quanto estava amarrada no navio. Vi-a durante todo o caminho até a casa do seu senhor, quando ela começou a inchar com sua mãe, o bebê que ela carregava dentro de si, do outro lado da água. Não havia como escapar.”

Deslizo minhas mãos pelas axilas. Aperto minhas coxas e meu estômago.

Minha respiração congela por uma expiração. Phyllis estremece ao meu lado.

"Aza", digo. Levanto as duas palmas, os dedos ficando violeta. "Estamos congelando."

Aza se torna cinza-escuro, aveludada como a barriga de um coiote. Desvio o olhar do seu rosto corado pela tempestade e me enrolo no meu próprio calor.

"Deixei sua Mama Aza. Ela estava cheia e atrapalhada. Mas pensei nela quando voltei para o mar agitado e marcado pela lua onde a vi pela primeira vez, para as baleias subindo para soprar das profundezas." Aza desvia o olhar de mim, parece olhar através das paredes do prédio, da cidade, dos quilômetros. "Havia tantos navios, tantos do seu povo naqueles porões, mas ninguém me viu como ela. Voltei e encontrei sua Mama Aza dando à luz sua mãe."

O cabelo de Aza assenta suavemente no seu couro cabeludo: dezenas de rios escuros serpenteando até o oceano, antes de brotar de novo.

"A água que saiu da sua avó quando sua mãe chegou ao mundo era roxa. Ela saiu tão rápido, flutuando naquela água toda; ela escorregou pelas mãos da parteira e caiu no chão. Sua avó riu e a parteira tentou envergonhá-la. Ela não aceitaria, mesmo quando o bebê gritasse. Aquela bebê tinha tudo dentro de si. Veias de relâmpago. Lança-em-linha-reta. Canção alta."

Aza deixa sua névoa rolar sobre minhas pernas, minha cintura.

"Isso é tudo que queremos." Aza adquire a cor de uma bela névoa matinal: um cinza claro e fresco. "Ser chamada. Ser vista. Sua mãe me viu. A primeira palavra que sua mãe me falou foi a palavra que ela usava para mim: Tempestade, ela disse. A língua tão grossa e a boca tão pequena, cravejada de dentes, parecia o silvo de uma pequena cobra verde." Encosto o queixo no peito. "Mas quando ela cresceu… sua mãe perdeu a pequena cobra em suas palavras."

As mulheres ao meu redor murmuram e se enterram umas nas outras, longe do frio, longe da nossa dor. Elas deixam a mim e Aza em paz.

"Mama Aza nunca pediu que a ajudasse a fugir?", pergunto.

As saias de Aza se arrastam sobre nós. As mulheres agarram os vestidos umas das outras com mais força.

"Ela nunca falou sobre isso, mas acho que esta terra, estas pessoas eram muito estranhas para ela. Isto tudo a fez girar e, quando parou, não conseguiu se recompor. Ela entrou em choque, ficou oprimida. Viveu a travessia, mas o mundo em que pousou foi impiedoso. Ela percebeu que não havia como voltar para os elefantes. Para a mãe dela. O oceano era muito grande. A única coisa que ela ainda tinha para mantê-la de pé era a luta."

"E minha mãe?", digo. "Ela nunca pediu sua ajuda para escapar?"

A brisa de Aza é tão forte quanto a do primeiro dia fresco do outono. Um prenúncio da morte que está por vir. Traço a lança na parede com os dedos. É estriada, fina.

"Sua mãe fechou os olhos para mim. A última vez que falou comigo foi na noite em que sua avó morreu, queimando de doença. Minha água não conseguiu resfriar sua Mama Aza."

Aza pisca lentamente ao se lembrar.

"Alguns espíritos podem transmitir doenças, mas eu não", diz Aza, e é o tom mais baixo em que já a ouvi falar. "Quando sua Mama Aza se levantou, eu a impulsionei de seu corpo. Eu disse à sua mãe que adotaria o nome de Aza, para que ele sobrevivesse."

Aza balança a mão, da minha cabeça até meus pés. Segue-se uma vibração gelada, que corre como uma chuva torrencial sobre minha testa, nariz, boca, pescoço, ombros, estômago, coxas, até encharcar a sola dos meus pés.

"Mas, em meio à dor, sua mãe se debruçou no peito de Mama Aza, chorando, e nunca mais me viu nem falou comigo."

Que bênção não sentir dor. Não sentir nada. Como Mama Aza deve ter se sentido leve.

"Ela culpou a senhora?", eu pergunto.

"Sim", Aza responde rapidamente, sibilando. Ela me envolve com as nuvens das suas roupas, dos pés às coxas, aos quadris, às costelas e aos ombros. Depois olha para as outras mulheres no chão e fico pensando na maneira como respondeu rapidamente. Fico pensando se está dizendo a verdade. Com que conveniência esta história a desresponsabiliza.

E agora não consigo pensar porque a frieza dela está por toda parte. Paralisa meus pés machucados, meus pulsos destroçados. Estou congelada do mesmo jeito que fiquei nos meses após a venda da minha mãe. Como é amargo saber que tenho apenas os detritos da vida da minha mãe, os restos da sua partida: sua agulha de marfim, suas lições de luta, suas histórias, a lembrança das suas mãos, dos seus cuidados. Só tenho o que mamãe salvou da morte da própria mãe, mas não posso fazer a escolha que ela fez. Não tenho a força que minha mãe teve, a vontade de me afastar desse espírito por ele ter falhado comigo, por talvez ter mentido para mim. Estou muito sozinha, com muito frio. Então, aceito o que Aza pode dar.

"Sua Mama Aza foi para a Água", diz Aza.

"A Água?", eu pergunto.

"É um lugar no além deste lugar, onde todos os espíritos emergem. Amanhã", diz Aza. "Este mundo é muito mais do que você imagina. Durma", murmura Aza, e minhas pálpebras se fecham.

Estamos acordadas quando o próximo homem branco chega no prédio baixo, destranca a porta e nos leva para o pátio, onde nos alinha diante do vendedor, o homem baixo e cheio de manchas, com as mãos grandes cobertas de ouro. O médico fica ao lado da mulher que se parece conosco. Phyllis, ao meu lado, cruza os braços sobre a barriga, como se pudesse proteger suas partes moles, aquelas que não estão presas por ossos. A mulher no fim da fila é baixa, mais baixa que a maioria de nós, mas musculosa, enquanto nós somos magras como uma fita. O vendedor fica na frente da primeira mulher e estende a mão, agarrando seu rosto.

"Você é uma faz-tudo. Se um comprador perguntar, você diz 'sim, senhor'."

O médico escreve.

"Se não disser, será chicoteada. Entendeu?"

A mulher treme como um cavalo que correu por muito tempo. Então ela confirma.

O vendedor avança na fila, estuda cada mulher, braços, dedos, pernas e costas antes de falar. *Você é uma mucama*, ele diz para uma mulher com um olho caído. *Você é uma trabalhadora do campo, de eito*, ele diz à mulher grande. *Você é uma ama doente*, ele diz a outra que manca. *Você é uma babá*, ele diz a outra com o cabelo preso caindo pelas costas. *Você é uma cozinheira*, ele diz para aquela que não parou para nada durante a caminhada. *Você é uma costureira*, ele diz a Phyllis. Ela nem acena com a cabeça; seu queixo cai no peito.

"E você..." Ele passa um nó do dedo no meu braço. "Você não fala", ele diz. "Os compradores vão entender." Ele ecoa a fala do médico, me dizendo que sou uma garota chique, meu único valor está entre as pernas.

Um dedo de névoa se enrola sobre sua cabeça, circundando e se tornando maior. Aza surge dali. Ela brilha ao sol: a água do rio iluminada de cima. Os braços pendendo soltos ao lado do corpo, a boca se move.

"Olha", diz Aza, e aponta para as costas do vendedor, onde há uma chama, estreita como uma vela, no ar. O bandido vai até a próxima mulher, fala com ela, mas suas palavras são abafadas. A chama floresce em um incêndio. Uma cabeça derretida surge, depois ombros, depois um torso e depois um vestido em chamas. O rosto fica escuro e aparece um nariz, depois uma boca e depois olhos. O cabelo do espírito é uma conflagração. A cabeça e os ombros estalam com definição, seu rosto é uma lareira, inclinada e enegrecida. Pairando sobre o homem, sobre todos nós, está uma nuvem fumegante de uma mulher, um espírito ardente.

"Olha", diz Aza. "Aquela Que Lembra."

O comerciante vai até a próxima mulher em nossa triste fila e conta como ela será vendida.

O espírito ardente flexiona os braços, que ficaram pretos como seu rosto. Os veios na madeira de seus antebraços se curvam e se movem, formam linhas, formam uma escrita. O fogo em seu coração se transforma em palavras. Essas palavras fluem por seus braços, pelas colinas de seus ombros e pelo vale de sua boca negra, muito negra.

"Ela é a testemunha do seu sofrimento, de todo o sofrimento", diz Aza. "Ela testemunha e se lembra. Esse é o poder dela."

O outro espírito estala e cospe brasas enquanto as palavras rolam pelos braços, pelo rosto, por todo o seu corpo, e só desaparecem para dar lugar a mais, à medida que as mulheres da nossa fila acenam com a cabeça para suas narrativas.

"Este mundo nos faz todos novos. Chama novos espíritos, alimenta os antigos. Nos dá fiéis, oferendas", diz

Aza. "Somos todos parte do mesmo", ela diz. "Tentei dizer à sua Mama Aza que somos uma família."

Cerro as mãos, como se pudesse enfiar as palavras do vendedor de volta na boca dele, na garganta dele. Olho para as outras mulheres na fila, além de Aza, para o espírito que se lembra. Ela olha para trás, com a boca aberta engolindo a última palavra, e a fumaça sobe. Ali, o cheiro de um fogo antigo, um fogo muito antigo, um fogo atiçado, alimentado, mantido ardente por gerações. Eu gostaria de poder falar; quero perguntar a Aza: *O que ela vai fazer com isso? O que sua lembrança vai fazer?* A névoa de Aza obscurece suas mãos, seus braços, seu vestido, seu pescoço, até que toda ela esteja envolvida e, com um estalo, desaparece. Aquela Que Lembra olha para mim e suas pernas se desintegram, depois seus quadris, seu torso, seus braços e, por último, seu rosto, tudo chovendo cinzas.

Eu enterraria a agulha no olho desse homem baixo.

A lembrança do espírito não é suficiente.

Capítulo VI: Rendição

Acordo com uma mulher chorando. Não consigo distinguir quem é, mas, mesmo assim, aperto os olhos na escuridão da noite.

"Mãe", uma mulher chama. "Mãe." Ela chama de novo, o som abafado como se sua boca estivesse coberta com a mão ou o antebraço, os soluços escorrendo como água de um balde virado.

Eu me pergunto se o espírito que arde também testemunha isso, as dores privadas, o nosso choro na calada da noite, ou se ela apenas escreve e se lembra do sofrimento público. O tipo de sofrimento que o tutor das minhas irmãs disse que abundava no inferno italiano, com suicidas sendo transformados em árvores, comidos por harpias, ou com hereges queimados em criptas incendiadas. Eu me pergunto se Aquela Que Lembra flutua agora, invisível acima de nós, nos observando chorar e chamar por nossas mães. Minha mãe sabia que o mundo estava encharcado de espíritos, que não era preciso ir ao céu ou ao inferno para testemunhar isso; ela sabia que está tudo aqui. E agora eu também sei.

Eu rolo de lado; me aproximo da parede, longe das outras; e tiro minha agulha do cabelo. Ela brilha. Sinto as marcas na parede com uma mão e depois gravo. Não consigo enxergar bem o suficiente para desenhar minhas abelhas. Eu entalho uma lança, depois outra e mais outra. A marca da minha mãe. Gostaria que ela estivesse aqui para que eu pudesse perguntar se estou certa em acreditar que foi ela quem desenhou. Gostaria que ela estivesse aqui para que eu pudesse perguntar sobre Aza, sobre as histórias que ela entoa. Gostaria que ela estivesse aqui para que eu pudesse perguntar por que ela nunca me contou sobre Aza, por que me disse que o mundo estava cheio de espíritos, mas nunca me contou sobre aquele que ela conhecia. Gostaria que ela estivesse aqui para que eu pudesse perguntar se deveria confiar em Aza. Certa vez, quando estávamos em busca de ervas e raízes que interrompem a gravidez e de cogumelos para comer, mamãe me disse o seguinte: *Você é boa em encontrar, mas se apressa demais em ver o bem. Você tem que ver tudo. Você também precisa ver o perigo. Você confia muito rápido; não faça isso.*

Phyllis encosta suas costas nas minhas enquanto dorme. Sinto cheiro de fumaça no ar, sei que os homens deste lugar estão acordando, acendendo a lenha nos fogões para comer.

"Aza", eu sussurro, e espero a tempestade se formar, espero que a chama bronze em seu rosto apareça. Phyllis murmura. Eu ainda ouço.

"Mamãe, não", a mulher que chora no escuro deixa escapar antes de se acalmar.

Sem o frescor de Aza, as partes mais ternas de mim são todas dores espinhosas.

"Aza", sussurro novamente, mas o ar permanece rançoso, e o único movimento é a poeira levantada pelas mulheres dormindo no chão. Cubro o rosto e tento não conjurar a imagem de Safi, mas o faço. Ela poderia estar em qualquer lugar entre aqui e a casa. Olho para cada pessoa que ela poderia ser: tremendo no dia clareando. Cavando na margem de um rio, segura. Seus braços se fechando em volta de um tronco de árvore, a casca arranhando seus delicados bíceps, os cães latindo lá embaixo. Ela sendo capturada e amarrada, carregada em um navio que vinha para cá, para o sul, para New Orleans. Seus olhos imóveis e sem alma se transformando em passas claras, os ossos emergindo de sua pele como pedras quando a maré recua: mortos. Seu espírito, onde? Pressiono meu rosto com força, afastando o choro que borbulha como um riacho, mas as lágrimas vêm mesmo assim, e não vejo Aza, nem minha mãe e suas advertências, nem uma Safi putrefata, mas as estrelas brotando.

New Orleans é uma colmeia, e nós, o mel. Isso é o que sei quando a mulher negra entra no galpão distribuindo roupas, vestidos longos e escuros, toucas escuras e aventais cor de manteiga para todas nós. "Coloquem", ela diz, e depois que estamos todas vestidas: "Esfreguem este óleo na pele". Ela distribui bolos de milho tão gordurosos que deixam um resíduo pegajoso na boca; mesmo assim nós devoramos. As roupas são ásperas, abrasivas como a língua de um gato nos meus pulsos abertos. Há manchas mais escuras no vestido, sangue de alguma outra mulher presa aqui, vestida para venda. A mulher com a cabeça coberta se inclina e olha para mim pela primeira vez.

"Fale", ela sussurra, tão baixo que mal consigo ouvi-la, com os lábios rígidos. "Diga a eles quem você é. Você pode fazer mais do que servir na cama", ela diz, e há uma lembrança nas suas palavras, algo que explica suas sardas, o tom louro do seu cabelo que sai do turbante.

Alguma ferida da mãe, talvez, ou da avó. Algumas feridas todas as mulheres neste galpão conhecem.

As palavras dela me causaram um tremor. Tento me acalmar e passar a mão no cabelo em busca do pedaço de marfim que coloquei lá: minha única peça de proteção. A mulher de turbante abaixa a cabeça e vai até a próxima de nós, Phyllis, que balança em uma brisa invisível. Observo-a avançar na fila enquanto sussurra para as outras ajeitando as toucas, alisando as saias ou amarrando os aventais.

"Alguns vendem em casas de leilão. Este homem vende fora da cerca. Você vai ficar em pé e esperar." Então a mulher que trabalha para os nossos sequestradores inclina a cabeça e sussurra: "*Que le seigneur vous bénisse et vous garde*",[3] e depois diz mais alto: "Venham".

Seguimos a mulher de costas eretas pela porta baixa, atravessamos o pátio empoeirado e saímos pelo portão da frente até a rua. O tecido amarrado em sua cabeça parece uma flor, macia, de um roxo lavado, na meia-luz do dia nublado. Os homens acorrentados já estão lá, todos enfileirados de frente para a estrada, olhando os cavalos e as pessoas que passam. A mulher de turbante nos para e nos alinha de costas para a cerca, nossos rostos voltados para o céu. Quando a garoa começa a cair, quase tão sedosa e leve quanto o pólen, olho para o cinza, procurando por fogo, por nuvem, por Aquela Que Lembra, por Aza. E, quando não vejo nenhuma delas, sinto a sombra do cabelo da minha mãe, ralo e leve, no meu rosto.

Quando eu era criança, depois de um longo dia de trabalho, minha mãe, cansada e com fome, me carregava para a cabana no escuro. O cabelo dela é meu véu. *Minha pequena*, ela murmurava. Abro os olhos para o choque

3 "Que o senhor os abençoe e os proteja", em francês no original.

cinzento deste dia, para a tristeza. Quando eu era pequena e precisava ser carregada, como aquelas caminhadas duravam instantes. Como cada momento sem ela, essa maldita espera sem seu cabelo, sua música, seu rosto, dura anos.

Só depois que a manhã se torna tarde é que percebo que nossos banhos, o hidratante e os bolos gordurosos foram dados para mascarar os horrores da longa caminhada e ser mais fácil nos vender, mas é tudo inútil. As feridas em nossos pulsos mal cicatrizaram. Phyllis tem lesões que parecem carne crua no pescoço e nas bochechas. Uma das mulheres no final da fila fica de pé, mas se inclina sobre uma perna, preferindo se apoiar sobre um pé; sob as saias que usamos, o tornozelo dela floresce como uma cebola bulbosa e manchada. Quando o primeiro homem se detém para nos avaliar, ele pergunta ao vendedor o valor da mulher com o pé ruim, se ela consegue limpar bem, mas quando vê seu tornozelo machucado, quando ela manca um pouco, ele passa a mão sobre sua barba manchada de tabaco e sai. Quando o segundo homem, barbeado, alto e pálido, para e pergunta sobre a mulher grande, ele me assusta: faço finta de andar para lugar nenhum, meus quadris inclinados sob as costas curvadas, as pernas doloridas. A tarde se estende e, quando o décimo homem para, eu não me movo.

A garoa do dia diminui até secar e meu estômago parece se revirar dentro de mim, com fome e sede. Quando um homem grande, barrigudo e de terno acetinado para na frente da fila das mulheres e começa a nos perguntar o que fazemos, respiro apesar das dores no estômago de tanta fome e olho para a frente. Enganei-me pensando, por um momento, que, se eu olhasse através dele, ele poderia passar direto por mim. Mas então ele se inclina sobre mim, olhando por cima do nariz, bloqueando a rua, os cavalos, as casas, as pessoas que viajam, o dia. Ele todo vestido de preto, como uma noite que cai, e eu olhei.

"Essa aqui", diz ele, e só então noto o vendedor parado ao seu lado.

"Essa é chique", o vendedor responde.

O homem cantarola. Ele cheira a colônia: fruta picante fermentada em álcool. Ele sorri.

"Estirpe fina, pela aparência", diz ele.

"Ela não tem marcas de gravidez, mas está madura para isso", diz o vendedor.

Minha mãe trazia as marcas da gravidez. Minhas marcas: quatro linhas pretas que se espalham como óleo a partir do umbigo, pelos quadris e até a bunda. Duas linhas pretas debaixo de cada seio.

"Não", digo. A palavra é uma pedra quicando no traje do grandalhão, caindo e criando ondas. As mulheres ao meu redor se afastam; seus tremores são a corrente.

"Eu cuido da casa", digo. O vendedor está batendo no rosto com as mãos, irritado com os insetos circulando sua cabeça, e eu, abrindo a boca, rebatendo a avaliação.

"Eu lavo, passo, costuro, acendo e apago o fogo." Engulo o pânico. "Eu cozinho." O sol atinge os bigodes do homem alto, que ficam vermelhos, e, num piscar de olhos, ele se parece com meu pai, e sei que estou falhando, porque agora estou corpulenta e aprumada como uma égua bem treinada para ele, que está pronto para montar. Ele sorri.

"Você conseguiu um primor aqui", diz o homem alto ao vendedor. Seus olhos negros como ferro, negros como a lâmina da minha avó com a qual ela correu, matou e massacrou. Negros como a lança esculpida da minha mãe. Negros como as armas que não podiam sacar, não podiam balançar para se proteger dos homens que as venderiam, comprariam e estuprariam.

"Eu conheço plantas", digo. "Frutos, ervas." Eu cuspo. "Cogumelos."

O grandalhão dá um passo para trás. O corpo se moveu sem ele, e só quando ele balança sobre os calcanhares nas pedras é que acho que ele percebe o porquê. Ele também entende um pouco de cogumelos. Sabe que existem os mosqueados marrons, os pretos, os amarelos brilhantes, os alaranjados e os cor de ferrugem, e que os caules tenros podem ser deliciosos ou mortais. Não sei quem o ensinou, mas minha mãe me ensinou na época em que os pegávamos nas terras do meu senhor. Ela transmitiu o que aprendeu com Mama Aza, que aprendeu com uma mulher mais velha do Povo Originário que viveu nas Carolinas antes de nós, e que fez trocas com Mama Aza e mais tarde foi para as montanhas para se esconder da remoção. Não consigo evitar uma careta diante do rosto pálido do grandalhão; minha boca tem gosto amargo, como repolho queimado. Nós balançamos na fila ao longo do portão do cercado. Não sei se me condenei ou me salvei. O homenzarrão gira e nos deixa, descendo pela pedra, seguindo o curso da estrada, desaparecendo em uma esquina.

Quando o sol está quase se pondo e o ar fica pesado e macio como uma colcha, mais de um punhado de homens caminha pela fila, um que cuspiu perguntas da boca como se fossem sementes de girassol, outro que não fez perguntas, mas semicerrou os olhos para cada uma de nós como se estivéssemos escrevendo, ele não sabia ler. Sei que o vendedor tem sua própria resposta para o que fiz. Não me surpreendo quando voltamos ao cercado, ao nosso galpão, e, quando a mulher chega com comida, não me dá nada. A boca franzida, os olhos se desculpando.

Procuro Aza, mas ela não está.

Deito-me no chão entre as mulheres, que murmuram e reviram durante o sono, e parte de mim quer encolher a testa até o estômago e fechar os olhos, mas sei que, se fizer isso, tudo o que sentirei será fome. Tudo o que sentirei serão meus hematomas, meus cortes. Tracei meu sinal de abelha, a lança da minha mãe, todas as pequenas lanças que gravei nos tijolos em ruínas. Olho para o teto e invoco o espírito.

"Aza."

Aza não vem. Eu me pergunto se ela está clara como o ar, flutuando acima de mim, se recusando a falar como o deus do meu pai, como o deus do vendedor. Eu me pergunto se ela está escolhendo o silêncio, a ocultação, como fez durante a maior parte da minha vida. Eu me pergunto se minha necessidade não é grande o bastante, ou se há alguma outra revelação que ela queria que eu entendesse e que não entendi. Ou talvez ela saiba que para mim ela é como um dos cogumelos maus da minha mãe: aveludado e vibrante por cima e com algum vestígio de veneno escondido no meio. Ou talvez Aza não pense nada sobre mim e, em vez disso, esteja embriagada de adoração nesta cidade aquática. Talvez esteja decidida a encontrar outros como ela, reunindo uma multidão de espíritos, e estão amaldiçoando, queimando, salvando e concedendo favores em todos os outros lugares menos aqui, aqui neste prédio quente e fechado com mulheres esfarrapadas chorando como gatinhos durante o sono, abrindo caminho pelo chão de terra, procurando, procurando mesmo que nos sonhos por algo como um corpo gentil, uma voz suave, uma mão que se estende e diz: *Levante-se, levante-se, vamos embora – tenho um lugar para você.*

Procuramos e não encontramos nada.

Os homens que param e perguntam se tornam apenas um depois de uma semana. A única coisa que brilha quando hesitam diante de mim é aquilo que revela sua crueldade. Um chicote açoitado em uma perna. Um sorriso rápido quando uma das mulheres cai de joelhos nas pedras do pavimento, derrubada por longas horas em pé. O brilho duro de um olho enquanto o outro inspeciona e questiona, enquanto exige que abramos a boca e mostremos os dentes. Os dedos escavadores de outro enquanto nos avalia para o acasalamento, se gabando do seu dinheiro, das ótimas tolices que podemos fazer, do quanto cada uma de nós valeria, suas palavras são um vento constante e ruim carregando o fedor de uma carcaça de animal abatido e deixado para apodrecer na floresta.

Os homens vêm como larvas de um tronco apodrecido e arrancam as mulheres da fila, uma por uma. Eles nos separam, deixando algumas de nós em pé. Cada vez que outro homem pálido se aproxima, sei todas as maneiras pelas quais ele vai me afundar ainda mais neste purgatório e conto o que sei fazer. Que sei procurar cogumelos que crescem nos recantos mais escuros do bosque, que sei colhê-los, que posso levá-los à sua mesa. Não digo isso, mas eles sabem: sei como funciona uma casa, uma cozinha – posso escondê-los na comida.

Logo eu e Phyllis somos as únicas que dormem no galpão.

Quando chegamos ao cercado, eu não imaginava que pudesse sentir ainda mais angústia, mas, à noite, reconheço um peso familiar no galpão mofado e vazio: tristeza e solidão, frescas como o que senti depois que minha mãe foi tirada de mim. Lotando o cômodo do teto ao chão. Não consigo dormir. Não me sinto segura para fechar os olhos. Depois que Safi me lavava, nas noites em que não conseguia dormir, eu procurava comida. Imaginava que, como não estava dormindo na terra e na lama da clareira, eu ficaria visível para meu senhor novamente. Imaginava que ele viria atrás de mim. Então, sob a luz fraca da lua crescente, comecei a procurar as raízes e ervas que minha mãe disse que impediriam a formação de um bebê em mim. Algumas noites, Safi acordava e, embora eu a mandasse dormir, ela me seguia, agarrando um pedaço da minha camisa. Nós duas com os olhos turvos, piscando na escuridão; eu queria que a luz fosse melhor, sabia que as plantas seriam mais fáceis de encontrar sob a luz da lua cheia, mas também sabia que não podia esperar, que um dia meu senhor iria alcançá-las e pegá-las. Que ele cobriria minha boca para que suas filhas de rosto escarlate não nos ouvissem por causa do zumbido do tutor: "*Não há tormento maior do que relembrar nossos momentos de alegria quando estamos na desgraça*". Que ele iria me esfolar como fez com minha mãe. Eu sabia que, depois de uns nove meses, poderia ter um bebê mal concebido.

"Mama Aza sempre disse à minha mãe que ela deveria conversar quando estivesse coletando coisas", contei a Safi enquanto me abaixava e cavava. "Tudo, as criaturas, os espíritos e os animais, eles só querem a fala. Querem que a gente abra a boca e diga obrigada ou olá. Disse que era como chamar para gostar."

Safi se ajoelhou ao meu lado e colocou a mão nas minhas costas. Mechas do seu cabelo que haviam escapado do nó roçaram minha têmpora. Ela estava perto para beijar, e eu me atrapalhei no escuro, assustada com o sopro suave da sua respiração, a proximidade da sua pele.

"Ela contou tantas histórias para vocês", disse Safi.

"Sua mãe não te contou nada?"

“Ela me contou sobre pessoas que conheceu aqui quando era mais nova, como todos ansiavam pelo feriado no final da colheita, como um dia comeram até se fartar e dançaram, os que trabalhavam no campo, pelo menos, que podiam descansar. Mas nada da mãe dela.”

“Por quê?”, perguntei.

“Quando a mãe da minha mãe foi roubada, ela parou de falar”, disse Safi. “Mamãe disse que um veterano contou que ela e minha avó vieram juntas, e, quando os ladrões as colocaram no navio, minha avó estava chorando, gritando, falando tão rápido que as palavras saíam embaralhadas. Soava como uma frase longa que ninguém conseguia entender. Eles a acorrentaram, e o sujeito disse que ela simplesmente travou. Como se tivessem cortado algo nela. Que a boca dela continuava abrindo e tal, mas nenhum som saiu.”

Safi encostou a bochecha na curva do meu pescoço e parei de puxar a planta para que pudéssemos ficar paradas naquele momento. Nós, nossa luz. Nós, falando naquela noite. Torci e puxei, e a raiz que eu estava cavando saiu, peluda e com flocos de terra. Cheirava a terra destinada a esconder o acúmulo de vida sob as folhas podres. Safi se aproximou e me beijou. Seus lábios macios, carnudos. Mesmo agora, sinto até os ossos uma atração profunda pelas bordas embotadas da memória daquela noite, pelo fragmento das costas estreitas e das mãos magras e cansadas de Safi, seus dedos fibrosos e irregulares como raízes, mas tão macios.

Viro o rosto para o chão de terra do galpão e suspiro, mas este solo aqui é ruim, encharcado de suor, mijo, vômito e fezes, o ácido do desespero e do medo. Não há vida aqui, nenhum toque suave, mas na memória, a memória que flutua acima de quem sonha, agitada de tristeza, de recordações. Aprofunda-se no silêncio.

Na noite seguinte, Aza finalmente retorna. Ela congrega em um canto, uma escuridão mais profunda; ela pinta um olho, o cabelo desgrenhado, pescoço encoberto, levantando uma perna e depois a outra. Sorri para a vida, o nariz se espalhando como o da minha mãe ao sorrir, e com uma respiração terrível, eu a odeio por estar aqui quando minha mãe não está. Ela alisa os braços longos, e eu a odeio por estar aqui enquanto Safi não está, por mais que eu não queira que Safi sofra neste lugar. Odeio tanto esta vida após a morte que quero amaldiçoar Aza, quero me afastar dela como ela disse que minha mãe fez, e nunca mais falar com esse espírito infiel novamente. E então, no fundo, odeio que uma pequena parte de mim esteja feliz em vê-la, esse espírito que prova que há mais do que a sopa de miúdos desta sujeira, a miséria deste inferno.

"Você foi embora", digo. Viro-me de lado, mesmo que isso signifique sentir o cheiro do solo arruinado.

Aza deriva da esquina, flutua em um vento mutável. É como se tivesse se soltado do teto e estivesse tão bêbada quanto meu senhor, se escorando nas paredes a caminho do quarto, transpirando a bebida.

"Esta cidade tem muitos chamados, espíritos e pessoas. É tanta gente implorando, suplicando, oferecendo", diz Aza. Ela ressoa, um som profundo na sua garganta que trai o prazer, como Safi quando eu tocava a parte interna da sua coxa, a pele macia que ninguém jamais viu com pelos macios além de mim. Como a adoração alimenta Aza. Quero perguntar a ela por que vai embora repetidas vezes, se há algo tão especial em nossa linhagem, em mim, Mama Aza e minha mãe chamando por ela. Mas não pergunto. Estes longos e terríveis dias como mercadoria me ensinaram isto: Aza é inconstante, eufórica com seu próprio fascínio divino.

"Mas não saí para procurá-las. Busquei outro espírito. Ela pertence a uma família de espíritos que enxergam longe, como os batedores nos navios. Meu povo é tormenta; nós giramos e destruímos. Dançamos o caos. Mas esse espírito e seus semelhantes veem o mundo de longe. Eles são navegadores. Podem traçar uma saída do nada."

"Por que você precisa dela?" Pergunto, embora queira enterrar o rosto na terra e fingir que estou dormindo. Eu mal falava para evitar fazer perguntas, a contemplando. Estou começando a pensar que meu respeito é uma oferenda.

"Encontrei esse espírito previdente com suas profetas e espiritualistas: com aqueles que a adoram, que a vislumbram e tentam ler o tempo através dela." Ela zomba. "Crianças", ela diz. "Mas ela... ela tem a verdadeira visão. Troquei com ela um conjunto das minhas saias, a ameaça de tempestade; que despertou medo, encolhimento e consideração – tanta consideração. Isso eu dei a ela, e ela contou para mim sobre você. Ela disse que amanhã vem uma mulher."

"Quem?", pergunto enquanto Phyllis murmura dormindo.

Pequenos lampejos de luz formam um arco ao longo dos braços de Aza e cintilam nas pontas do seu cabelo.

"Vem uma mulher. Uma mulher pequena, reduzida à ponta de uma faca. O espírito que prediz afirma que você deve se deixar levar por ela." Aza fica imóvel, como no momento antes de a primeira gota de chuva cair. "Você deve deixá-la te comprar."

"Por quê?", pergunto. A consciência se dissipa da minha cabeça aos pés em um fluxo quente. *Aza procura por mim também*, penso. Ela, como o dono deste cercado, que vende gente lá fora na beira da rua, quer que eu me venda. Mas por quê?

"Eu..." Aza brilha e escurece em ondas. "Não sou onisciente. Isso é com a Água."

Aza fecha a boca como se quisesse parar de falar, mas olha para meu rosto no escuro e gira como uma névoa no ar.

"O que é a Água?"

"Você deve entender um pouco mais desse espírito. E você deve entender um pouco mais do tempo, do universo, para começar a conhecer a Água. O espírito fala em enigmas porque é assim que ela e sua espécie veem. O universo não é uma linha reta, nem uma estrada estreita. O universo é um enigma, um encontro oblíquo de lugares, vozes, acontecimentos. Mas aquela que prediz enxerga um caminho, o caminho mais provável, para você ser livre. E esse caminho é você se deixar vender para essa mulher, ser o que ela precisar para que te compre, te tire dessa cidade e te leve embora. Somente depois de deixar este lugar é que você poderá subir."

"O quê?", eu deixo escapar. Phyllis desperta e se enterra ainda mais nas minhas costas. Espero até que ela volte a dormir para sussurrar: "A senhora diz que o espírito fala por meio de enigmas, mas você também".

Aza estende um braço que não é um braço, e ele fica sólido e negro quando o alcanço. Ela passa o dedo pelo meu ombro.

"A Água é toda espírito. Antes de você e de mim, antes de qualquer coisa, existia a Água. Viemos da Água. Voltamos à Água. Só a Água sabe tudo, mas a Água não fala."

Phyllis estremece.

"Aquelas Que Predizem, que veem longe, leem o que podem sobre os caminhos da Água. Elas viram seu povo amontoado nos porões dos navios que transportavam sua avó e irmãos pela água. Elas ouviram sua avó e as pessoas a quem ela estava acorrentada chamando e suplicando, como eu fiz. Mas mais do que isso..." Aza para.

Ela nunca foi tão plácida; por um instante, não parece capaz de explodir a sala pelas frestas, destruindo as paredes de argamassa desleixadas e o telhado baixo e desordenado. Por um momento, ela parece fazer parte deste mundo, ainda coagida por regras, e é então que eu sei que Aza também está presa à sua maneira, limitada em seu poder.

"Somente Aquelas Que Predizem sabiam que seu povo que foi jogado ao mar, que saltou ao mar, que afundou no oceano se tornaria um com as profundezas, e que, depois desse afundamento, ele cantaria. Só elas sabiam que as vozes do seu povo surgiriam das profundezas, que seus espíritos se elevariam como a água borbulhando no ar sob o calor do sol. Só Aquelas Que Predizem sabiam que seu povo seria como o vapor das minhas saias. Que se transformariam em tempestade. Que chegariam ao poder e à liberdade."

Tudo o que vi antes deste momento: minha própria corda.

"Você deve pular. Deve fazer como seu povo fez. Você deve afundar para emergir. Aquelas Que Predizem veem isso. Elas leem a Água", diz Aza.

O italiano escreveu sobre isso. Depois que o tutor e minhas irmãs chegaram ao fim da jornada do homem pelas profundezas do inferno, a guia o conduziu para cima e para fora daquele lugar submerso pelo *som das águas*. Eles seguiram um riacho de som, subindo cada vez mais, de volta ao mundo superior, *o mundo brilhante*, subindo até verem "*as coisas lindas que o céu acima de nós traz. Agora saímos e revemos as estrelas*", disse o tutor. Preocupo-me com essa frase como me preocupo com a agulha da minha mãe, repetidamente, pela sua beleza, pela sua promessa: *Coisas lindas que o céu acima de nós traz. Agora saímos e revemos as estrelas.*

Eu quero subir. Eu quero estrelas. Mas não posso fazer o que a vidente diz. Minha esperança, meu desejo de liberdade, é uma oferta muito grande. Não confio em Aza, mesmo que ela admita limites, anseios. Mesmo que ela esteja sujeita a regras. Não posso me vender; não posso me apagar em cálice de prata, taça de cristal, toalha de mesa rendada. O sentimento de injustiça disso fica em meu peito, gordo como uma larva de abelha, branco, molhado e brilhante, girando, torcendo por mel, por mais do que esta vida. Batendo com meu coração. Fluindo com meu sangue.

"Não", eu digo. A poeira do chão se espalha e se transforma em pó nos meus lábios: resíduo de ossos. "Foi isso que você disse para minha mãe fazer? Para se vender, para ir até algum novo inferno para que ela pudesse subir também?" Minhas palavras, a sujeira em que me deitei: todas amargas. Sugando a água dos meus lábios, da minha boca. Me deixando seca. Me deixando sem voz. "Me dá água, Aza", eu peço. Isto Aza pode dar. Confio que ela me dará.

"Você deve fazer isso", diz Aza.

"Água", peço.

Aza reúne sua tempestade em si, enrolando as saias, aconchegando as nuvens.

"Você deve confiar em mim", diz.

Não confio.

"Você deve", ela diz.

Não devo.

"Mãe", digo. "Para onde você levou minha mãe?"

A questão fica entre nós. Aza falhou com ela. Será que ela também me deixará, passará como a tempestade que é e me deixará à deriva no oceano, sob o sol ardente, o dia impiedoso? Ela diz que ouviu Mama Aza e a poupou, mas não a deixou nesta miserável vida após a morte?

Ela diz que seguiu minha mãe até este lugar, mas minha mãe recusou sua ajuda, então ela a deixou; por que ela não a salvou?

"Sua mãe", Aza agita, "foi sua própria tempestade".

"Água", eu digo. "Me dá água."

"Como sua Mama Aza pediu", Aza murmura, "eu dou".

Uma nuvem cobre a sala. Phyllis geme e suspira com o frescor úmido. Deixei o orvalho fresco de Aza se acumular na minha boca e deslizar pela minha garganta. Minha língua cresce como uma flor.

"Acredite em mim. E, se não puder, acredite Naquela Que Prediz."

O alcance úmido de Aza me acalma, espalha a poeira como riachos, mas depois fica denso. Eu não consigo respirar. Aza é suave como uma nuvem plácida.

"O que aconteceu com minha mãe?", pergunto.

Um raio percorre Aza em um véu de eletricidade. Phyllis se assusta e me agarra, se aproximando ainda mais do sono; ela me sustentaria na tempestade de Aza, mesmo durante o sono.

"Você vai subir", diz Aza. "Todos vocês vão subir."

"Minha mãe", eu grito. "Você falhou com minha mãe porque ela não queria te ver? Por que ela não queria implorar?" Eu mostro meus dentes.

"Sua mãe escolheu seu próprio caminho. Ela não foi para onde eu mandei, com quem eu mandei que ela fosse. Ela nem olhou para mim! Ela grudou os olhos no chão!" Aza está sobre mim, uma chuva torrencial, um eclipse torrencial em pleno calor do verão. "Eu seguiria sua linhagem até o fim do mundo. Eu te conduziria pelas profundezas, passando pelas corredeiras e precipícios, descendo para que você pudesse subir."

"Minha mãe morreu?", pergunto.

Aza estende a mão, seu raio estalando na minha bochecha. Eu o afasto.

"Ela não fez o que eu disse para fazer."

Cuspo a água de Aza, mesmo que isso machuque cada parte de mim.

"Você a deixou morrer?"

As saias de Aza ondulam, mas seu rosto está congelado na lembrança.

"Sim", Aza responde.

"Vai embora!", digo, cobrindo o rosto com as mãos. Mal consigo falar através do uivo, repentino e áspero, que me atravessa. "Vai!"

"Annis?"

"Você não pode pedir que eu me afogue na promessa de liberdade."

"Você pode ser libertada", diz Aza com a voz suave como um trovão vindo de longe. Agora ela implora. Eu a encaro.

"*Através de mim você vai para a cidade atormentada pela dor*", cuspo, as palavras do italiano vomitando em mim. "*Através de mim você vai para a dor perpétua. Através de mim você vai e passará entre as almas perdidas.*" Não quero me quebrar na frente de Aza, mas a dor de saber que minha mãe não está mais neste mundo me despedaça. "Sua miserável", eu digo, rolando de lado para empurrar minha testa na de Phyllis adormecida e agarrar sua mão flácida para me sentir menos sozinha, mas não há conforto aqui. Por toda parte, somente facas incendiando de dor. Aza brilha com um raio laranja de calor, abre as saias e pressiona, pressiona, apertando minhas orelhas. Phyllis grita. Aza nos esmaga como os mirtilos que minha mãe amassava e transformava em geleia para a mesa do meu senhor. *É assim que se chega à doçura*, mamãe me disse. *É assim que mexe, para fazer o que quiser*. Mas não há açúcar aqui; há apenas uma dor lancinante e virulenta.

Aza desaparece.

Do lado da rua, no fim do mundo, o ar de New Orleans é quente, denso e úmido; durante longas semanas de caminhada e espera no cercado, a primavera se tornou verão. Phyllis se inclina. Tento agarrar a mão dela para ajudá-la a se equilibrar, mas ela se vira para mim, sem ver, com o lenço do cabelo torto.

"Annis", diz Phyllis, antes de dobrar os joelhos e cair na calçada como uma peça de roupa encharcada. Ela desmaiou.

Uma pequena mulher branca passa por cima de Phyllis. Essa mulher é tão magra quanto nós, e cada parte dela está coberta, a cabeça coberta, as mãos enluvadas e os pés calçados com meias. O vendedor coberto de ouro nos observa da sua posição desleixada perto da cerca, com a boca apertando um cachimbo. A fumaça carregando o ar, áspera e irritante.

"Você lava roupa?", a mulher pergunta.

Não quero dizer uma palavra a ela, absolutamente nada. Eu e Phyllis estamos molhadas como se tivéssemos entrado em um rio antes e deixado que ele nos engolisse inteiras. Não há suor nessa pequena mulher. Seu rosto rosado é seco. A pele das têmporas enrugadas como papel pálido. Seus olhos são do azul de um céu que nunca viu uma tempestade como a de Aza. Cerro os dentes, mas então a mecha de Aza serpenteia em volta do pescoço da mulher, se enrola em um lenço fantasma e aperta. A mulher franze a testa e tosse com a mão enluvada. Procuro os cabelos desgrenhados de Aza, seus profundos olhos marinhos, mas não vejo nada da sua tempestade além daquela mecha. Essa *é* a mulher que Aza me disse para procurar.

Eu fecho a cara e não digo nada. A mulher se aproxima mais.

"Você lava roupa?", ela pergunta de novo em voz alta, pesada, como se eu não conseguisse ouvir.

Eu me afasto dela.

Ela olha para o vendedor, que se aproxima de nós.

"Ela é muda?", a mulher pergunta a ele. "Já tenho uma servente em casa que não fala. Eu não preciso de mais uma."

O vendedor exala um círculo perfeito e a mulher afasta a fumaça. Cheira a fogo queimando a garganta seca. De baús dessecados por chamas.

"Acho que ela está esperando que um homem apareça", diz o vendedor. "Acho que é mais do agrado dela."

Rendam-se, disse o italiano.

"Não", eu deixo escapar. "Eu cozinho. Eu costuro. Eu lavo."

Minhas palavras parecem naufragar. Tive que deixar minhas abelhas em paz no inverno, tive que deixá-las em paz enquanto saíam do frenesi da produção de mel e da postura de ovos do verão para o lento avanço do frio. Como me sentia uma perdedora a cada outono quando arrancava meu último pedaço de favo de mel da colmeia. É assim que me sinto agora, por dentro, quando me obrigo a responder a essa mulher, a essa mulher com o rosto seco como a areia e os olhos secos como o céu, neste lugar que nunca conhecerá a neve. Desespero-me quando digo o que ela quer ouvir. Mas não vou deixar esse homem me vender para me deitar com outros. Não vou deixar que ele decida me levar com ele, depois de eu ter fugido de todos os outros homens que me comprariam.

"Você conhece as ervas?", ela pergunta. "Os remédios?"

Eu balanço a cabeça assentindo.

"Cogumelos?", a mulher aperta os olhos.

Eu balanço a cabeça negativamente.

"Você me responda com 'Não, senhora'." A mulher sorri, de boca fechada, lábios finos.

Ela se vira e caminha até o vendedor, que olha para nós duas. Eles pechincham. Um dos homens do vendedor levanta Phyllis do chão. Eu preferia estar desmaiada a ter que responder à mulher, ter que repreender o vendedor, tudo isso que me levou a cair no plano de Aza. Eu gostaria de ter desmaiado para dormir como Phyllis sob a bigorna brilhante do dia, sob o sol queimando e derretendo no céu. Aza sopra a brisa no meu rosto, sob meu queixo, mas desvio o olhar da sua mão fria e observo os homens carregando Phyllis, com o rosto macio na sonolência e a boca entreaberta, de volta ao cercado. Espero que Phyllis sonhe. Eu me pergunto se me amaldiçoei.

Rendam-se, disse o italiano.

Eu me rendi.

Capítulo VII: Maravilha de mera escuridão

Sigo a carroça que leva a mulher magra. Não estou sozinha. Quatro de nós seguimos atrás da senhora e do seu criado, um homem preto, atarracado e maneta, chamado Emil. Depois que deixamos o vendedor desonesto e seu cercado, a senhora nos conduziu pelas ruas esburacadas e sulfurosas até outro cercado, e depois outro, onde encontrou um homem com olhos amarelados e uma corcunda na nuca como um estribeiro, outra mulher que anda com os punhos cerrados como um trabalhador de eito e, por último, uma criança com a boca inchada. Essa criança, diz a senhora, vai trabalhar no engenho de açúcar.

Depois que a senhora nos reuniu, ela conduziu Emil e a carroça para fora da cidade e em direção à natureza densa, repleta do verde de verão. Por quilômetros, a floresta pantanosa nos engole. Depois de várias horas de viagem, as árvores se abrem para uma clareira; a casa da senhora fica no centro, uma edificação com colunas que se eleva em direção ao céu, elegante e cruel como uma lâmina ornamental. É duas vezes maior que a casa do meu senhor. Emil deixa a senhora na grande varanda na frente da casa e depois nos leva por uma estrada sinuosa que serpenteia até os fundos, onde se aglomeram celeiros, açougues, defumadoras e uma fundição. As pessoas ali fazem uma pausa nas suas tarefas, olham para nós e depois voltam ao trabalho. As roupas são mais surradas que as da minha mãe, Nan, Safi e as minhas. Campos distantes se espalham além das hortas como a clara da gema em um grande ovo.

"Cana-de-açúcar", diz Emil, apontando para os campos antes de cuspir na terra. Brotos verdes na altura do joelho saem da terra negra, famintos de sol. De onde estamos, a terra desce em uma longa extensão até florestas distantes. Nunca vi tanta terra desmatada e transformada em terreno de cultivo. As cabanas se aglomeram em fileiras estreitas na extremidade dos campos, parecendo brinquedos espalhados. O caminho ao redor da casa até os prédios dos fundos é quase todo de terra, mas alguns buracos na estrada estão forrados por conchas brancas e craqueladas, grandes como a palma das minhas mãos. Elas cortam as feridas recentes dos meus pés, e cada corte me faz odiar ainda mais Aza, o traficante de gente e a pequena mulher branca.

"São conchas de ostras", diz a trabalhadora do campo. "Tem gosto de ondas e marés." Quando ela olha para cima, sei que vê além de nós, lá de onde ela vem, para as pessoas que estavam em casa. Seu rosto fica suave, os olhos negros como carvão esfriando: fogo morrendo no coração.

"Você era cozinheira?", eu pergunto. Ela confirma.

"Você deixou alguém?", eu pergunto.

"Uma menina. Pensei que, se ela tivesse habilidade, poderia cortar, amassar e regar." Ela olha para baixo novamente, respira com dificuldade, e sei que está tentando afastar esse sentimento, rápido. Como dói aquele amor, sem ter para onde ir: o vento soprando irregular sobre as rochas congeladas do inverno. "Achei que poderia ensinar alguma coisa para ela que a salvasse disso. Mas só consegui facilitar para que eles me vendessem."

Eu suspiro além da minha própria dor aguda.

"Agora ela é da minha altura..." A mulher inspira profundamente, tropeçando, e eu a equilibro. A pele do seu cotovelo é dura, me pergunto se minha mãe percorreu esse mesmo caminho, se ela conversou com outra mulher, uma estranha, sobre mim. Que pequena misericórdia, curta como um suspiro.

"Qual é o seu nome?", pergunto à mulher.

"Camille."

"E sua menina?"

"Temple." Ela diz o nome tão baixo que o silêncio devora o fim do nome.

"É um nome lindo", eu digo. "Como templos, lugares para os espíritos."

"Não tem deuses aqui", suas palavras são como uma machadinha enterrada no tronco da árvore do seu ferimento.

Aza gira na escuridão, jogando galhos cobertos de musgo. Quero dizer a Camille que os espíritos estão aqui, neste lugar sulfuroso, enraizados na luz do sol e nas sombras. *Estão aqui*, eu poderia dizer a ela, *mas eles querem muito de nós*. Agarro o cotovelo de Camille com o que poderia ser um conforto e tento engolir a queimadura do meu ressentimento pelo pedido de Aza, aquele que me trouxe até aqui: é ácido na garganta. *Você precisa esquecer isso*, minha mãe me disse uma vez, *para não te sufocar*. Camille olha através de mim para sua filha. Eu a aperto e a solto enquanto Emil me leva até a cozinha, onde a cozinheira, Cora, me dá pequenas tarefas, testando meu conhecimento. Ela é alta e tem quadris largos onde minha mãe não tinha, mas tem uma gentileza que ecoa minha mãe. Eu me perco no tédio de carregar, esfregar e esvaziar coisas noite adentro.

Quando acordo, me deito nas raízes da casa-grande da senhora e procuro Aza no escuro. O dia seguinte: um coiote encurvado na vegetação rasteira, com a boca salivando para me fazer de comida. Uma dor forte desliza pelo meu centro, envolve meu estômago e ombros, e aperta. Eu não quero me levantar. Deixo-me ficar ali deitada, sentindo a pressão do nada, pesada como a casa em cujo ventre escuro me enrolo.

Levanto-me junto com Cora e as duas mucamas, antes que o sol rache completamente no céu. As mucamas são magricelas como eu, parecendo que acabaram de sair da trilha. As mulheres enrolam seus catres numa das despensas onde dormimos, e eu as sigo. Atravessamos o labirinto de depósitos até a cozinha, sussurrando nomes uma para a outra no escuro.

"Esther", diz a mucama de ombros esbeltos. "E essa é Mary." Esther aponta, e a última mulher, de pescoço comprido e cabelo trançado em uma coroa torcida, acena com a cabeça. Ambas parecem ter a minha idade, ainda nem estão na casa dos vinte. "Ela não fala muito."

"Annis", digo a elas meu apelido; Arese é apenas para minha mãe. Esther me entrega uma vara e dois baldes antes de pegar os seus e levar a mim e a Mary para fora de casa e pela trilha. Mary balança um atiçador. Elas caminham rapidamente para a água azul do dia que se aproxima, cotovelo com cotovelo, acompanhando os passos.

"Por que você trouxe esse atiçador?", eu pergunto.

"Ela está procurando cobras", diz Esther. Mary aperta a lateral do corpo de Esther e sorri, com a boca para baixo, parecendo mais uma carranca. Cortamos nuvens de mosquitos que nos incomodam. Enchemos os baldes no poço. Penduro os baldes no mastro sobre os ombros e sigo Esther. Ela não precisa olhar por onde anda, mas eu olho; insetos zumbem no farfalhar das folhas ao nosso redor. O despertar do dia estala como as brasas de um novo fogo.

"É bom ter outra", diz Esther. Eu respiro com dificuldade. Os baldes são pesados. "Menos viagens. E Mary não é boa de conversa."

"Ela não fala nada?", eu pergunto.

"Não", Esther responde enquanto para.

Mary corre até onde uma cobra serpenteia pelo caminho, buscando a luz e o calor do sol que o animal pode sentir chegando ao mundo. A cobra se contorce, grossa e negra, mais negra que a noite agonizante. Mary balança o atiçador bem alto e acerta a cobra logo atrás da cabeça, prendendo seu crânio com o metal e dando uma risadinha, e então pisa na cabeça com o pé descalço.

"Isso é o que ela faz." Esther sorri. "O café da manhã."

Mary torce a cabeça da cobra como a de uma galinha e passa o animal por cima do ombro. A cada passo de Mary, a cobra se contorce contra a camisa clara que ela usa nas costas, um colar de carcaça. Depois de pegarmos água, Cora descasca e estripa a cobra antes de esfregar um pouco de gordura na carne, um pouco de sal e cozinhá-la na multidão de panelas no fogão. Acho que algo em mim morreu enquanto observo Cora fritar e fatiar a cobra, mas não sinto nada, nada dentro de mim quando mastigo a carne clara, sufocando cada mordida. Não sinto nada quando Cora me conta sobre a sinhá magrinha, como ela é autoritária. Não sinto nada quando Esther diz que a sinhá verifica se ainda tem poeira embaixo da lareira com luvas brancas, sob o beiral suspenso da mesa. Quase não sinto nada quando Cora diz que a senhora conta cada batata, cada quilo de arroz, cada alqueire de milho, cada pernil de carne, tudo o que cresce no local, para saber se estamos roubando comida.

"O melhor alimento é o jacaré", diz Cora, "quando conseguimos". Não pergunto a ela se também é Mary quem caça. Eu engulo, a garganta grossa.

Quando terminamos, meu estômago está leve, leve como uma pena que escapou de um travesseiro. Bebo mais água e olho para a clavícula afiada de Esther, fina como uma faca. Olho para a longa linha do pescoço de Mary e sei que todas estão morrendo de fome. Trabalhamos mesmo assim. Dobramos, levantamos, carregamos, cerzimos, iluminamos, arrancamos e ajustamos. Nas idas e vindas ao poço, ao rio, levamos água para o canavial, onde o povo fica debruçado sobre a cana. Já parece mais alto do que ontem, subindo em direção ao céu sob o fluxo do verão. Nunca vi campos tão espalhados e nunca vi tantas pessoas se curvando para trabalhar assim. As costas: curvas e escuras como um bando de besouros. O ar: impregnado de esterco. Idosos e crianças estão capinando o canavial, atravessando a lama que chega até os tornozelos. Ninguém olha para a extensão azul onde Aza flutua e observa com os braços erguidos, fazendo as folhas das árvores baterem palmas. Ela sopra uma brisa, tirando o suor da pele cravejada. Todos os trabalhadores de eito ficam nus ao seu toque porque a maioria dos homens trabalha sem camisa. Até mesmo algumas mulheres têm apenas um pano amarrado sobre o peito, preso no pescoço. Algumas das crianças que levam água para as pessoas no canavial estão nuas.

"Você é do interior?", Esther pergunta ao me ver olhando para as crianças, boquiaberta. O cheiro do esterco coabitando com o pedaço de cobra que comi antes, me amordaçando.

Eu confirmo. "Lá em cima é principalmente arroz e tabaco."

"Esta é uma boa temporada." Esther ri e não há alegria nisso. "A febre amarela ainda não chegou. A época da colheita não chegou." Esther ajeita o balde ainda mais no ombro. "Sortuda. Quem trabalha na casa vive mais." Ela olha para qualquer lugar, menos para meu rosto, e dá uma meia risada. "Mas nenhuma de nós é poupada do canavial – principalmente em setembro e outubro."

Um dos homens fica ereto quando Esther diz isso, ele a vê mancando em direção à casa e levanta a mão brevemente na brisa. Esther acena. É Emil, o criado maneta, determinado a arrancar ervas daninhas.

"Tio Emil", diz Esther.

Ele volta para a lama, e Aza mexe no cabelo da minha nuca. Não me viro para olhar. Não vou olhar para ela como uma pessoa querida, como Esther olha para Emil, como ele olha para Esther.

O dia passa como um borrão de trabalho para esse animal autoritário que é a casa. A mansão-branca devora nosso trabalho em grandes sorvos, hora após hora, até que ficamos em posição de sentido atrás da mesa da senhora, esperando. Esther, Mary e eu estamos rígidas, com o rosto comprimido e suando na sala de jantar. A senhora come um pouco de comida de cada prato antes de fazer sinal para que eu, Esther ou Mary o retiremos. Aza paira na janela, a névoa das suas saias ainda parecendo um grande urubu. Eu a ignoro. A senhora não tem filhos: a mãe é a única pessoa à mesa com ela, os cabelos e olhos da cor da neve. Ela está cega. A mãe da senhora come com cuidado, cautelosa por causa da sua cegueira. Ela come aos pedacinhos. Enquanto saímos e corremos pelos corredores estreitos até a cozinha, Esther come a comida intocada da senhora. Carrego o prato da mulher mais velha, mas não consigo comer dele.

Quando as mulheres se levantam após o último prato, olho Aza diretamente nos seus olhos escuros e tempestuosos, e deixo crescer minha aversão por ela, abrupta como um tornado, por abandonar minha mãe, por falhar com Mama Aza, por me trazer a este lugar que pressiona sem parar, tornando quase impossível pensar além de lavar, carregar, servir, levantar, ensaboar, secar, guardar, dobrar, iluminar e molhar. Na segunda noite nesta casa, ignoro os sussurros de Aza, o som da chuva e do vento que circunda o teto baixo da despensa onde dormimos, espremidas entre sacos de feijão e farinha.

"Annis", diz Aza. "Pequena."

Na manhã seguinte, depois de ajudarmos Cora na cozinha e servirmos o café da manhã, Emil nos pede para segui-lo até o celeiro, onde ele pega um machado antes de nos levar para o canavial. Duas mulheres mais velhas estão ao nosso lado na escuridão minguante, com galhos grossos de carvalho nas mãos; outras, também carregando galhos de árvores, cortam a cana. Elas murmuram uma para a outra, olhando para as fileiras de talos estalando. Emil corta um galho para Esther, outro para Mary e, finalmente, um para mim. Mary agarra seu galho, tira os excessos e o gira no ar, quase tão graciosa quanto minha mãe. Ela pula com um e outro pé. Há um riacho escuro e vivo correndo pelas fileiras.

"O que é aquilo?", pergunto a Esther, apertando os olhos para ver a escuridão se contorcendo.

"Ratos."

"Tudo isso?"

"Sim, temos que acabar com eles. O primeiro grupo fertiliza e colhe. O segundo e o terceiro grupo plantam e tiram as ervas daninhas. Isso aqui, arrancamos, são daninhas."

Esther dá um sorriso sombrio. Eu limpo meu galho como Mary fez. É uma sensação boa, familiar, segurá-lo nas mãos, sentir o equilíbrio do colmo, a leveza da ponta onde tirei as folhas, o peso do fundo mais grosso. Homens, mulheres e crianças cortam o canavial, todos com galhos e tacos improvisados nas mãos. Os capatazes gritam de seus cavalos, observando. As crianças correm primeiro, pelas fileiras, batendo na trilha preta dos roedores que correm pelos brotos verdes, mais lentos por terem passado a noite se alimentando. As mulheres e os homens vão mais devagar pelos campos, perseguindo os ratos em fuga. Mary corre pelo ar como uma flecha e, de repente, ela é Safi, que era a mais rápida de nós quando éramos crianças, ajudando na colheita, correndo pelos arrozais molhados, buscando água e carregando sacos. Os ratos caem imóveis sob o agitado taco de Mary. Eu a sigo, Esther ao meu lado, mas os brotos são muito altos, muito túrgidos no verde de verão, para serem vistos facilmente; temos os ratos desgarrados, os confusos, e, ainda assim, é bom balançar esse cajado nodoso, imaginar minha mãe ao meu lado, em vez de Esther, chicoteando sua lança e atacando, repetidas vezes, a quem nos atormenta. Não há canto, nem murmúrio de conversa agora, apenas o baque da matança. Crianças pequenas seguem os caçadores e pegam os ratos pelo rabo, prendendo-os em cachos, como se fossem frutas marrons e molhadas. A luz sobe e se move por entre as árvores, e os caçadores se encontram no meio da plantação e coletam sua recompensa.

"Não posso deixá-los lá", diz Esther. Ela passa o braço na testa para secar o suor. "Eles trazem urubus, gambás e tatus. Temos de juntar todos e queimar."

Um feitor paira perto de nós, montado em um cavalo, semicerrando os olhos enquanto abaixamos e nos reunimos. O cavalo abana o rabo brilhante, o homem fica imóvel. Pego um rato morto, o rabo seco e felpudo.

"Você aí", grita o feitor, e todos, mesmo os que estão longe dele, param para pegar os ratos mortos. Esther solta um suspiro rápido e olha para os pés. No outro extremo do canavial, Emil está alto e rijo.

"Você acabou com tudo", o capataz diz a Emil. O bigode e a barba do sujeito comem seu rosto: cobrem a boca de modo que sua voz parece vir praticamente do nada. Aza bufa no meu ombro e sussurra no meu ouvido.

"Desvie o olhar", diz Aza.

Balanço a cabeça. Emil fica parado como um poste de luz, segurando um machado na mão, a ponta de metal torta.

"Aqui", diz o feitor. "Agora." Ele cavalga até Emil e desliza com o grande cavalo negro para o lado dele.

A camisa de Emil se abre na altura do peito e ele fica parado à sombra do animal. O feitor o chuta, e o chute faz a camisa de Emil se abrir ainda mais por cima do ombro. Há sulcos no pescoço, no peito, nas costelas. Ossos revestidos de pele, sem carne. Ao contrário de todos os outros, Emil olha diretamente para o feitor. Ele segura o machado e os nós dos seus dedos ficam branqueados sob a luz forte do dia.

"Eu não vou", diz Emil com os dentes cerrados. Ele segura o braço destruído sobre o estômago e aperta junto com o machado quebrado. "Eu não."

"Leve-o para o buraco", diz o feitor. Dois outros homens desmontam dos cavalos e vêm correndo. Eles têm cabelos brilhantes e são pálidos como as filhas do meu senhor. Emil se planta, verga os quadris e enterra os pés na terra preta. Os capatazes o arrastam para longe do canavial, de volta aos celeiros e à casa-grande. Seus calcanhares deixam no solo cobras longas e enroladas. O feitor chicoteia e atiça seu cavalo a trotar e o segue.

"Eu não", grita Emil, "eu não", e um dos homens lhe dá uma cotovelada no rosto e arranca o machado quebrado dele. Os pássaros grasnam em sinal de luto e arremetem para o alto. As pessoas saem do canavial, com as pragas nas mãos, e começam a empilhar as carcaças em pequenos montes. Mary chuta o chão, franzindo a testa para os cachos de ratos que segura pelo rabo.

"Que buraco é esse?", pergunto.

"Vamos", Esther diz enquanto pega seus baldes de água. Eu sigo a ela e Mary. Corremos por um caminho de terra sob dois carvalhos cujos galhos se encontram acima de nossa cabeça, os galhos emaranhados em um abraço. O vento arrasta o musgo, um vento apimentado e áspero, e, antes mesmo que eu a veja, sei que Aza está lá, andando pelo espacinho sob as árvores. Paramos, agachadas no mato, olhando para Emil, que luta novamente contra os homens, chutando e sacudindo como um peixe no anzol. O feitor lhe dá outra cotovelada no rosto e Emil se curva em seus próprios braços. O outro capataz os deixa, caminha alguns metros e se ajoelha. Ele estica a mão em direção à terra e uma porta se abre no chão. O outro capataz arrasta Emil até a porta e o empurra, e ele cai de lado, gritando, na boca escura da terra. Os homens fecham e trancam a porta, e Emil desaparece. Aza rodopia e corre pela clareira, arrancando folhas de todos os galhos até que todas se soltem dos caules. Ela chega em meio a uma tempestade de granizo verde: uma fúria viva. Os homens cobrem os olhos e se agacham, parecendo um par de fantasmas perdidos.

"Vem tempestade aí", diz Aza. "Eu a convoquei."

Nuvens cobrem o céu, e a terra forma tornados no ar, deixando-o marrom como o fundo lamacento de um lago quente.

"Você deve procurar, Annis", diz ela.

"Procurar o quê?", sussurro, e Esther olha para mim.

"O que você disse?", ela pergunta.

"Nada", eu respondo.

Eu olho para meus pés e me pergunto se Emil está gritando. Eu me pergunto se ninguém aqui consegue ouvir por causa do giro de Aza. Ela abre um túnel pela clareira novamente, e o feitor grita enquanto o cavalo dá coices e dança em círculo sob o alcance das árvores, fervendo contra seu domínio. Nos agachamos debaixo da ventania. O feitor no cavalo grita, mas Aza abafa o som com sua corrida. Mary acena, e eu e Esther a seguimos, mergulhando na vegetação rasteira.

"Você espera por mim", Aza sibila com prazer em sua voz. Quero balançar meu bastão para cima e para ela, ver se a atinjo, se arrasto seus ventos, interrompo seu silvo de embriaguez.

Será que Emil consegue sentir o vento de Aza lá embaixo? Será que o solo treme com ele? Esther amarrou um pano bege na cabeça, e eu sigo seu cabelo escuro através da escuridão. Mary levanta um buquê de ratos acima da cabeça e olha para o céu, para Aza se agitando ali, e sorri largamente.

Mais tarde, o vento traz o cheiro de pelo queimado dos montes de roedores mortos que cercam os canaviais. O odor desagradável penetra na cozinha e sobe pelos cômodos da casa. A mãe da senhora tosse sem parar num lenço, e a sinhá me manda colher ervas e fazer um chá para ela amanhã, algo que acalme sua garganta, antes de nos mandar fechar todas as cortinas e portas. Mesmo assim, a casa cheira a carne carbonizada. Os quartos são silenciosos e quase escuros, como deve ser aquele buraco na terra.

Enquanto Emil está trancado no buraco, a senhora nos faz abrir todas as janelas da casa, e depois nos incumbe de lavar toda a roupa de cama, varrer e esfregar todo o chão, polir toda a madeira, tirar o pó dos castiçais, deixar cada superfície metálica brilhando. *Eu quero ver tudo brilhando*, ela diz.

"O homem está chegando", diz Esther enquanto carregamos, cortamos e lavamos. "O marido dela. Ele fica na cidade trabalhando."

Tento me lembrar se vi esse marido quando o homem da Georgia nos acompanhou até a cidade, se ele nos ignorou do lado de fora do cercado de escravos, ou se ele parou e fez perguntas ou pechinchou com o vendedor.

"Como ele é ?", pergunto a Esther.

"Ele não perde nenhuma refeição", ela bufa.

No segundo dia que Emil está na terra, diminuo a velocidade quando vamos buscar água pela manhã. Deixo Mary e Esther se afastarem de mim para seguir o caminho até as árvores, até o buraco no chão. Eu escuto Emil. Ele geme. Embora minhas axilas e meu rosto estejam vermelhos de medo, me ajoelho ao lado da grelha escura e despejo água, um copo, dois, em um jato através da grade.

"Emil", eu sussurro. "Água."

Espero que ele pegue um pouco na palma das mãos ou na boca.

Todas as manhãs volto, procurando os capatazes, mas eles nunca estão lá. A porta parece pesada, definitiva. Emil nunca responde, mas eu sussurro mesmo assim, e sirvo, pensando na minha mãe, pensando se ela esteve em um buraco como este e se alguém a ajudou por misericórdia. Tento não pensar nele quando estou na casa, os músculos doloridos se contraindo, me movendo sem descanso. Tento não pensar, mas não consigo deixar de imaginar minha mãe num buraco, olhando para a grelha, para o céu lá longe, chamando por Aza.

A senhora manda os capatazes deixarem Emil sair na manhã do quarto dia. Eles se abaixam e o içam com uma corda. Eles o mandam tomar banho, e ele se lava no jardim dos fundos da cozinha. Depois que os capatazes saem, ele se esfrega lentamente com a mão boa, limpando a sujeira que cobre seu rosto, braços, pernas, as costas arqueadas como uma foice. Ele faz uma pausa, fica de pé e olha, e então uma galinha cacareja ou um galo canta, o que o leva de volta ao banho. Observamos da sombra da casa e Esther se oferece para limpar as costas de Emil; ele a dispensa, insistindo que só precisa que ela jogue água sobre ele depois que ele terminar de se lavar. Lentamente se endireita enquanto fica na luz, acima do solo. Ele se veste no celeiro e, assim que sai, com a manga amarrada no braço destruído, ele está de pé como na primeira vez que o vi, dirigindo a carroça da senhora.

Emil é enviado para New Orleans e retorna à noite, com o marido da senhora a reboque. Esther não exagerou; o marido é um homem grande. Ele entra no átrio e ri quando a senhora vai até ele na ponta dos pés, corada e brilhando como um pássaro coberto de diamantes após ter se banhado em um riacho. As bochechas do marido são redondas como bolos de milho, avermelhadas pela gordura. Ele se enrola sobre ela e a engole, devorando qualquer sombra deixada na sala brilhante, com seu colete de fios dourados, o cabelo caindo sobre a cabeça em grandes cachos loiros. A carne redonda dos seus ombros preenche o espaço. Ele é tão vistoso quanto um tordo. Sua esposa, um passarinho, esvoaça ao seu redor.

Antes de o marido chegar, a senhora manteve a casa às escuras e fechada como um matagal, nos ordenou que mantivéssemos as cortinas cerradas e permitia apenas duas velas por quarto; elas piscavam na frente dos espelhos, emitindo fracos respingos de luz, facilitando a retirada do pão e do milho intocados dos pratos. Mas agora é como se a senhora tivesse conjurado o sol no átrio, enquanto todas as velas ardem diante de espelhos sem riscos e a luz brilha através do cristal dos candelabros. Com o marido aqui, ela ordena que acendamos todas as velas, o suficiente para que a casa brilhe com uma fumaça leve e pesada de cera.

"Você demorou demais", ela disse. "Deveria ter saído mais cedo da cidade."

Quase posso ouvir a conversa, com Esther e Mary, enquanto ficamos de costas para as paredes do átrio. Recolhemos o chapéu e as malas do marido. Ele conta à esposa que seu sócio está com febre amarela; o verão está fervendo na cidade há meses, e famílias inteiras estão adoecendo em New Orleans.

"Você bobeou", a mulher gorjeia. "E se ficar doente?"

A senhora insiste em alimentá-lo, afirma que ele parece mal sem ela para cuidar dele. Nós os seguimos até o quarto do marido, onde ele tira as roupas de viagem, e Esther e eu as levamos para baixo. Estão úmidas e cheiram a leite talhado. Ele transpira como meu senhor.

"Ele arrumou uma mulher de *plaçage*", diz Esther na tarde seguinte, quando eu, ela e Mary esfregamos até as costuras todas as roupas que o homem comprou na cidade.

"O que é uma mulher de *plaçage*?"

"Uma mulher como você: pele clara, cabelos sedosos, concubinas mestiças." Ela abaixa a testa e a enxuga no ombro. "Estão todas em New Orleans."

Lembro-me das mulheres com panos enrolados na cabeça como coroa nas ruas daquela cidade vendedora, que faziam o possível para não olhar para nós enquanto caminhávamos, amarradas e sangrando, rumo ao mercado.

"Ele teve filhos com ela", diz Esther.

Não consigo evitar a bufada aguda que sai da minha boca.

"A senhora não pode ter", diz Esther.

O calor da água e a ardência do sabão queimam minhas mãos, mas eu esfrego com os braços, os ombros, as costas. Peguei um bocado de feijão do prato da mãe cega e isso acalmou minha barriga. Penso em Safi. O que eu não daria pela doçura dela. Como me afagaria. Engulo um soluço que quer sair da garganta, pisco e me inclino para lavar a roupa.

"Como você sabe sobre essa outra mulher dele?", pergunto.

"Ele não esvazia os bolsos. Tinha uma foto dos dois que ele esqueceu de tirar do colete."

Mary torce uma das camisas.

"Ela é linda. Tem olhos grandes e escuros e uma verruga no queixo. Teve um filho e uma filha. Os dois se parecem com ele."

Eu torço as cuecas. Ainda cheiram azedo para mim. Estou seca por dentro, calcário como terra ao redor das raízes de uma planta murcha. Faminta e sedenta.

"O que você fez com a foto?", pergunto.

Mary solta um grunhido. Esther ri.

"Tive que pensar sobre isso. Se eu colocasse de volta e a sinhá encontrasse, estaríamos todas em apuros. Ela gosta do seu autoritarismo; ela pune só por punir. Se eu devolver e ele encontrar, ele vai saber que nós sabemos. Então eu lavei. Estragou tudo e deixei no bolso. Virou uma pasta." Ela sorri para Mary. "Foi ideia da Mary."

Mary dá um leve sorriso e revira os olhos. Elas se amam, Mary e Esther. Talvez não do jeito que eu amava Safi, mas se amam. *Bom*, penso. *Ainda bem que nem todas aqui estão famintas*.

"Mary é inteligente", eu digo.

“Sim, ela é”, Esther sussurra. Ela se endireita e deixa a roupa que estava torcendo escorrer pelo avental. “Melhor trabalharmos juntas”, diz ela, “agora com ele de volta. Se ele te encontra sozinha...”. A saia dela fica escura com a água. “Mastigue raízes de algodão”, diz ela, olhando para sua roupa encharcada, com a voz quase bufando. “Vai impedir a chegada de um bebê.”

Estico as roupas e o tecido parece lacrimar.

“Se ele mesmo não vier atrás de você, ele faz outras coisas. Junta homens e mulheres, nos faz deitar uns com os outros nas cabanas, esperando que engravidemos e tenhamos filhos. *Ela* fica com a mulher grávida até a hora de dar à luz e depois os manda de volta para o canavial. Mastigue e engula”, diz Esther. “Você não vai querer isso.”

Quero perguntar como ela sabe disso, mas fico quieta.

“Mary me ensinou isso também”, sussurra Esther, suas palavras fechando a porta da conversa.

O homem come a sua parte no jantar. Não há restos porque ele não deixa nada; limpa os pratos com pão, com a faca, o garfo e a colher. À medida que bebe, se torna cada vez mais reluzente, ficando vermelho como o coração de uma fogueira, mas suas mãos e a ponta do couro cabeludo ainda brilham pálidas e amarelas. A sinhá de vez em quando estende a mão pelo canto da mesa, toca seu antebraço, seu cotovelo; uma vez, até mesmo seu rosto. Como ela tem facilidade em acarinhá-lo, como ela tem certeza do seu alcance, da sua vida, do seu retorno, porque ele a toca também. Ela aperta os olhos e ri quando a mão dele a encontra; sua bochecha pálida brilha como o brilho pêssego na parte inferior da asa de um pássaro. Safi me tocou exatamente assim quando me beijou, fazendo de seus dedos uma gaiola, um fechamento cuidadoso de meu rosto. Como eu adorava ser seu pássaro mantido, aparado e acomodado: eu me envaidecia por ela, me inclinava para ela, com o coração palpitando. Como eu queria o que essa mulher tem: tocar Safi à luz do dia, fora do ninho das árvores, do zumbido da colmeia. Estar segura no amor – mas não consegui.

Mama Aza também não estava a salvo. Ela tinha seu porto seguro, mas não conseguia amá-lo abertamente. Mamãe me contou isso uma vez, na escuridão depois do trabalho.

“Ela disse que tentaram parar. Que, quando ela e seu grupo de mulheres se aproximaram dele e dos seus homens, ela virou o rosto, os olhos baixos. Ela parou de olhar, mas podia sentir o olhar dele, ela contou, zumbindo ao seu redor como um enxame de mosquitos. Ela tentou durante toda a vida não querer nada para si mesma, mas agora queria. Queria ficar no círculo dos seus braços. Queria se ajoelhar com ele aos pés frescos das árvores e caçar antílopes. Queria respirar assim”, mamãe puxou minha cabeça até seu peito enquanto estávamos ali deitadas com os filhos de Nan murmurando enquanto dormiam. “Da cabeça ao coração. Mas não conseguiram. Então fugiram. Só quando foram capturados e levados para o barco é que mamãe descobriu que eu estava nela, com todo o amor dela e dele, nascida de uma pequena sementinha.”

Toquei a pele sobre seu coração palpitante.

“O rei enviou suas famílias atrás deles: as esposas-irmãs de Mama Aza e os irmãos do guarda. As esposas e os guardas os rastrearam. Tiveram uma noite de liberdade juntos, sob o céu, em uma cama feita por eles mesmos. Uma noite abraçados. Eles se levantaram e correram no dia seguinte, mas as esposas conseguiam rastrear animais grandes e pequenos, lógico que os encontraram na segunda noite de fuga. Cercaram os dois. Mama Aza e o homem que ela amava estavam de costas um para o outro, com lanças e espadas em punho. Ela disse que podia sentir o relevo dos músculos dele contra os dela, cada golpe, cada defesa. Ela disse que não pôde deixar de chorar quando viu como estavam em menor número, e ela sabia que o deslizamento dos músculos dele contra os dela seria o último toque que receberia dele."

O coração dela é um adejar de asas na minha bochecha.

"Mama Aza contou que desde então ela sentiu como se um pedaço dela ainda estivesse lá, e sempre estaria, com ele naquele momento, lutando, armas em punho, a última vez que ela teve um pouco do que queria."

Mamãe ficou quieta então, deixando as lágrimas escorrerem pelo rosto, até que estendeu a mão para enxugá-las.

"Mamãe", eu disse, e passei meu braço em volta da sua cintura, puxando com força até sentir suas costelas rangendo, protegendo todas as partes sensíveis dela. "Mamãe."

Ela suspirou, e a escuridão engoliu tudo.

"Este é o nosso momento, mamãe."

Ela respirou fundo.

"Meu e seu, mamãe."

Ela me apertou até que senti meus próprios ossos rangerem, e não falou mais naquela noite.

Depois da sobremesa, o homem pede mais lenha para o fogo. Ele diz que está com frio mesmo com o calor da lareira, o verão prolongado e a queima das velas enchendo a sala e embaçando as janelas. A mulher está tranquila e come outra colher de creme doce, e eu saio daquele ambiente úmido e fechado, sempre voltando para minha mãe: a mão dela no meu pescoço, deslizando até minha omoplata, esfregando em círculos. Eu: acolhida, amada. Uma faca toca em uma bandeja, me assustando de volta à sala de jantar, ao ver a maneira como o olhar da sinhá passou de passarinho para falcão. O marido está suando, gordo como uma toupeira que se alimenta à noite.

"O que o aflige?", ela pergunta. O calor o deixou vidrado. Ele está olhando para mim como se eu tivesse uma resposta para seu rubor, para seu rosto vermelho esponjoso. Olho para baixo e para longe, para qualquer lugar, menos para ele.

"Querida", ele diz.

Esther e Mary estão olhando para as tábuas do piso que limpamos e polimos na última semana. O marido pisca para elas, para a esposa, para mim novamente. Aperto o pano que seguro e olho pela janela. Aza não está lá.

"Saiam daqui", diz a senhora. "Todas."

Esther, Mary e eu saímos rapidamente da sala de jantar, quase correndo para a cozinha. A voz da senhora se eleva. Ela grita com o marido, mas suas palavras são abafadas pelas paredes e pelo piso. Ajudamos Cora na cozinha até que a voz da senhora ressoa descendo as escadas, pedindo que Mary limpe e que eu e Esther acendamos o fogo no seu quarto. Levamos lenha para cima e Esther acende o fogo, mas ele não pega, a lenha ainda está verde por causa da chuva do fim do verão.

"Mais", diz Esther, então descemos correndo para pegar mais, tentamos pegar os troncos mais secos, tentamos passar com calma pela sala de estar, onde, a julgar pelo brilho da luz e pela conversa entre a senhora e sua mãe, elas se reuniram depois do jantar. Mas, quando chego ao corredor do lado de fora do quarto, o marido está encostado na parede com o antebraço, o queixo afundado no peito, o cabelo como uma touca úmida na cabeça. Paro com a lenha e ele olha para mim.

"Preciso de água", ele diz, e caminha na minha direção, estendendo a mão e derrubando a lenha no chão. Faz barulho. Os dedos são longos, o aperto é quente e firme, enquanto ele agarra meu ombro. "Maldita lenha."

"Não", diz Esther, saindo pela porta do quarto deles, e me viro para ver a senhora parada atrás de nós.

"Não", diz a mulher, e não consigo ouvir nada por causa do pânico que corre pela minha cabeça como um riacho cheio de chuva inundando as margens. A boca da senhora está se movendo e noto os contornos das palavras. Sua voz aumenta cada vez mais, e ela está invocando Deus, a moralidade e os pecados da carne. Ouço aquela palavra, *carne*, e depois mais nada, e então ela diz *chão* e eu recuo, tropeçando em direção à parede. O homem diz *Não, não*, e tenta enxugar o suor da testa repetidas vezes, e eu caio, deixando a parede me segurar, embora tudo que eu queira fazer seja correr escada abaixo, para lá da cozinha, sair pela porta e entrar na noite turbulenta.

A senhora manda Esther descer, me deixando presa aqui, até que minutos depois duas mãos me agarram pelos braços. Esther franze a testa e respira rapidamente, observando meu rosto enquanto me puxam, murmurando: *Desculpe, desculpe! Desculpe*. A mulher ataca o homem, mas ele segura seu pulso. Eles se lamuriam, lutando cara a cara no corredor. Tão errado, tão bruto. Afundo como Emil fez para resistir ao puxão dos homens. Ouço o grito de ciúme da mulher enquanto os homens pálidos me arrastam pela cozinha. Há uma queimação na minha garganta, um incêndio na minha cabeça. Estendo a mão para minha mãe, nosso momento, mas não consigo pegar, não consigo segurá-la, não consigo sentir a umidade morna da sua pele, o calor da sua respiração, o calo das suas mãos naquela noite na cabana. Não consigo sentir nada além desse momento.

O buraco: um caixão encravado. Uma longa queda. O fundo ficou lotado por todos que vieram antes de mim. Ar denso no escuro. Uma noite negra. Estacas de madeira eriçando as paredes. Não há descanso nesta tumba de barro escorregadia.

Eu grito e estendo as mãos.

A porta se fecha.

Não consigo parar de chorar. Meu rosto se partiu com o som. Sobe do meu estômago, incessantemente, golpeando a estreita tumba do buraco antes de voltar para mim. Em silêncio, lamento. Rastejo para cima, cortando o braço, a panturrilha e a lateral do rosto nas estacas que os capatazes cravaram nas paredes, fileira após fileira, de baixo para cima. Os mesmos homens ficam na porta trancada e riem. Engulo minha ânsia, ainda chocada, e aperto o corte no meu braço. O pânico voa estaticamente dentro de mim, passando de pássaro a morcego e voltando para meu peito. Eu me abraço com força e choramingo baixinho. A risada dos capatazes aumenta e desaparece. Este buraco é tão alto quanto as janelas da casa de teto alto da senhora; eu precisaria de um banco alto para alcançar a grade trancada. As estacas me fecham. O sangue lateja na minha cabeça.

"Aza", eu sussurro.

Fecho os olhos para ver a escuridão por trás das minhas pálpebras, para conhecer um preto mais familiar.

"Aza, por favor."

A batida do meu coração diminui como o carrapato de um inseto.

"Mamãe", eu choro. Ela que me amou sem fim. Cubro o rosto com as mãos, espalho sangue salgado na boca, empurro com força os ossos do rosto, querendo reduzir minha tristeza a nada.

Há um desmoronamento silencioso. Não consigo respirar, com medo de que a terra esteja se fechando sobre mim, o chão me sufocando, me matando. E se eu morrer neste buraco, penso, e o desmoronamento resmunga em palavras distorcidas.

Ela... não... aqui, diz.

Cravo as unhas na testa: *Âncora*, repito, *âncora*. Aza fala com o assobio do vento. O rio falava com o gorgolejo e o farfalhar da água. Estas palavras são o ruído do solo na sepultura.

Aquela é... do ar... mas você... em nós.

"Quem", ofego, "quem é você?".

Ouço o som da terra do canavial sendo raspada em fileiras, sendo recolhida para receber sementes.

Nós.

Eu gemo e sinto gosto de lama, lambendo areia nas costuras das minhas bochechas.

Nós falamos.

Sangue na pele molhada das minhas gengivas.

Porque você ouve.

"Quem são vocês?" Eu pergunto, engolindo e tossindo.

Nós... nós levamos tudo. Ossos grandes e pequenos. Asas quitinosas, costas finas como papel. Filamentos do coração de uma árvore. Raízes afundadas em busca de água. Fios de riachos. Folhas queimadas. Musgo careca. Mais desidratado. Nós levamos tudo.

"Por que eu?"

Pedras embotando umas às outras, ponta contra ponta.

Você veio. Um estalo agudo. *Nós levamos.*

Minhas pernas queimam de tanto eu ficar em pé, doloridas pelas longas horas de trabalho na preparação para a chegada do marido. Aperto a cabeça entre duas estacas e a apoio no solo frio.

"Não consigo respirar", ofego.

A terra fecunda me pressiona na escuridão.

Sua oferta. Você deu o sangue dos seus pés ao leito do rio.

O cheiro é tão forte que chega ao meu peito, empurra para dentro de mim, insistindo na inspiração, na expiração.

Seus dedos dos pés nos alimentaram durante a longa caminhada.

Agarro as estacas com as duas mãos e começo a puxar, mas não há espaço suficiente para manobrar. Quando puxo com mais força, torcendo com todo o corpo, as facas de madeira me cravam nas costas, mas sinto que cedem, então continuo puxando.

Até agora, você nos alimenta.

Eu puxo e torço.

Sangue. Suor. Lágrimas.

A lama suspira.

Muitos de vocês, por toda a terra, ofertando. Dos dentes das nossas velhas montanhas ao ventre das nossas planícies. Dos chicotes das nossas baías e enseadas aos dedos dos nossos desertos, aos dedos dos nossos pântanos.

"Não", digo. "Não ofertei nada."

Eu me agacho no escuro.

Nós a levamos – pedaços de terra batem nos meus braços – *na hora do seu nascimento. Pensávamos que você fosse uma lebre, mas é um coelho ainda. Nasceu cega.* Eu puxo mais. *Nessa toca.*

Desliza lama pelas minhas costas.

"Você é um túmulo", eu resmungo. "Mama Aza, minha mãe, Safi e eu não entregamos nossa liberdade. Mas você" – eu puxo, e uma das estacas me apunhala na parte de trás da coxa – "continua pegando".

Arranco uma das estacas de madeira. Eu a deixo de lado e começo a puxar outra. Espero puxar estacas o bastante para abrir espaço e me sentar, com os joelhos no peito, e descansar. A terra estremece, o lodo desliza para a lama e contra a rocha. Minha masmorra estremece.

Nós transmutamos. Levamos cadáveres, mijo e sangue e quebramos mais e mais e apertamos até o seu menor eu.

"Vocês são gananciosos: vocês, Aza, o rio e Aquela Que Lembra. Tudo o que vocês fazem é levar. Não dão nada." Estou tremendo, a voz é um sussurro áspero.

Quieta, o chão resmunga. *Nos abraçamos até que a oferenda produza semente no nosso corpo e produza a si mesma. Comemos para transformar. Você se torna pedra, tronco, seiva e larva. Cogumelo e pólen. A poeira sobe e, depois de muitas voltas, te deixamos entrar na escuridão. E vira, vira, vira depois e além, seu cabelo, pele e sangue queimam até virar uma estrela.*

Eu meio que me penduro, meio que torço uma das estacas, e ela desliza da terra como uma faca na manteiga quente.

Aquela que você chama de Aza, ela corre e sopra.

Eu caio.

Essa é aquela que nunca dá, diz a terra.

Eu arranco outro pedaço de madeira cortante.

Aquela que pega, come e se banha em oferendas te engana, fazendo acreditar que tempestade significa água, significa vida, mas não isso. Devoramos, mas doamos.

A estaca com a qual estou lutando escorrega e então outra cai sem que eu a puxe.

Elas caem sozinhas da parede, respingando como chuva forte.

Você adora o vento, diz a terra. *Mas nós que doamos.*

Fico com as mãos ao lado do corpo, agarrando a última estaca que arranquei do solo, um monte de madeiras caídas aos meus pés. A terra, Aquelas Que Recebem e Retribuem, as entregou para mim. *Quieta.*

A última estaca ao meu redor cede e eu caio contra a parede e deslizo, solta e queimando.

Você pode estar cega, molhada e vermelha, pequenina.

O chão do caixão começa a ondular e eu grito. A terra engole cada estaca caída e levanta a areia macia como um travesseiro antes de se firmar novamente.

Você pode ser crua para o mundo, dizem Aquelas Que Recebem e Retribuem, um farfalhar de vermes através da palha.

Alguns coelhos constroem em terra ruim. Enterram-se na areia solta. Suas ninhadas sufocam quando as cavernas desabam.

Meu corpo é um aglomerado de hematomas, do tornozelo à cabeça.

Mas você é quem suspira. Cheira. Sacode. Você é a pequenina que engatinha. A pequenina que rompe a terra e respira. Seus irmãos de ninhada param de respirar, suas partes ficam baixas, balançando, fumegando.

Eu me enrolo na terra arenosa.

Mas você, você luta para chegar à superfície.

Este túmulo: minha cama.

E, quando encontra a saída, lambe a terra das patas.

E eu sem mãe nesta toca.

Engole, pequenina, e depois luta de novo.

Eu limpo o sangue do rosto, depois desisto e encosto a cabeça na parede. A terra me banha com o almíscar dos cogumelos e as flores murchas das minhocas. Pela madeira das grades e das estacas que ainda eriçam a porta: estrelas.

Você, nossa.

Elas me abraçam, me envolvem com suas mãos, seus braços, seus colos.

Você, nossa.

Capítulo VIII: Oferendas de sal e fumo

Quando os capatazes me arrancam da terra, estou manchada de sangue vermelho e lama, sonolenta como uma cascavel em um carvalho despertada do seu ninho profundo do inverno. Eles me arrastam pelo caminho das carroças, contornando os anexos, através da noite salpicada de insetos até a casa, minhas pernas dobram e não consigo me manter de pé. Durante dias chamei por Aza e implorei por chuva, mas ela não respondeu a nada e ninguém me deu água. Eles me jogam no chão da despensa e eu rolo para o lado, tentando abrir os olhos, para acordar completamente do estupor sonolento em que afundei, mas não consigo. Eu luto, contando os segundos pelo barulho das colheres de Cora nas panelas, mas o som do seu trabalho e o cheiro de gordura de porco do fogão não são suficientes para me puxar de volta ao mundo superior, desperta. A terra ainda me tem. Afundo de volta no sonho do buraco.

Quando estava nas mãos da terra, me levantei, passei pela porta e subi no ar. O cheiro de fumaça envolveu meu corpo. Eu estava sobre a plantação: alta, bem alta, olhando para baixo. As pessoas escravizadas pela senhora estavam quase despidas, curvadas nos canaviais, na casa, no engenho de açúcar, nos celeiros, nos anexos e nos barracões. Curvaram-se e entregaram, curvaram-se e entregaram, cedendo à terra, derramando flocos de pele, riachos de suor, sangue de cortes e mais cortes e vômito das suas bocas para a terra.

Lenha, pensei, *pronta para ser queimada*.

Quieta, disseram Aquelas Que Recebem e Retribuem, e olhei para baixo, novamente para os que labutam sem fim.

Enquanto pairava sobre os canaviais no sonho, vendo tudo como Aza, percebi que o desespero se dissipava nas pessoas que rastejavam pela cana e pela colmeia da casa. Mas também vi uma veia verde correndo pelo centro de cada homem, mulher e criança: uma veia que abre caminho para florescer. Uma veia que minhas abelhas conheceriam pela esperança verdejante do mel. Eu me perguntei se era por isso que a terra me disse para ficar quieta, me perguntei se Aquelas Que Recebem e Retribuem queriam que eu entendesse isto: que meu povo poderia pegar tudo o que o atormenta e usá-lo para cimentar as frestas, para semear e colher, para se blindar em gordura para que possa resistir, a esperança eriçada nos cachos dos cabelos, na escuridão negra da pele. Seus corações vibram em um grande sussurro: meu povo cantando nos campos. Foi isso que Aza quis dizer quando falou da subida, da ascensão do meu povo?

Eu me ajoelho no chão do porão, sonhando, e engulo cinzas.

Mary me acorda de manhã: um toque hesitante no meio das minhas costas. Eu rolo para longe dela, cobrindo o rosto com as mãos. Todos os pedaços quebrados de mim, com crostas vermelhas e roxas de dor. Hoje eu sinto cada hematoma, cada corte, cada músculo distendido: resíduos das minhas oferendas aos espíritos desta terra.

"A senhora está mandando todo mundo ir para as canas", sussurra Esther. "Estamos limpando os canaviais."

Eu me apoio em um cotovelo e tropeço para ficar de pé. Estou tremendo toda enquanto amarro minha saia com força. Estou oca de fome. Depois da caminhada para o sul, pensei que o rio de passos estridentes tivesse me reduzido a nada, mas agora, neste lugar, descubro que há mais a perder para a senhora, para a casa, para os canaviais. Da linha da coxa até a caverna da barriga, passando pelas reentrâncias entre as costelas, até a colher na parte inferior da cabeça, na nuca: este lugar está reduzindo ainda mais o pouco que sobrou de mim. Safi adorava minhas pernas: às vezes, quando entrávamos na floresta, ela se agachava no meio do caminho e acariciava a parte de trás das minhas coxas, as covinhas dos meus joelhos, até a linha das minhas panturrilhas. *Olha para você*, ela dizia, sorrindo. *Olha*. Minha saia balança contra minhas pernas, e são finas, finas como galhos caídos sob um lençol d'água. Ela dificilmente me reconhecerá – se eu a vir de novo, Safi dificilmente me reconhecerá.

A tristeza vira seu rosto para minha garganta e engasgo.

Não quero mais ser cega. Não quero ser uma filhote de lebre arranhando a terra perdida. *Olha*, Aquelas Que Recebem e Retribuem disseram. Vou ver. Vou mancando até a cozinha e pego uma tesoura da mesa antes de sair pela porta. Mary e Esther correm atrás de mim, segurando as pontas dos dedos uma da outra.

"Annis?", Esther me chama.

A sombra da casa é gelada, como se estivesse mergulhada em água fria. Meu cabelo está comprido, enrolado como uma corda sobre meus ombros e descendo pelas costas. Há pequenos pedaços na parte de trás que ficaram emaranhados. Pego uma grande mecha enquanto tropeço e corro, e vejo. Enquanto corro para longe da casa-grande e dos anexos, agarro mecha após mecha do meu cabelo, parte de linho aqui, parte de seda ali, uma mecha de algodão no alto, e corto.

"Annis?", Esther me chama novamente enquanto ela e Mary trotam ao meu lado.

"Eu tenho que fazer uma oferenda", respondo.

Pego todo o meu cabelo cortado, cada fio fino como uma teia de aranha, e tropeço ao atravessar um grupo de árvores, passo pelas cabanas, fileira após fileira, até onde a floresta começa. É uma caminhada longa e irregular. A cada duas respirações abrasadoras, tento evitar que minhas pernas fracas tropecem. Ignoro as súplicas de Esther, mas ela e Mary me seguem mesmo assim. A floresta se curva, densa selva, sobre mim. Paro e procuro até encontrar um cipreste, alto e cheio de sementes. Seus cipós estão começando a ficar marrons como os das árvores de onde venho, anunciando a aproximação do outono. Eu cavo a terra com as mãos. O solo aqui é rico e macio, pego minhocas, insetos e tufos de agulhas de cipreste que apodrecem, e jogo por cima do ombro. Cavo um buraco tão fundo que meu braço quase desaparece até o cotovelo.

"O que você está fazendo?", Esther pergunta. Ela e Mary se agacham atrás de mim.

Mary suspira.

"Você vai ter que fazer muito disso aí nos canaviais", diz Esther.

Coloco meu cabelo no fundo do buraco.

"Estou ofertando", digo.

"Para quê?", Esther pergunta.

"Para lembrar", respondo.

Você leva, eu digo à terra. *Você doa. Leve isso e doe. Eu preciso ver mais. Me mostre mais.*

Duas lembranças me vêm do húmus preto nas reentrâncias dos meus dedos, da podridão sob minhas unhas. As primeiras flores na minha cabeça, maduras e cheirosas: certa vez, quando eu era bem mais nova, um homem alto cortejou minha mãe. Quando ele cantava, sua voz se espalhava pelos campos, pelas florestas, até a casa, correndo como um rio desde sua foz. Depois de uma noite de caça, ele deixou um maldito presente para ela na porta da nossa cabana: um coração embrulhado em estopa. Minha mãe respirou rápido quando viu aquilo e deixou um pequeno sorriso nascer em seu rosto. Ela me levou até a clareira, acendeu uma pequena fogueira e assou. Não me lembro qual era o gosto do coração, apenas que era mastigável como qualquer músculo. Mas me lembro do jeito, quando ela o cortou em dois, com as cavidades divididas ao meio, ficou lindo: um favo de mel vermelho. Eu sabia que o homem queria alimentar minha mãe com comida rica e mastigável para contar a ela de sua própria fome, aquela coisa que ficava boquiaberta quando ela se afastava dele, estremecimento após estremecimento, nos caminhos desgastados dos cômodos. Como minha mãe andava pelo menos a um braço de distância do homem, nunca confiando o bastante na mão do mundo para se acomodar naquele homem que a cortejava. A separação aconteceu quando ele lhe disse que ela estava me transformando em um bebê indefeso quando caí e esfolei a perna e ela me confortou. Ele disse que ela era terna demais. Ela olhou para ele e murmurou uma palavra: *Chega*. Sua respiração rápida e superficial.

A segunda lembrança é menos um florescimento que uma combinação de fragmentos, uma costura de um momento a outro. Aconteceu depois que o sujeito mostrou à minha mãe que não poderia proteger nós duas, depois que mostrou à minha mãe que ela precisava buscar segurança para mim e para ela, sozinha. Eu era pequena, nessa lembrança, ela precisava me carregar nos braços, eu apoiava o queixo em seu ombro enquanto ela corria.

Mamãe, eu disse.

Aguenta, querida, mamãe disse. *Aguenta.*

"Annis?", Esther interrompe meu sonho.

"Aguenta", digo, me agarrando no próximo fio de memória, mas nada surge. "Aguenta", digo, mas não sei se estou dizendo isso para Esther ou para a terra. "Por favor", eu sussurro. O que resta do meu cabelo cortado cai sobre meus olhos, sobre meu rosto, até roçar meu queixo. Eu oferto à terra. "Por favor", digo.

Encosto a testa nas raízes da árvore e imploro, e Aquelas Que Recebem e Retribuem aceitam. O fio de memória vem. Agarro-me ao fio e engulo, a lembrança do que aconteceu há tantos anos no norte tem gosto de sal, de lágrimas. Minha mãe era alta e eu era uma criança de pernas fofas e barriga macia. Minha mãe estava correndo. Ela me carregou por muito tempo – nas costas, nos quadris, agarrada ao seu peito –, mas depois de dias e noites ela me colocou no chão. O aperto que me deu no pulso foi desesperador, tentei acompanhá-la, mas ela me arrastou pela terra enquanto corríamos uma noite.

Corre, pequena, ela disse. *Corre.*

Aza, mamãe gritou para o céu. *Aza, para que lado?*

Ao longe, ouvimos os cães de caça. Minha mãe puxou meu braço com tanta força que apareceu um grande hematoma na minha junta. Corríamos o mais rápido possível.

Sim, dizem Aquelas Que Recebem e Retribuem. *Você fez a oferenda. Olha agora.*

A memória preenche meu mundo, apagando Mary e Esther. Minha mãe e eu estávamos correndo havia dias. Mamãe ficava dizendo: *Quando chegarmos ao pântano, o Grande Pântano*, me carregando por quilômetros e, depois, quando estava cansada demais, me implorando para correr. A chuva parecia nos seguir, e o vento da tempestade era um frio intenso e encharcado. Mamãe chamou o vento, *Aza, Aza*, repetidamente, *Aza*, ela perguntava, *para que lado*. Aza não respondia, até que respondeu: a gritaria dos cachorros que se aproximavam e minha mãe me levantou em seu peito, me apertando em seu corpo. Aza disse: *Descendo por aquele vale, lá longe, daqui a muitos dias.* Como a voz do espírito envolveu a mim e à minha mãe. Como veio de todos os lugares no escuro. Minha mãe tropeçou comigo nos braços. *Muito longe*, disse Aza, e então minha mãe e eu caímos morro abaixo e rolamos, ensanguentadas e machucadas, de lá olhamos para cima e vimos homens com lanternas e cachorros saltando em nossa direção.

Lembre-se, dizem Aquelas Que Recebem e Retribuem.

"Eu me lembro", respondo.

Nós corremos. Minha mãe chamou por Aza. Nós caímos. Através de uma cortina de sangue, vi minha mãe socar e chutar os cães dos feitores, lutar para que não me atacassem. Minha cabeça latejava sem parar. Desmaiei no sopé daquele morro diante da minha mãe, meio gritando, meio rosnando, lutando com os cachorros. Quando acordei, estávamos na casa do meu senhor novamente, de volta à cabana com Nan, que tinha um só filho na época. Acordei e saí de madrugada, mas minha mãe não estava lá. Ela saiu, desapareceu por dias, e, quando voltou para nossa cabana, estava inchada e quebrada em alguns lugares que eu conseguia ver e em outros lugares que não. Era tanto sangue, tanto terror, que me esqueci; não me lembrei. "Lembre-se", diz a terra. Eu lembro. Minha mãe correndo para encontrar um lugar seguro para mim e para ela mesma, e os feitores a pegaram, então meu senhor passou anos a punindo até vendê-la. Ele a levou para a corda e a trocou com o homem da Georgia, para este inferno de submundo devastado pela água. *Corra, Annis*, mamãe gritou. Corra, quando colocaram os cães em cima dela, e ela balançou os braços e as pernas, usando as únicas armas que tinha. Eu te amo! Ela gritou, mesmo com os cães cravando os dentes nela e balançando, um no braço, outro na perna. *Aza!*, ela gritou.

"Annis?", Esther me chama.

Eu soluço na terra. Faço a oferta Àquelas Que Recebem e Retribuem até que me torno uma cabaça oca: seca de tristeza, repleta de fragmentos de memória. O coro de insetos que nos acolheu neste lugar está morrendo, a vontade de silenciar com o último vigor do verão, então é o estalar das folhas, sem a voz de Aza, que me acalma.

Cada homem, mulher e criança que já consegue andar está nos canaviais. Centenas de nós debruçados sobre a terra, sentindo o cheiro da picada afiada da cana, das ervas daninhas fibrosas na raiz e do estrume mofado. Sigo Mary e Esther enquanto elas se curvam com a enxada, agarram e puxam. Algumas ervas daninhas são tão resistentes que mordem quando as arrancamos, rasgando a pele das nossas mãos. O céu nos concede uma misericórdia; as nuvens nos protegem do sol e depois o escondem completamente, assim o dia esfria e fica como água morna para lavar roupa, mas minha cabeça e minhas mãos estalam de dor, minhas costas se contraem enquanto trabalho nas fileiras de cana alta. As canções começam e morrem, desaparecem e flutuam pelos campos, brasas umedecidas sob o olhar dos feitores. Um deles reclama com dois homens mais velhos e uma menina por arrancarem as ervas daninhas muito devagar; a menina anda de maneira irregular, com um pé para dentro. Ignoro a pulsação suave do meu coração, o pensamento que dispara dentro de mim de ajudá-la, ajudá-los. Ainda estamos no meio da manhã, mas meus tropeços de fome e o cansaço do buraco pioraram. Embora eu possa ver as árvores no horizonte, o modo como a selva da floresta detém a cana, se inclina sobre ela, na intenção de recuperar a terra, embora eu mesma arranque do solo evidências disso, as fileiras de cana parecem intermináveis.

"Por que você cortou o cabelo desse jeito? E enterrou?", Esther pergunta enquanto luta contra uma erva daninha profundamente enraizada.

Tiro a sujeira da palma das mãos, limpando na saia. Parece outro sussurro vindo da terra.

"Eu estava tentando lembrar algo sobre minha mãe." Esther não acreditaria em mim se eu lhe contasse sobre Aza, sobre a terra, sobre os rios. "Meu cabelo estava me distraindo." Eu corto o assunto com uma mentira. "E se cortar o cabelo me deixa mais feia para o marido, melhor ainda."

Esther se agacha e aponta com o queixo para além de um pequeno aglomerado de cabanas na beira dos campos, em direção à floresta emaranhada que se estende ao longe.

"Eu pensei que você estava cortando o cabelo para trazer até a fronteira. Esta é a fronteira", diz Esther.

"O quê?", eu pergunto.

"Para onde você correu hoje de manhã. Esta é a fronteira. Mas eu não conseguia entender o que um cabelo bom ia fazer ali." Ela balança os ombros e cava. "Talvez desse para fazer uma corda."

"Quem poderia fazer uma corda?"

Esther arranca pela raiz uma erva daninha espinhosa. Ela limpa o sangue na cintura.

"Gente que foge."

Arranco minha própria planta.

"É onde alguns deles moram, lá longe, na fronteira. Na floresta, mas ainda perto o suficiente para fazer escambo e ver a família aqui."

A planta parece puxar para trás e depois cede, eu me sento na terra, depois me ajoelho em uma posição instável.

"É onde deixamos comida, roupas ou ferramentas para eles. Lá longe."

Coloco a erva no meu saco.

"Achei que era por isso que você estava correndo tanto, mas aí percebi que você não tinha ninguém que fugiu daqui."

"As pessoas moram lá?", pergunto.

"Sim, na floresta aqui em volta", Esther responde.

Eu engulo, minha língua é um biscoito inchado na boca, e recordo as duas lembranças que me foram doadas.

"Tinha um lugar no norte chamado Grande Pântano Sombrio. Diziam que havia famílias inteiras, comunidades inteiras morando lá", digo.

Esther enfia o mato no saco.

"Tem um pântano aqui em volta. Cheio de cobras, jacarés e ursos", diz ela.

Mary assobia para o céu cinza-aço.

"Algumas pessoas", diz Esther. Ela fala pelo canto da boca, baixinho. Mal consigo ouvir com o barulho ao nosso redor, o arrancar das raízes do solo, o arrastar dos sacos, o barulho dos pés. "A mãe da minha mãe veio de um lugar chamado Terre Gaillarde, um quilombo ao sul daqui, no pântano. Era uma terra forte. Boa terra. Fugiram para lá e viveram daquela terra. Tartarugas, peixes, essas coisas."

O dia está nublado, mas suamos tanto que fica difícil respirar.

"Precisava nadar com a água no pescoço para chegar lá. Ficava no meio de um pântano", diz Esther.

O céu ferve. Olho as fileiras, linhas de nós capinando.

"Mas era difícil viver. As pessoas de lá estavam famintas. Tinha um homem lá que se chamava St. Malo. Era o líder; ele conseguiu ferramentas e armas e trocava por trabalho nas plantações."

Não vou procurar por Aza. Não vou procurá-la reunindo o céu nas suas saias, girando em direção ao trovão e à ameaça, ao farfalhar e ao vento.

"Eram livres. Livres de algum jeito. Mas a lei descobriu; chamaram o prefeito. E você sabe que a lei não ia deixar isso assim, muito menos uma vila inteira de pessoas que fugiram e foram viver no pântano." Esther coloca o saco no ombro e passa por outra fileira antes de se agachar novamente. "E aí o St. Malo e seus pais foram para o Mississippi para negociar e mataram um homem branco que os ameaçou." Esther balança a cabeça. "Minha avó disse que eles sabiam que era uma tolice, mas perceberam que o homem branco queria matá-los, então mataram ele antes."

Estou suando frio. Pequenos fios de sangue secando nos meus dedos por causa do atrito, dos ferimentos, do trabalho.

"A lei caçou a todos e os encontrou no pântano. Minha avó e todo mundo lá reagiram, mas foram todos pegos. A lei queimou tudo o que eles construíram e depois enforcaram St. Malo. Algumas pessoas foram amarradas e marcadas com um M nas bochechas, de *marron*, fugido. Minha avó e minha mãe tiveram aquele M no rosto pelo resto da vida. Outros foram açoitados trezentas vezes. Todos os que não morreram foram enviados de volta para isto aqui." Esther tropeça em um pedaço de terra limpa entre as fileiras antes de se curvar novamente. "É uma morte mais lenta, só isso."

Lamentamos. Todos nós, e a lamúria é levada pelo vento. É um canto fúnebre vivo, construído sob o remexer e o balanço das árvores. O canto corre sob a dor do nosso rastejar para alcançar a cana, pelos canaviais, violenta com o crescimento. Como ferve.

"Onde você enterrou seu cabelo? Deixamos milho que separamos da ração dos animais. Facões e facas. Amarramos as galinhas pelas pernas e deixamos nas árvores. E aqueles que foram embora, que estão lá nos pântanos, deixam peixes, guaxinins e javalis para nós que ainda não temos coragem de nos juntar a eles. Para nós que não podemos deixar os bebês ou as mães. Para nós que temos mais medo de quem nos persegue no pântano do que de quem nos persegue nos canaviais, ou que temos medo do cabildo que vai nos tirar do pântano se um tanto de gente se reunir num mesmo lugar. Se ousar viver livre", continua Esther.

Ela arranca da terra uma planta teimosa, com raízes longas como uma forquilha. Seu rosto se contorce como um pano molhado torcido para secar. Esforçando-se para não chorar.

"Meu irmão está lá", diz ela. "Ele se esgueira e às vezes vem visitar."

Mary dá um tapinha em Esther, um movimento de dedos nas suas costas, fino como o roçar da asa de um grou.

Arrancamos ervas daninhas até o sol coletar toda a cor do dia e a noite se espalhar no céu. Depois, enxaguamos a lama, a areia e os pedacinhos verdes viscosos de nosso rosto, braços e mãos antes de servir à mulher que não come nada e o homem que come mais do que o que lhe cabe. Ele suspira durante o jantar, batendo a colher e o garfo na cerâmica. Enquanto saímos e subimos e descemos as escadas com os preparos, Esther passa o prato cheio da senhora para mim, eu engulo os restos de comida tão rápido que começo a soluçar. Desmontamos a mesa do jantar, arrumamos as camas, limpamos e empilhamos as grades com lenha e arrumamos as roupas, o tempo todo a exaustão amarrada como uma rede de pesca na minha cintura, me arrastando para o catre na despensa, mas não consigo dormir. Em vez disso, espero que as outras durmam e saio furtivamente pela porta da cozinha, onde me sento no jardim. A lua está alta, azul e cheia. Fico pensando naqueles que roubaram a si próprios, mesmo aqui neste lugar. Pensando em como vagam por este lugar selvagem repleto de pântanos e cheio d'água. Levanto minha mão, apagando a lua, deixando os raios deslizarem pela teia dos meus dedos. Estou esperando por Aza: sussurro seu nome. Desta vez ela vem, traz uma brisa fresca como um lenço. Com que facilidade ela vem e vai neste mundo. Ela para diante de mim, silenciando a lua.

"Sim", diz Aza.

A escuridão da lua cria imagens: um coelho, um peixe, um elefante.

"Por que você não veio antes?", pergunto.

Aza circula seus ventos.

"Eu não ouvi", ela diz.

"Eles me enterraram", digo. "Eu te chamei."

"A terra", ela suspira, "te fechou. Te escondeu. Para si".

Aza afunda e a lua fica clara novamente, eu imagino as histórias erradas. Não há animais naquela esfera prateada. Isso é água. São mares, mares escuros fluindo uns para os outros por rios finos, vindos daqui, da terra.

Talvez seja a Água de que Aza falou, a Água entre todos nós, a Água que nos conecta. Será que a Água às vezes se afoga?

"Esther me disse que tem gente lá fora." Olho para baixo e para Aza, seus olhos escuros como nuvens de tempestade. "Pessoas que fugiram. Pessoas que vivem nos pântanos."

"Sim", ela responde. O barulho de um raio sobre um dos seus ombros desce até suas saias.

Aza está calma. Toda ela acalma: ela, um olho lindo.

"Você não me contou a verdade. Não foi mamãe se perder de Mama Aza que a fez te abandonar." Afasto dos olhos meu cabelo cortado. "Provavelmente não foi isso que fez com que ela não se importasse mais com você, não foi isso que aconteceu. Você deveria nos levar ao pântano."

Tudo está silencioso. As árvores formam um arco sobre nós, aliviadas com a ausência do vento forte de Aza.

"Sua mãe pediu o impossível", diz Aza. "Você mal conseguia correr. Esse pântano ficava a muitos quilômetros de distância, grandes distâncias."

Seus membros alcançam a lua e seus mares. Alcançam a Água.

"Ela estava condenada. Eu sabia quando ela pediu", diz Aza, riscando de um lado para outro.

"Você tem poder. Mais poder do que Mama Aza, minha mãe ou eu. Você poderia ter feito mais."

Coloco as mãos cortadas nos joelhos em chamas e fico em pé, cada pedacinho de mim, do alto da cabeça até a ponta dos pés, rangendo e resistindo.

"Minha mãe merecia ser poupada. Eu me lembro", digo antes de ir para a entrada escura da casa e fechar a porta atrás de mim.

Arrancamos ervas daninhas por dias, mas não consigo dormir. Passo as noites olhando para as ripas do teto, pensando na minha mãe e em como ela corria. Lembrando-me da dobra dos seus braços, da maneira como sua respiração soava como um gemido irregular. Então fico acordada quando Aza desliza, fina como uma fita, para a despensa, com uma corrente de ar fria a centímetros do chão.

"Annis", ela diz.

Olho para as costas de Esther. O dia apaziguou a ela e Mary: adormeceram assim que entramos na despensa. O chão é duro sob meu saco cheio de musgo. Contusões mancham meus braços como folhas escuras soltas por um vento cortante. Aza se transforma em névoa, se espalhando como um cobertor fresco sobre mim e as outras mulheres. O toque me arrepia, me dá um pouco de prazer, e eu odeio isso.

"Tem muita coisa que eu poderia te dizer."

Eu ignoro seu sussurro.

"Te explicar."

Fecho os olhos.

"Pode ser difícil navegar neste mundo. Este lugar está repleto de pessoas, seres, espíritos. Há tanta coisa aqui."

Esfrego minha bochecha no saco; ainda cheira à farinha de milho que colocamos dentro dele.

"Nós, espíritos, não estamos presos a este mundo. Fazemos parte, mas não estamos vinculados aqui."

"Estou cansada", digo a ela, em voz baixa, sussurrando, mas a dor aperta meu ombro e me lembro do trabalho que fizemos hoje, sei que não preciso me preocupar em acordar as outras. "Me deixa em paz."

A névoa de Aza coagula.

"Ouve." Seu vento acalma. "Por favor, Annis."

Encosto o queixo no peito e vejo minha mãe, as covinhas marcando o contorno do sorriso, a camada de pintas no alto das maçãs do rosto, um punhado de estrelas ali. A perda ferve através de mim, se aloja no meu peito enquanto a morte circula novamente. Como ela abaixava o queixo, levantava as sobrancelhas para mim e colocava os polegares nas minhas têmporas, e me dizia, do nada, na bolha de uma risada ou no sussurro baixo de um gemido cansado: *Você vai encontrar um jeito, pequena. Vejo isso em você. Você se move como ela. O jeito como você balança os braços, da mesma forma que se inclina quando corre. Assim que você aprendeu a andar, parecia que já sabia lutar.* Como ela curvava as mãos em torno do V no meu queixo. *Você carrega a minha mãe todinha em você. Você vai encontrar um jeito, Arese.* Não gosto de poder imaginá-la também, porque ela deve ter olhado para Aza quando a deixou: uma doença corroendo seus pés e pernas, mancando em outra fila de acorrentados de homens e mulheres dobrados à tristeza. Quanto tempo ela terá caminhado antes de cair? Será que alguém se ajoelhou ao seu lado e segurou sua mão enquanto ela provavelmente deu seu último suspiro na terra? Aza sentiu prazer em abandonar minha mãe?

"Estou ouvindo", respondo, mesmo com a tristeza alojada em minha garganta, como um pedaço de carne seca e defumada.

"O lugar onde nasci é muito distante. Vai de um horizonte a outro. Por baixo de tudo, a Água. Forrada com prata, preta-corada. Eu respirei, primeiro. Uma lufada onde ainda não havia nada." Minha respiração congela no brilho de Aza. "A Água me conhecia."

"Como assim, te conhecia?", eu pergunto.

"Eu senti isso. Era um abraço. Flutuando como uma névoa na água. Dizendo que eu fazia parte disso e que isso fazia parte de mim." Aza brilha. "Quando você era bebê, sua mãe te observava dormir, o amor dela era tão forte que era uma corrente de ar no quarto." Eu suspiro. "Aquele amor tão forte que senti dela por você", diz Aza. "Foi isso que senti da Água."

Ela junta os cachos, cruza os braços em uma névoa de algodão.

"Isso me deu essa estima. E depois", ela continua, "quando eu sabia quem eu era e onde estava, não teve mais. Apenas a suavidade para Água, abrangente. Silenciosa". A névoa acumula a queimadura dos meus hematomas. "Eu soprei e voei sobre seu rosto. Achei que, se explodisse, poderia falar com ela. Levantá-la. Pensei que talvez me respondesse, me mostrasse essa estima novamente. Mas era apenas a Água, a escuridão e as luzes distantes. Outras estrelas. Outros mundos. Varri e soprei, mas a Água não retornou." Os lábios de Aza escurecem, mais pretos que árvores escuras contra o céu. "Eu cresci pequena. Com um suspiro. Eu queria diminuir a pressa de mim mesma. Ficar quieta como aquela Água."

"Como uma morte." Quero fazer uma pergunta, mas soa como uma afirmação, como se fosse um fato que nasci sabendo. E, de certa forma, eu sei: sei o que significa se deitar com o desespero, se afundar com ele.

"Sim. Mas então conheci alguém como eu. Outro vento. Ela me levou para os lugares onde nos reunimos. Ela dançou. Ela me ensinou a girar, cada vez mais rápido, cada vez mais forte. Eu fiz o que ela ordenou, girando em direção a uma tempestade, e, quando girei, ouvi um murmúrio, um fragmento de murmúrio, que reconheci como a voz da Água. Lá, mas diferente."

Aza se encolhe densamente.

"Aquele pequeno eco da voz da Água quando girei para a tempestade? Abriu um caminho até aqui, para este mundo, onde girei sobre seus oceanos, sua terra." Aza está condensando. "Aqui tem tanta estima, respeito, tanta gente olhando para mim. Tanta gente pedindo misericórdia."

O toque de Aza é caloroso.

"Voltei ao lugar onde nasci para soprar sobre a Água, mas ainda era tranquilidade. Nós, espíritos do vento, vemos dos penhascos de nossas cidades, de nossas ruas de neblina, e gravamos a história nas rochas. Nós, espíritos, fazemos barulho. Nos reunimos onde nascemos e empalidecemos o mundo com raios. Nossa música: trovão. Dançamos. Giramos, mas depois de tanto tempo voltamos a sentir. A necessidade de retornar aos seus oceanos, à sua terra, a este lugar."

Aza está menor agora, o menor que já vi. Se eu estendesse a mão para ela, poderíamos ser irmãs. Às vezes, quando estou limpando os espelhos rodeados de velas na casa que se estende acima de nós, eu me examino: vejo os olhos da minha mãe, a linha dos seus cabelos, a saliência do seu queixo. Aza poderia ser eu agora: braços esbeltos de sílfide, pescoço longo.

"Queremos ser vistos por vocês."

Ela está ficando cada vez menor. A despensa está ficando mais quente.

"É uma fome comum. Todos nós nascidos da Água, todos nós vento e água e fogo e terra e espíritos verdes, mesmo com nossas cidades e nossos mundos e nossos costumes, todos queremos ser vistos por vocês."

Aza está do tamanho de uma criança.

"Queremos suas súplicas. Desejamos seus cantos. Eles também ecoam a Água."

Ela se vira lentamente e uma brisa úmida sopra no ambiente.

"Eu disse à sua mãe que o caminho era longo. Que seria quase impossível chegar ao Grande Pântano Sombrio com você." A voz de Aza está suave como uma lágrima.

"Mas eu contei para ela como era se mover através de mundos, ela tinha a intenção de levar você para um novo lugar."

Ela se inclina e rodopia mais rápido.

"Ela deveria ter confiado em mim."

Mechas do cabelo de Aza sobem primeiro, se afastando e desaparecendo. O latejar no meu ombro se transformou em uma dor lancinante.

"Doeu muito falhar com sua mãe. Ela que tentou tocar meu rosto, às vezes, que olhou para mim como se eu fosse a mulher que a deu à luz."

Os dedos de Aza, seus antebraços, suas saias se levantam e desaparecem, até que apenas seu peito envolto pelo vento, seu rosto fustigado pelo vento permanece, até que ela gira tão rápido que fica borrada.

"Quando eu só assumi a forma dela", diz ela.

Sinto cãibras na sola dos dois pés ao mesmo tempo.

"A memória da estima, do respeito de sua mãe..." Aza para, sua voz é um leve tamborilar de chuva.

"Depois ela me abandonou", diz Aza. "Você também vai me abandonar?"

A última gota de Aza evapora. Aproximo meu nariz no fino cobertor e inalo o cheiro de farinha velha. Sei o que Aza não diz, poderia ler através de sua história. A confiança que ela deseja é uma espécie de adoração, a dependência da oferenda, nossa estima e respeito como uma espécie de amor. Ela quer que sejamos seus filhos. Ela quer ser nossa mãe. E, assim como minha mãe se afastou de Aza porque ela não dava o que minha mae precisava, Aza também se afastou dela.

A voz é um fio fino, mas forte, que se enrosca na escuridão, chamando a aurora, que vem vindo em nossa direção no horizonte. Mas, quando abro os olhos, ainda é noite. Alguém está cantando. Cora dorme de costas, mais perto da porta. Esther está de lado, voltada para mim, e Mary está atrás dela, apoiada em um cotovelo. Os olhos de Esther estão fechados e ela geme, baixo e de forma dolorosa, durante o sono: é Mary quem canta. O som que sai de sua boca é um zumbido meloso, líquido e quente no coração, incrustado com cristais de açúcar afiados nas bordas. Como as notas sobem e descem, se desprendendo dos cantos de sua garganta, de sua boca geralmente silenciosa, para adoçar o ar, para tornar leve aquilo que é insuportável, a cada momento de vigília e caminhada.

"Vem, para o lamento: pelo pobre St. Malo em perigo", canta Mary. A lua é um olho pálido semicerrado através da pequena janela e, por um instante, parece balançar com sua canção, tremer no céu.

"Eles o perseguiram e caçaram com cachorros. Atiraram nele com uma arma. Arrancaram-no do pântano de ciprestes. Seus braços foram amarrados atrás das costas", canta Mary. "Amarraram suas mãos na frente; o amarraram ao rabo de um cavalo. Arrastaram-no pela cidade. Diante dos homens do grande cabildo, o acusaram de ter tramado uma conspiração para cortar a garganta de todos os brancos." Esther se aquieta, a canção de Mary a acalmou.

"Perguntaram quem eram seus camaradas: o pobre St. Malo não disse uma palavra. O juiz leu a sentença e então ergueram a forca. Puxaram o cavalo, a carroça correu, e deixaram St. Malo pendurado ali." Mary passa a mão no cabelo de Esther, acariciando até o couro cabeludo, e Esther rola de costas no peito de Mary. Como o estrondo da canção de Mary acaricia o rosto de Esther. Como sinto falta da ternura do toque, do toque de quem está neste mundo: o ombro de Safi, a palma da mão da mamãe.

"O sol já estava alto havia uma hora quando ele foi enforcado no dique."

O beijo suave das minhas abelhas.

"Deixaram seu corpo balançando lá", murmura Mary.

Minha mãe me apertando, a corrida brusca. *Corre, querida. Corre.* Deito a cabeça no saco, sinto o impacto do chão contra meus ossos machucados, mas o canto de Mary acalma como a névoa fresca de Aza.

"Para os corvos carniceiros se alimentarem", entoa Mary, se inclinando na direção de Esther e entrelaçando a palavra que começava a canção em volta do rosto de Esther como uma fita. "Vem", Mary canta e coloca a mão no coração de Esther. "Vem." Quase espero que Mary se levante, acorde Esther, desapareça nas entranhas da casa e saia pela porta, arrastando Esther com ela, para a vegetação rasteira de oferendas, o pântano oscilante. Mary se aproxima, tão perto de Esther, até que murmura a palavra contra seu rosto: um apelo sussurrado, uma ordem. "Vem."

Mary canta a última canção de St. Malo, o homem que conduziu alguns de nós a outros mundos. Sua voz paira no ar: a crosta da torta nas bordas da assadeira, a assadeira que raspamos para saborear nos cantos quentes da cozinha, o miolo amanteigado rico em nossa boca, mas é apenas uma sugestão da canela, da noz-moscada, do açúcar que semeamos, regamos e trabalhamos até ficar verde, crescendo em direção ao céu, o açúcar que sentimos, cheiramos quando nos inclinamos perto do talo verdejante, rico em fibras, e como o estômago parece cheio até que por um momento com uma inspiração rápida, completa e irregular, sobre os restos... eu faço isso agora, inspiro fundo para puxar aquela doçura que sobrou do ar para dentro de mim, para puxar a canção açucarada de Mary da escuridão para dentro de mim, para que ao menos num piscar de olhos, nas entranhas desta casa podre, a ternura seja um toque nos meus ossos.

Capítulo IX: Homens em chamas

À medida que o verão passa e as manhãs esfriam, quase desejo que Mary e Esther tenham saído quando abro os olhos, quase ao amanhecer, mas todas as manhãs elas ainda estão sob os cobertores, abraçadas. Cora acende o fogo, abanando e alimentando o calor na barriga. Eu rolo e deslizo meu cobertor para nosso esconderijo e então pego um punhado de farinha de milho e levo para cozinhar. É tudo o que nos permitimos nessas manhãs mornas do outono que cai: apenas um punhado de farinha, de água, de gordura, tudo para fazer quatro bolos de milho finos e achatados. Um fio de uma refeição para evitar a prestação de contas da senhora. Mesmo assim, minha boca saliva enquanto me agacho perto do fogão e espero Esther e Mary se levantarem, observando Cora medir e misturar a comida. Ela se move como uma mulher que conhece cada centímetro da cozinha, pitada por pitada: farinha, açúcar, óleo e sal. Nem um braço, nem um passo ao redor da boca de ferro que aquece entre nós, mais do que ela precisa.

"Tá chegando a época da colheita", ela diz, meio para mim e meio para si mesma. "Isso deixa a senhora louca, contando cada grão de feijão e ervilha na horta. Ela age como se não tivesse alimento de sobra."

Cora me entrega um pouco de gordura, nada além de um brilho, e esfrego nos joelhos, antes de enfiar um dedo na boca e sugar a ideia: sal e fumaça. A voz de Mary soa tão rica quanto o sabor da gordura.

"Mary, canta pra gente", eu digo.

Cora deixa cair um pote. Ela tosse no avental e depois o sacode. Por um momento, a pele das minhas pernas para de coçar incessantemente. O óleo na frigideira chia.

"Sim", diz Cora.

Tracei um círculo na minha rótula untada.

"A voz dela não se parece nada com as que já ouvi."

"Ela chegou aqui ainda criança, na mesma época que Esther. Pequenas, as duas, barriguinhas e joelhos magros. Eu dei comida para elas. Tentei colocar um pouco de carne, mas a senhora veio olhando com seus olhos de falcão." Os bolos têm cheiro amanteigado e salgado, meu estômago embrulha, faminto. "Não tem abundância aqui."

Envolvo meus braços na barriga e aperto, na esperança de aliviar a boca aberta no centro de mim. Cãibras percorrem minhas costelas e sobem pela espinha.

"Quando a senhora as trouxe até aqui, ela disse que Mary era simplória. Mas eu sabia pela aparência que tem muito mais dentro dela." Ela pega um dos bolos e me entrega, e eu jogo de mão em mão, soprando para esfriar. Terá que durar o dia todo.

"A maioria das pessoas não consegue ver todas as camadas de alguém, assim como não consegue provar tudo o que tem numa panela. Mastigam e reconhecem um, dois sabores. As cozinheiras conhecem todos."

Ouvimos um farfalhar vindo do depósito. Esther e Mary saem da escuridão, magras como um fio de fumaça, e se agacham ao meu lado, esfregando os braços e as pernas no calor do fogão com escovas duras. Cora serve o restante dos bolos e nós sopramos nos pratos que são as mãos. Espero dar minha primeira mordida, fria nas bordas, mas Mary come seu bolo de milho em grandes mordidas quentes. Esther toca o ombro de Mary, e ela se detém por um momento antes de mastigar mais devagar, mas o olhar dela ainda é voraz.

"Esse ar fresco da manhã me deixa com vontade de comer a abóbora da minha mãe", diz Cora, com a boca cheia do bolo grudento. "A gente assava nas cinzas. Na Virginia, tinham o tamanho da minha cabeça e derretiam como manteiga na boca." Cora engole em seco. "Minha mãe veio até mim ontem à noite. Cozinhou e soprou para mim. Me viu comer", diz Cora, já na metade do bolo. Coloca os dedos no queixo e pisca longamente, perdida na memória.

"Há quem diga que isso significa alguma coisa." Esther pega um pedaço de bolo de milho e coloca na boca, tão solenemente quanto a senhora lá em cima. Cora parece indiferente. Ela não sopra o bolo, mesmo que esteja fumegante; em vez disso, ela observa o vapor flutuar e desaparecer. Meus joelhos lubrificados começam a doer, mesmo assim me agacho e conheço o luxo da quietude. Conto a respiração, inspirando e expirando. Resignada, Cora come o restante da refeição em três grandes mordidas, enquanto Mary e Esther se levantam e pegam os baldes.

"Eu senti até o gosto enquanto dormia", diz Cora. "Nítido como este bolo."

Levanto e pego meu balde.

"Eu queria que ela tivesse falado alguma coisa", suspira Cora. Nós a deixamos assim, parada diante do fogão, colocando cada pedacinho de alimento, de gordura, legumes, exatamente assim. Ela e o fogão conversando. Seus olhos ainda distantes, traçando os restos de um sonho.

Quando voltamos da coleta da água, Cora está colocando um monte de biscoitos para esfriar, mas ao nos ver se atrapalha com a panela que está segurando. Outra panela com água ferve no fogão.

"O homem está com febre", ela conta. "Está todo doente. A senhora disse que precisa de roupa de cama, água quente, vinagre e papel pardo." Eu o evitei desde o buraco, fugi dele e dela. Olhava para minhas mãos e pés, nunca para o rosto deles. *Respire*, penso, *respire*, enquanto subo as escadas com um tecido pendurado no braço e uma garrafa de vinagre na mão. Estou tremendo e o vinagre espirra. Eu me pergunto se as mãos de Mama Aza também tremeram na primeira vez que uma das outras esposas lhe entregou uma arma, uma arma de verdade, de caça. Respiro como mamãe me ensinou, deixo minha marca em tudo que seguro; esta é uma luta diferente.

A mãe cega espera no corredor do lado de fora do quarto.

"Eu posso sentir o cheiro", ela murmura, para ninguém em especial.

Não há respiro no quarto do casal. Está quente e abafado pelo fogo que arde na lareira. O homem está balançando na cama, treme com tanta força que a roupa de cama fica amontoada à sua volta: é um verme escavador de túneis, deslocando a terra acima de si. Ele murmura, pedindo calor: "Mais calor".

"Sim, meu amor", a senhora diz, "vamos suar muito", e então ela diz a Esther para colocar mais lenha na lareira.

"Sim, senhora", diz Esther enquanto se curva. A mulher pega o vinagre comigo, segurando com a mão fina e pálida, e espalha o líquido sobre o papel pardo antes de colocar na cabeça do marido, com cuidado. Ela oscila. Ele engasga e ela pede o penico, que está cheio de vômito. Eu o seguro embaixo do homem enquanto ele esvazia suas entranhas e o cheiro é forte e pungente, tão pungente que prendo a respiração até meus pulmões terem um espasmo para evitar o fedor dele e do tratamento dela.

"Você", diz a senhora, arrancando o penico de mim. "Você disse que conhece as ervas. Vá encontrar algo para ajudá-lo, está me ouvindo? Vá", ela diz. A doença do homem se esparrama pela mão contraída dela, branca de horror, de descrença, tudo claro como qualquer história em seus olhos arregalados, um preto profundo no centro, a boca frouxa e aberta, os dentes uma confusão de facas atiradas na pia para limpeza. "Por favor", diz, e é leve como um suspiro, mas quando ela olha para mim, para Esther, para todas nós, naquele suspiro, ela nos vê, pessoas comuns, paradas ali. Em sua perplexidade, em seu terror, ela vê.

"E você: mande chamar o médico." A senhora acena para Esther antes de passar o balde para Mary, cujos braços estão cheios de pano viscoso e sabão.

"Esther", diz a senhora.

Algo em Esther hesita, a prende no chão, no chão duro de madeira. Em seu recuo, há outro momento que imagino com tanta clareza que vejo lampejos: o voraz marido loiro, em dias passados, ressuscitado do sono, peito largo e bochechas vermelhas. Eu o imagino tão nitidamente quanto vejo Aza, como ouço Aquelas Que Recebem e Retribuem. Na visão, o homem encurrala Esther, curva Esther, abafa sua boca, derruba-a no chão e penetra suas partes íntimas.

Esther não me contou isso, mas sei que essa lembrança a faz ficar parada e encarar a senhora. Sei que é essa lembrança que faz parecer que Esther iria descer as escadas, passar pelas entranhas da casa, por Cora na cozinha e, em vez de mandar um dos feitores chamar um médico, andaria e andaria até encontrar seu irmão, em algum lugar na grande extensão verde das terras pantanosas da fronteira.

"Vá", diz a senhora. Pergunto-me o que será que ela sabe da experiência de Esther, se ela leu algo na forma dos ombros de Esther, na expressão da sua boca, ou se ficou cega também para isso. Esther se afasta do homem suado e escavado, da senhora em pânico, e eu a sigo até a cozinha. Ela fica parada por um instante na porta que dá para o jardim, com a cabeça baixa e os olhos fechados. Deixo-a e vou para a mata procurar remédio para a febre do homem. Mantenho esse pensamento de Esther perto de mim enquanto me curvo nas sombras da vegetação rasteira, meio que me perguntando como vi aquilo, mas meio que sabendo também.

É por isso que Aza disse que as mulheres da minha linhagem cantam. É por isso que ela diz que somos especiais. Nós assobiamos; nós estimamos. *Olha*, a terra disse. Todas as nossas vidas foram uma oferta, e esta visão é a retribuição.

Assim como existem cogumelos que crescem nas árvores, existem cogumelos que brotam de insetos. Mamãe disse que foi uma das coisas mais surpreendentes que Mama Aza lhe ensinou. Esses cogumelos são pequenas partículas no ar, leves e minúsculas como poeira, e flutuam até pousar em um inseto ou na larva de um inseto. Se o inseto estiver vivo, os cogumelos o matam e lançam caules floridos para o ar. Às vezes, surgem de mariposas mortas em troncos longos e claros com pequenos botões amarelos nas pontas. Às vezes, os cogumelos emergem do corpo dos besouros em nuvens densas e fofas de algodão e marfim. Às vezes, os cogumelos surgem das lagartas das mariposas em pequenas árvores fantasmagóricas com galhos amarelos e brancos, finos como fios.

Afundo nas folhas mortas. Aquelas Que Recebem e Retribuem sussurram logo abaixo dos meus joelhos. Inspiro a essência da decomposição, o cheiro da terra enraizada e esmagada pelo musgo, e procuro o alaranjado. *Talos alaranjados.* Crescem nas larvas das mariposas e parecem uma clava manchada de vermelho-alaranjado com sangue enferrujado. Servem para curar o sangue, curar a tosse e a fraqueza, para trazer a saúde de uma pessoa depois de uma longa doença. São recolhidos com todo o corpo da casca da larva da mariposa e colocados nos doentes, para cortar o chiado e fazê-los andar novamente.

Mas há outro cogumelo laranja, e este cresce na madeira. É mais achatado, circular, parece enrugado e úmido como o nariz de um touro. Este não deixa saudáveis os doentes: deixa doentes os saudáveis. Ele nada pelo corpo, lambendo os dedos, beliscando cada pavio, escurecendo cada vela, cada parte acesa: o que vê, o que ouve, o que respira. Ambos os cogumelos crescem na madeira, na podridão. Será que Aza sabe sobre essas pequenas oferendas, essas carcaças de tecido, essas asas de papel, esses sussurros de animais que uma vez rastejaram, uma vez voaram, essas folhas que antes balançavam gordas e retorcidas nos caules? Caço de joelhos, com as mãos, o rosto perto da terra. As nuvens estão pesadas no ar, mas a luz e o calor que crescem à medida que a cana engorda para a colheita de outubro me dizem que o dia se espalhou pelo céu. Eu sei que a senhora está esperando.

"O que vou levar para ela?", pergunto às folhas marrons lascadas. Procuro através da luminosidade plana e plena do dia. Encontro dedos-do-morto, bons para dormir. Estendem-se da terra, agrupados em uma mão roxa e negra: um homem resistindo à oferenda, um homem lutando para voltar aos vivos. Encontro cogumelos noz-pecã na base de um carvalho, desenterro e tiro a terra deles antes de colocar na blusa, no côncavo macio da minha barriga; me fazem cócegas, parece quase uma carícia. Minha mãe se aproximava e cheirava quando os encontrávamos, dizendo: Isto é um presente, Arese. E então cavava, escavando o chão, e encontrava mais até termos as camisas bem cheias: o suficiente para alimentar a nós, Nan e seus filhos. Pego um pedaço de pau; ele quebra, o musgo é comido, vira pó nas minhas mãos, então encontro outro e cavo mais, cavo até ter um punhado de cogumelos em volta da minha cintura, subindo para descansar na parte inferior do meu esterno.

Encontro primeiro o talo alaranjado que dá saúde. O corpo da larva da mariposa na raiz é meio preto, meio roxo, coberto de pelos brancos onde a carne se transformou em rocha. Coloco no cós da saia, enfio no bolso entre a pele e o pano, e ficam alojados ali. Bandos de mosquitos vagam pela escuridão sob as árvores, pousando nos meus ombros, em volta do meu pescoço, trazendo contas vermelhas. Encontro seu primo, o venenoso chapéu-da-morte, enquanto o sol preenche o céu. O chapéu-da-morte é um dos cinco, e surgem da terra como outra mão, com dedos grossos e largos; pretendendo agarrar o que está vivo e puxá-lo para baixo. Eu os recolho e fico pensando como minhas mãos ficaram ainda mais parecidas com as da minha mãe, depois da viagem até este lugar, depois desse tempo de fome. A tristeza cai como uma chuva fina. Esfrego os dedos na saia, maravilhada comigo mesma, ajoelhada nas sombras cada vez maiores. Como é que não estou com nenhuma das pessoas a quem pertenço? Como vim parar aqui, a vida num quadril, a morte no outro?

“Qual”, pergunto ao ar, “qual?”. Minha voz percorrendo o crepúsculo me faz sentir menos sozinha.

Em algum lugar, minhas abelhas voam sob este mesmo céu.

“Qual?”, pergunto. Um dos condenados na jornada do italiano para o inferno disse o seguinte: *Mas ora com tua mão até mim vem; abre-me os olhos.*

“Abre-me os olhos”, digo.

Em algum lugar, Safi respira sob este mesmo céu.

“Safi”, pergunto, “qual?”.

Quase posso vê-la, em algum lugar, os cabelos nublados, o pescoço comprido, parada numa clareira como esta, sob uma cobertura de carvalho e pinheiro. Quase posso vê-la ali, se virando para mim, sorrindo com um lado da boca.

“Mamãe”, pergunto, “qual?”.

Minha mãe, que marchou para New Orleans e terminou mancando e morta. Ela poderia estar aqui, invisível. Mesmo que seu espírito não esteja, seu cílio poderia estar nesta haste, seu suave olho castanho na asa deste pássaro, a pele aveludada do seu braço neste pilar de luz.

“Qual?”, eu repito.

Acima das árvores, ouço o corte de um grande leque no ar, um corte constante, depois um leve grasnido, e outro, até que um V de pássaros migratórios surge à vista, as cabeças creme-claro, os bicos agudos, a parte inferior das asas negras: a lua em eclipse. Imagino que esteja quente ali, onde as penas das asas encontram a penugem da barriga. Será que sentem a atração do sul em seus ossos? Um está atrasado. Voa um pouco mais devagar, as batidas de asas desmedidas, aleatórias. O piado é o último a soar antes de desaparecer entre as árvores.

“Sim”, digo, e me agacho novamente para procurar outra larva. Meus joelhos pulsam com as horas.

O solo coberto de folhas e espetado por agulhas de pinheiros esconde muita coisa. Procuro com as mãos, peneirando. Quando olho para cima, o sol se derrama no oeste, espalhando o amarelo-gema pelas forquilhas das árvores. Vagueio. A floresta aqui é densa, emaranhada de trepadeiras, com vegetação rasteira, animais trabalhando para encontrar o caminho para a comida, procurando pelos mesmos cogumelos que eu, por nozes, por abrigo contra o inverno que sabem que chegará. Os cogumelos na minha camisa são quentes e sedosos. Aperto-os com mais força e sigo em frente até ver um feixe de folhas largas, verdes e cerosas, enroladas em alguma coisa. Vagueio mais longe do que pensava, por todo o caminho pela natureza selvagem, além da ampla extensão da plantação, até perto do que Esther chamou de fronteira. Limpo um canto das folhas e encontro carne rosada, branca nas juntas. São cinco coelhos, espalhados como um ramo de flores. Alguém os lavou, talvez os tenha mergulhado num rio. Têm cheiro de entranhas e almíscar e, por baixo, um pouco de doçura.

"Fui eu que limpei."

Metade de um homem está nas sombras. Alto como todos os homens da fazenda, todos os homens que se curvam nos campos.

"Eu cortei a barriga. Não queria."

Dou um passo para trás, me afastando da flor de carne e folhas. O homem levanta a mão.

"Por favor", ele diz. "Minha irmã trabalha na casa."

Dou um passo para trás novamente. O medo percorre minha espinha, quente e rápido. Se eu correr na próxima respiração, posso ser mais rápida que ele, sair da floresta de volta para a senhora e o homem em chamas. Do perigo desconhecido ao conhecido.

"Esther", ele diz. Paro no meio da curva para olhar para ele. É um homem completo agora, nos últimos vestígios de luz.

"Não quero te fazer mal", diz ele.

"Eu não sei disso, nem você", digo.

"Você pode levar isso para Esther?", ele pergunta. "Eu sei que ela está com fome."

"Como você sabe?"

O homem ri, um som baixo e ondulante. Vem do fundo dele e não levanta nada. Posso ver Esther nele, na linha reta do nariz e algo na extensão dos lábios. Ele é magro como ela, mas os tendões do pescoço não aparecem como os dela, e as bochechas não são tão encovadas. Ele não está morrendo de fome, encontra comida nas terras da fronteira. Se ele estivesse comendo melhor, seria ainda maior, ainda mais grosso no pescoço e no peito.

"Eu estava lá e depois não estava mais. Eu fugi."

"Esther me contou sobre você. Disse que você vive no pântano."

Ele não responde. A luz laranja moribunda atinge sua nuca e testa, e ele brilha, glaceado como noz-pecã.

"Ela disse que tinha medo", eu digo.

Dou um passo em direção a ele e envolvo os cogumelos na cintura com os braços. O homem acena com a cabeça, mas não se mexe. Ele me exibe a palma das mãos, mostrando que não tem arma, mas não me aproximo.

"Esther fala isso agora, mas quando a gente era pequeno ela não tinha medo de nada. Costumava bater o pé com força e assobiar para os crocodilos, fingindo que podia falar com eles. Fomos perseguidos uma vez e ela riu o tempo todo."

"Esther?"

"Sim", ele diz. "Não é do pântano que ela tem medo."

Ele vira a cabeça para o lado como um grou e sorri um pouco. Ele se parece tanto com Esther que dou um passo à frente e me seguro, enfiando os pés nas raízes, nas agulhas dos pinheiros, nas folhas podres.

"Você vai ter um filho?"

"Não. São cogumelos."

"Você precisa ter cuidado. Tem veneno num monte deles."

Eu me equilibro na ponta dos pés. Ele não está mais sorrindo, está carrancudo, olhando para minha barriga.

"Muitos de nós ficamos doentes por comer isso aí. Fez até uma das mulheres ver coisas que não estavam lá."

Um pássaro canta. O ar brilha como mel.

"Como você sabe que o que ela viu não estava lá?" Enfio mais a camisa dentro da saia. "Conheço os que são bons para comer e os que não são. Minha mãe me ensinou e a mãe dela a ensinou."

Os cílios do homem são tão longos que ficam dourados. Ele abre o sorriso de Esther novamente e suas bochechas se formam; a mandíbula é afiada como uma bigorna.

"Não queria ofender."

Há um redemoinho quente, denso como Aza, atrás do meu esterno. Desvio o olhar dos seus cílios, do seu pescoço, mas o turbilhão permanece.

"Logo vai ter colheita. Fala para Esther ter cuidado com as mãos. Ficar atenta." Eu concordo com a cabeça. "E você também", ele diz, e depois ri: "Qual é o seu nome?".

"Tenho que ir. Saí faz muito tempo." Pego os coelhos e os embrulho bem apertado nas folhas largas e brilhantes. O pacote é leve. Sinto um pé atrás de mim, depois outro, andando para trás. Os olhos do irmão de Esther são pretos e suaves, tão pretos quanto seus cabelos que se enrolam e seguem para cima e longe da cabeça: nuvens roxas em um céu pesado. O turbilhão em meu peito aperta e eu tropeço. O homem inclina a cabeça para o outro lado. "Annis", eu digo. "Me chamo Annis."

"Cuidado", ele diz, e uma grande mão se estende como se fosse me pegar.

Eu me viro e corro.

Os andares superiores da casa estão escuros. Quando desço, os corredores estão frios e o ar arrepia os cabelos da minha cabeça, meu pescoço, meus braços. Mas o buraco da cozinha está úmido e quente.

"Ela veio até aqui perguntando por você", diz Cora.

"Ela me mandou para colher", eu digo.

"Colher o quê?"

"Remédios." Coloco o coelho na bancada e depois tiro a camisa da saia e solto os cogumelos que vamos comer, aqueles que têm gosto de molho e manteiga quando cozidos.

"Os coelhos são do irmão de Esther. E encontrei isso", digo.

Cora faz um pequeno som com a garganta e esfrega as mãos no avental.

"Como você achou?"

"Minha mãe me ensinou."

Cora passa o dedo na cabeça de um dos cogumelos, tirando a sujeira, antes de lamber a ponta do dedo.

"Deixa um punhado aí e esconde o resto", diz ela, "atrás das prateleiras do depósito".

"Esther e Mary ainda estão lá? Ele não melhorou?"

"Ainda estão lá. Não sei. A senhora parece em pânico." Cora pega o próximo cogumelo e cheira. "Você acha que dá para encontrar mais?"

Eu balanço a cabeça afirmativamente. Da minha cintura, tiro um talo alaranjado.

"Esse é para ele", digo. "Para o homem. São dois, tem que cortar e deixar ferver. Você pode me dar um pouco de água?"

Cora coloca água em uma pequena panela. A faca que ela me dá é afiada, do tamanho da palma da minha mão e de um tom cinza fosco. Ela segura a faca de forma leve e frouxa, mas posso dizer pela maneira como me entrega a lâmina, pela pequena inclinação de sua cabeça, pela maneira como me observa, como se eu fosse fugir com a faca, que ela é cuidadosa com cada ferramenta da cozinha, que ela sabe como cada objeto pontiagudo pode se voltar contra ela. Lavo e corto o talo alaranjado curativo, coloco na panela e observo ferver enquanto Cora salteia os cogumelos na banha. Meu estômago se aperta com o cheiro: terra doce e saborosa. Levo o tônico de cogumelo para uma boca mais fria do fogão e deixo em infusão; espero até a água escurecer e depois despejo numa peneira, e então divido: metade em um copo grosso, metade em uma taça fina da senhora. Pego o restante dos cogumelos que vamos comer e embrulho em um saco antes de colocar atrás dos cobertores em nossos catres. Quando volto ao fogão, pego a xícara áspera e engulo um gole grande e amargo.

"Aqui", digo a Cora. "Experimenta."

Cora pega o copo, mas não bebe.

"Para dar força", eu digo, olhando para as olheiras sob seus olhos, a elasticidade da pele. Até ela está mais magra do que quando cheguei. "Toma."

Ela mexe, bebe e faz uma careta.

"Podia ter um pouco de mel", diz Cora.

"Não", eu digo. "Você tem que conhecer o sabor daquilo que te cura."

Esther volta para a cozinha, com uma pilha de panos sujos equilibrada no ombro. Ela me acena quando estendo a mão para ela.

"Você teve febre amarela?", ela pergunta.

"Acho que não", respondo.

"Você não está acostumada com o clima. Eles acham que a gente não pega, mas pega. Eu e Mary tivemos."

"Eu não", diz Cora.

"Minha mãe teve isso", diz Esther. "Foi o que a matou. O homem sofrendo, sentindo frio e passando mal, foi desse jeito com a minha mãe. Você encontrou alguma coisa?", ela me pergunta.

"Sim. Um cogumelo que ajuda na cura depois de uma longa doença. Mas você não pode dizer para ela que é cogumelo; ela acha que eu só conheço ervas."

"Ela está perguntando por você. Se não precisasse de ajuda, provavelmente teria mandado uma de nós atrás de você."

Estendo o copo que Cora e eu bebemos, e Esther toma um gole.

"Você e Cora bebem o resto", diz Esther. Ela desaparece e volta com uma pilha de lençóis bege bem dobrados nos quais suamos durante horas na lavanderia. "Cobre o nariz e a boca", ela diz antes de me entregar uma braçada. "Vem."

Tomo um gole maior do tônico alaranjado antes de colocar na bancada para Cora e amarrar um pedaço de tecido no nariz, debaixo dos olhos. Pego a roupa de cama e o copo que preparei para o homem e sigo Esther. Subimos os degraus lentamente, eu tomando cuidado para não derramar o remédio, e Esther se esforçando, a exaustão estampada em cada parte dela: a inclinação dos ombros, os nós da sua coluna, as pernas como cordas soltas.

"Eu vi seu irmão", sussurro.

"Onde?", ela diz.

"Na floresta. Ele pegou um coelho para você."

"Bastian?", ela pergunta por cima do ombro.

"Ele perguntou de você. Falou que quer te levar embora."

Esther suspira, e as escadas ecoam seus rangidos.

"Encontrei outros cogumelos. Bons para comer", digo.

Esther para do lado de fora do quarto do homem e só então vejo que ela estava chorando enquanto caminhávamos. Eu sei por que ela chora silenciosamente, apenas um gotejamento de água dos seus olhos: sei que é porque está cansada, atolada no trabalho, na fome e no sono inquieto e desleixado, dos dias que vão e vêm carregando mais da monotonia insuportável, tendo apenas Mary para se agarrar, Mary que não fala, mas canta. Dou uma batidinha no quadril de Esther com meu quadril e ela suspira.

"Vamos comer hoje à noite, Esther."

Ela balança a cabeça e se recompõe: uma agulha enfiada no tecido em um traçado pontilhado e bem esticada para apertar uma faixa.

"Sim", Esther responde.

Só quando estamos no quarto é que percebo que o outro cogumelo laranja, aquele que contém veneno nos pequenos compartimentos cerosos do seu interior, ainda está na minha saia. Coloquei a roupa de cama em um canapé no canto do quarto, fora do alcance do fogo. Eu poderia usar. Poderia arrancar um pedaço, colocar na xícara e deixar amargar: eu poderia terminar o que a febre amarela não conseguiu. O homem geme. Fico ali, o quarto barulhento com estalos. Permaneço parada porque sei que fazer essa escolha levaria a alguma outra vingança: alguma marca na minha bochecha, algumas algemas de metal nos meus tornozelos, uma corda em volta do meu pescoço e minhas pernas despedaçadas.

A senhora, com o rosto contraído e vidrado, agarra a xícara. O tônico escorre por sua mão, escorre pelos dedos e cai no chão. Ela dá um passo e me dá um tapa tão forte que a máscara cai no meu queixo. Ela corre até o marido e eu amarro novamente o pedaço de tecido sobre minha bochecha queimada e meu nariz latejante. O loiro está no chão, de quatro, gemendo sobre os punhos. Ela afunda até ele e murmura, colocando a xícara em seus lábios. Ele não quer beber. Ele esfrega a testa no chão. A senhora o derruba de costas e nós o seguramos para que ela possa dar o tônico, que, no final das contas, é apenas um gotejamento. O quarto cheira a fumaça, fuligem e vômito, e a pele dele está quente.

Nós o seguramos até que os gemidos diminuam. Nós o seguramos até que ele fique silencioso, imóvel e pálido, e então o jogamos na cama e puxamos as cobertas até o pescoço. A senhora molha e dobra uma compressa nova e se inclina para ele, murmurando novamente, gorjeando, esfregando com suavidade e hesitação. A rapidez com que suas mãos se transformaram em garras, a rapidez com que seu golpe deixou meu rosto entorpecido. A violência da senhora lavou todos os meus sentimentos. Nós limpamos. Juntamos as coisas sujas de vômito, molhadas de sangue, encharcadas de vinagre. Quando deixamos a mulher e o homem com seus murmúrios e gemidos, sinto novamente: uma onda espinhosa de ódio. Gostaria de ter entregado o outro cogumelo laranja, para ele beber da mão dela. Então ela, sem saber, poderia ter matado o que amava.

Só depois que a pequena ave desmaia de sono no quarto do marido, com a respiração ofegante e úmida, é que descemos até a cozinha para comer. O sol já se foi há horas e estamos todas cansadas. A lenha está úmida e fria quando vou buscá-la para colocar no fogo, e Cora mexe nela antes de finalmente acender. Sentamo-nos enfileiradas contra a parede enquanto Cora cozinha. Ela assa e refoga o coelho até que a carne fique dourada, glaceada e pingando, depois mistura os cogumelos com a caça. Chia e eu salivo, repetidamente, com ansiedade. Quando ela coloca a refeição nos pratos, minha porção de carne é a metade do tamanho do meu punho, mas os cogumelos compõem uma mão inteira. Cora cozinhou apenas um coelho; o restante ela salgou e defumou para podermos comer durante o inverno, depois da colheita em outubro, nos dias curtos de fome. A comida cheira à banha com que foi cozida e, quando lambo os dedos, tem gosto de sal. Lágrimas explodem em meu peito, subindo pela minha garganta, mas eu pisco e as mando embora. Nunca, nunca senti tanta fome, nunca senti tanto alívio ao saber que o pico de fome no meu estômago logo se acalmará, logo será aliviado. Desfio a carne pedacinho por pedacinho.

"Você acha que ele vai se curar?", Esther pergunta.

A carne na minha boca tem gosto de cebola selvágem e grama espessa comida ao entardecer. Dou de ombros.

"Às vezes a gente acha que cura, mas depois piora", diz Esther.

"O que eu dei a ele é para cura. Para dar força", digo.

Os cogumelos têm gosto de manteiga, de sol matutino e vento quente.

"Meus pais ficaram pior quando tiveram a febre", diz Esther.

"Pior que isso?", pergunto.

Esther bufa e mastiga. Na escuridão fresca, um cão late. "Sangraram", Esther diz olhando o prato. Ela parece querer dizer mais alguma coisa, mas balança a cabeça novamente e come outro cogumelo. "Obrigada", ela diz. "Eu nunca tinha comido isso."

Outro cão responde ao primeiro, e depois outro, e há um círculo deles em algum lugar no escuro, latindo. Será que emboscaram alguém?

"Posso te ensinar a achar. Tem que olhar bem de perto."

Mary limpou o prato. Ela passa o dedo sobre os pedacinhos de cogumelo e carne, os restos de comida, e lambe a ponta do dedo. Ela está observando Esther e franzindo a testa.

"Meu irmão é melhor nisso", diz Esther. "Melhor em descobrir o que está escondido."

"Tem os brancos. Eles são fáceis de encontrar", digo.

"E são bons para comer também", diz Cora. Ela está arrancando a carne em pétalas, comendo delicadamente.

"Meu irmão, Bastian...", Esther engole em seco. "Ele caça com armadilhas. Precisa esperar. Ele é como nosso pai. Quando eles adoeceram, foi a primeira vez, a única, que pude me sentar como ele, observar como ele. Observei cada pequena coisa." Esther pega um cogumelo, segura entre os dedos como o homem que me gerou segurava a caneta, mas então Esther o larga. Mary dá uma cotovelada nela para comer, mas Esther balança a cabeça. "Observei como mamãe e papai suavam. Como ficaram amarelos ao redor dos olhos."

"Sinto muito", digo, e me lembro dela presa naquela memória quando a senhora a mandou correr.

"Eu...", Esther faz uma pausa. "As gengivas começaram a sangrar. Eles mijaram sangue. Choraram e era sangue também."

Esther passa o prato para Mary, que franze a testa e tenta devolver. Esther afasta o prato e então Mary come as sobras e observa Esther, e a cada mordida se aproxima até que seu nariz quase roça o ombro de Esther. Ela se inclina até Esther para colocar o braço em volta de Mary e cobrir sua orelha, e Mary termina a comida de Esther assim.

"Não sonho com eles tanto quanto gostaria", diz Esther. "Quando sonho, eu choro, e sou eu chorando sangue."

Minha comida virou lama na boca, lama quebrando ao sol. Engulo mesmo assim e como até o prato ficar limpo também. Lambo os restos do meu dedo como Mary fez, desejando um bolo. Sempre que Nan estava grávida, sempre que sua barriga começava a crescer, minha mãe e eu a assustávamos no riacho; Nan ajoelhada na areia, colocando pedaços de barro na boca, tão delicada quanto qualquer um dos traficantes de gente que servi. Agora, sentada no chão da cozinha, com o cheiro de carne de caça, gordura e cogumelos caídos sobre nós como um lençol fino, eu entendo. Essa hora roubada, a comida roubada, o tempo roubado, essa breve pausa na barriga: eu sei por que Nan comia terra.

Eu daria qualquer coisa para sentir mais sal na língua. Esmagaria meus joelhos na margem de um rio, comeria areia, grão por grão. Deixaria o cascalho cair na boca e depois sugaria a salmoura do barro. Balanço a cabeça de desejo. Engulo em seco e sinto a lembrança de uma cebolinha, amarga e cortante, o frio intenso de uma manhã gelada – meus quadris molhados de orvalho, os bigodes para o ar e o predador acima, sempre circulando.

Limpamos a cozinha e só quando nos acomodamos nos catres no depósito é que sinto algo parecido com saciedade. Dura um piscar de olhos. Deito-me de lado, com a serapilheira arranhando a bochecha, e penso no irmão de Esther: vejo o arco forte do seu nariz, o osso ousado da sua mandíbula, o modo como o sol faz os pelos de seu rosto brilharem. Fico aliviada quando Aza não vem, tudo que eu quero é não me prender à testa e aos ombros de Bastian. Quero adormecer para poder esquecer as fomes.

Eu me pergunto se a pele oculta de Bastian seria tão macia quanto a de Safi, e carrego essa dúvida até os sonhos.

Acordamos com um lamento.

"O que foi?", Esther pergunta, se sentando no escuro. Cora vai até o fogão para acender uma vela. Mary olha para o teto.

"O homem", eu digo.

Cobrimos a cabeça, apertamos as saias e subimos as escadas correndo. Levantamo-nos com o lamento. Ele nos leva ao andar de cima, até o quarto do homem. A chaminé é preta acinzentada. As velas diante dos espelhos se desfazem, mas ainda vemos. Vemos a mulher segurando a cabeça do homem no colo, balançando para a frente e para trás, a boca cada vez mais aberta, o som girando ao seu redor: um vento forte turvando uma clareira.

O homem também parece enlameado, mas, quando nos aproximamos, está todo vermelho: os olhos, o nariz, as orelhas, os dedos das mãos e dos pés, todas as pequenas partes dele manchadas de sangue, mas a doença não parou lá. Saiu de sua boca em poças marrons espalhadas ao seu redor. O quarto cheira a vômito, forte e ardente no nariz, na garganta, tanto que tenho que engolir o embrulho que sinto no estômago, na garganta, na boca, se abrindo para responder na mesma moeda. Para dizer: esse é o mar em você e este é o mar em mim, o sal da saliva, do muco e do sangue.

Ficamos de mãos dadas, os dedos frios e secos. O som sai da senhora em uma grande correnteza e ela olha para cima e através de nós. Como a perda cega. O corpo manchado, uma oferenda: a tristeza dela. A casa range. As unhas de Mary apertam minha palma. Esther abre um sorriso antes de fechar o rosto. Engulo o enjoo e sinto o pavor porque conheço o grito da mulher.

Já ouvi isso, toda vez que uma de nós foi sequestrada, separada, vendida. Eu sei que a sirene é uma porta que se abre para a tristeza, e que a tristeza nunca vem sozinha.

Capítulo x:
Doce colheita

A senhora fica sentada com o marido até a hora mais fria e aguda da tarde. Ela segura a cabeça do homem em seu colo para além do último punhado de cinzas, da última mordida de brasas. Acaricia o rosto dele repetidas vezes, se inclina e sussurra, a boca na testa dele. Não podemos ouvir o que ela diz. Quando saímos e voltamos, trazendo lençóis limpos, descobrimos que a senhora trancou a porta. Deixamos comida para a mãe, que anda em círculos da porta trancada da filha até o quarto e volta: um abutre cinza.

"A colheita", murmura a mãe da senhora. O cabelo cai como uma asa flácida. "A colheita!" Ela chama pela porta onde a filha sussurra para o marido morto. A mãe cega faz suas refeições no corredor, suspira entre vagar e chamar diante da porta silenciosa e triste.

"Senhora", diz Esther. Ela tenta conduzir a mãe da mulher enlutada de volta ao quarto, como uma cabra com joelhos fracos, mas a senhora cinzenta dá de ombros e se vira.

"Eu sei", diz ela, arranhando a madeira. "A colheita", ela sibila. "O frio!"

Quando a mãe velha faz ninho em seu quarto, os senhores vêm. Eles cheiram a fumaça e suor, a pinheiro queimado e feno podre. As camisas soltas no pescoço. Eles batem na porta, mas a senhora fica em silêncio. Eles passam as mãos pelas calças.

"Qual é o problema dela?", perguntam.

"É ele. Estava com febre." Só quando Esther alisa o avental manchado de sangue é que os senhores entendem, mexem a boca como se quisessem chamar a senhora em seu quarto de luto.

"Precisamos dela", dizem, "não podemos começar antes que ela mande", e então se viram e vão embora.

Esfregamos, lavamos, torcemos e secamos. Varremos e esfregamos o chão. Polimos e raspamos. Quando a mulher destranca a porta, limpamos tudo ao seu redor enquanto ela cai sobre o marido, rígida e fria, inchada como a morte, no chão. Ela dorme sobre o peito imóvel, pétreo do marido, acorda preocupada com ele e depois cai no sono novamente. O dia desaparece do céu e a noite preenche o horizonte. Levamos o jantar para a mulher, depois levamos embora, intocado, e compartilhamos o jantar na cozinha, cortando a carne em fatias iguais, mordendo os ovos em conserva, salpicando mais sal nas raízes e nas verduras antes de engolir. Não precisamos tocar no coelho salgado ou nos cogumelos murchos.

Acordamos para fazer tudo de novo. Limpar, carregar água, cuidar da casa e da horta, da mãe velha, desviar dos senhores, que estão nervosos pela espera. "A colheita", diz a mãe cega. "A colheita", dizem os senhores. Emil nos observa moer milho para fazer farinha e mexe com os dedos o coto do antebraço que falta. O cheiro do milho se intensifica, terroso e doce, deixo o cheiro percorrer todo o meu corpo, passando pelos meus ombros latejantes, pelas costas doloridas, até que se apodere dos meus pés macios.

“Ela cuida da colheita”, diz Emil. “Aqueles senhores não podem fazer nada sem ela.”

“O que acontecerá se fizerem?”, pergunto.

“Ela se livra deles”, Esther responde.

Mary grunhe sobre o pilão.

“O corpo dele”, digo. Como descrever o cheiro do corpo, que se transformou no segundo dia, machucado e preto, pronto para ser ofertado – a carne que deveria estar amolecendo no chão?

“Eu sei”, diz Esther.

O fedor da sua decadência impregna os corredores estreitos, as escadarias cobertas, os quartos pequenos e de teto alto. A mãe velha circula preocupada, com um lenço cobrindo o nariz e a boca. Ela arranha a porta e se afasta.

Durante três dias, a senhora se tranca no quarto com a podridão do marido. Na manhã do quarto dia, subimos as escadas, nossa fome reduzida a um latejar surdo pelos bolinhos de milho surrupiados, pelos cogumelos, pelos banquetes com a comida rejeitada da senhora, e encontramos a porta do seu quarto escancarada. O homem está imundo. A mulher fez o possível para lavá-lo e vesti-lo, mas ele começou a inchar, a carne empurrando as roupas de modo que as camisas, as calças, seus pés descalços cobertos por meias parecem estar presos por uma tripa para linguiça apertada demais. A boca ficou cinza, todo o vermelho que florescia foi lixiviado para outro lugar. É preciso que todas nós e Emil o carreguemos escada abaixo até a sala da entrada, onde ela insiste que o coloquemos no sofá, mas ele é muito grande, muito pesado, então, em vez disso, ela nos orienta a deitá-lo no tapete do chão. A mulher fica com o rosto vermelho, toda a floração dele a encontra, e ela nos xinga e amaldiçoa antes de acariciar a bochecha do homem e subir correndo as escadas. O homem ainda tem uma crosta marrom em volta dos olhos bulbosos, do nariz, das orelhas, então levamos água para esfregar seu rosto, limpamos a sujeira que ela não conseguiu, eu pego esse lixo líquido para jogar no jardim, que escureceu, murchou, toda a vida vistosa recuando para a terra. O outono está aqui. Aza se dá a conhecer: uma sombra através do enfraquecimento do sol, enquanto eu despejo a água morta sobre as plantas, dou a oferenda à terra, sussurro: *Aqui, oferenda para vocês. Aqui*, e a terra suspira: areia varrida pelo vento.

Como está maduro, dizem Aquelas Que Recebem e Retribuem.

Aza mexe os talos de milho, fazendo-os tagarelar.

"Você disse que Mama Aza foi para a Água", digo.

"Sim", ela responde.

"Todo mundo vai para lá?" Eu bato o tacho na terra.

Como é doce, diz a terra.

"Eu sei quem leva os corpos." Descanso o tacho sobre os joelhos, observo Aza pelo canto do olho e me pergunto que verdade, que ficção virá dela. Como vou saber a diferença? "Quem leva as almas?"

A Bíblia que o tutor lia diz que existe um céu banhado de luz, povoado pelos justos. Quando o velho italiano escreveu sobre sua descida, ele a chamou de um entrar nas profundezas de um abismo sombrio. Para onde minha mãe teria ido? Seguro o tacho e pressiono com mais força nas coxas. O que acontecerá com Aza, que anseia por estima, respeito, amor e obediência em sua adoração? O que ela vai querer em troca se me contar a verdade?

Aza se move em um círculo lento. Ela causa arrepios nos meus braços, nas minhas bochechas. O vento atinge minhas saias e corta minhas pernas doloridas. Seu giro em torno de mim joga o cheiro dos miúdos maduros do homem e o despeja, rançoso e líquido, na minha garganta. Eu me engasgo.

"Olhe para mim", ela diz.

Olho para cima e aperto os olhos, mesmo não sendo um dia claro. A presença de Aza parece diferente agora, como se ela estivesse parada em uma porta, obstruindo o caminho de um cômodo para outro. Ela se insere como areia em uma engrenagem. Quebra o que está ao seu redor.

"Alguns ficam aqui. Deixam seus corpos, mas estão presos a este lugar. Quando suas mortes são terríveis, eles permanecem."

"Terrível", repito, mas Aza entende a questão.

"Quando uma pessoa é espancada até a morte. Quando uma pessoa é queimada ou estuprada. Quando uma pessoa é despedaçada ao morrer."

Pisco para ela, minha respiração alta em meus ouvidos.

"Violência gera permanência."

"Minha mãe", digo, mas ela entende minha pergunta antes que eu termine.

"Não sei", ela responde, mas sei que mente, que é inconstante e rápida como um banho de chuva numa tarde de verão.

"Você não sabe?"

"Não."

Deixo a mentira afundar na terra.

Mais, elas pedem.

"E os outros? Aqueles que não morrem de maneiras terríveis?" Não digo, mas penso: e aqueles que morrem mal, mas não horrivelmente? Aqueles que morrem com sangramento nos olhos, aqueles que morrem com a respiração ofegante, aqueles que morrem porque seus corpos se quebram sobre si mesmos, pedaço por pedaço, como relógios que chegam ao fim de sua volta, aqueles que morrem de barriga inchada, com os olhos amarelados, os que se afogam nos rios, os que trabalham sem parar e sem descanso, os que se deitam uma noite, exaustos da marcha dos dias, e não acordam pela manhã? Tudo é ruim.

"Existem terras, outras terras, além da Água. Alguns vão para lá."

"A Água os conhece?"

Aza gira lentamente, quebrando as folhas das árvores.

"Isso fala com eles?", eu pergunto.

As folhas deslizam nas árvores. Balançam ao vento e depois espiralam até o chão. A fumaça do fogão de Cora flutua em direção ao céu.

"Os outros me contaram... a Água canta", diz Aza.

"Canta?"

"Sim", diz Aza. "Não conseguiam ouvir as palavras. Mas disseram que ouviram as vozes. A Água tem muitas vozes. As pessoas..." Aza procura as palavras. "Elas cantam com a Água. Cantam em resposta."

"Você já ouviu esse canto?"

"Aqueles mais velhos do que eu sim. Dizem que o canto os limpou. Que os destruiu. Disseram que os varreu com um vento terrível. É por isso que alguns saem para este mundo: procuram-no. O sussurro daquela cantoria que captaram uma vez. Da água. Do seu povo."

"Você ouve isso aqui?"

Aza estende a mão e roça meus dedos. Eu agarro o tacho, meus dedos ficam amarelos.

"Já ouvi algo parecido de crianças", ela sussurra.

"Em mim?"

Aza toca meu ombro. Arrepios percorrem meu couro cabeludo e apertam.

"É o lamento da maioria das crianças. Parece um uivo de alguns adultos."

Ela estuda minha boca, meu pescoço. O olhar afiado como o de uma coruja-barrada.

"A maioria não sabe o que é. Conseguir ver deste lugar para outros, falar com o espírito, ouvir a Água."

"Minha mãe cantava? Mama Aza?"

O dia esfria.

"Sim. Mas você... você uiva." Ela olha além da minha cabeça, através da casa, através dos canaviais, através da floresta. "Quase gritando." Os olhos de Aza estão fechados e cinzentos como os do morto. Eles veem todos os lugares, não veem nada. "Quando você estava no norte, sua tristeza sufocou sua canção. Engoliu tudo. Mesmo assim, zumbia. Mas a caminhada mudou isso. Quanto mais você avançava, mais o uivo aumentava, até que a mulher te enterrou na terra. Então o uivo era um grito."

"Isso é demais", eu digo. Não sei a verdade das palavras até dizê-las. "Este mundo é suficiente para sentir sem sentir além dele."

"Eu daria tudo", sibila Aza. "Daria tudo para conhecer a Água, ouvi-la, senti-la se mover através de mim novamente."

Mais, diz a terra, um sussurro áspero contra o zumbido dos insetos moribundos, o golpe constante de um machado em algum lugar distante, Emil sai com os cavalos, gritando: "Eiaaa, eiaaa!".

Dê mais, diz a terra, e então surge um som como o de água sobre areia. Estão rindo.

"A canção da Água envolve você como um furacão, criança, com você no centro. Essa estima é um presente. É uma dádiva perceber o que está além disso", Aza morde. Ela está se recompondo, ficando pequena. Sua raiva roça minha testa em pequenas baforadas. "O canto é uma maré em você, naqueles com quem você trabalha.

Em vocês roubados. Você sabia que sua Safi ouviu o canto da Água em seus sonhos?"

Solto o tacho e massageio os pulsos, as palmas das mãos amareladas. Aperto a carne entre o polegar e o indicador para distrair a atenção da ausência de Safi, o terrível puxão da memória: o sorriso largo e branco de Safi, a pequena verruga na costura dos seus lábios, como é suave seu hálito na minha boca, o meu na dela. Afasto a lembrança como um animal que sai da chuva torrencial. Ignoro a pergunta de Aza e entendo num piscar de olhos que ela quer mais do que meu encolhimento diante dessa farpa da memória. Ela quer que a dor me invada, forte como o canto. Quer que eu recorra a ela em busca de conforto, de força. Isso é o que ela recebe; é isso que ela quer oferecer. Ela usa o rosto da minha avó porque quer que eu recorra a ela como a uma mãe. Vejo a mão da minha mãe, solta e depois apertada no porrete, e em vez disso cuspo na terra.

"Você pode ir até a Água procurar minha mãe?"

"Não."

Eu me afasto e me inclino para pegar o tacho.

"Por quê?"

"Eu já te falei", diz Aza. "Não consigo ver tudo."

Afasto-me da tempestade que se dissipa em seu rosto, do pequeno tornado em suas saias. Balanço o tacho e deixo as gotas flutuarem em uma leve garoa. Aza deixa um rastro de vento e a umidade desaparece.

"Você pode ver onde não vemos", diz Aza, com o rosto pequeno e rancoroso. "Se você se abrir para isso, para a cantoria, você poderá ver sua mãe. Você poderia ver além."

Pressiono o tacho no meu estômago.

"O estreito estaria aberto", diz Aza.

"Que estreito?", pergunto.

Aza puxa os ventos para si, e o ar ao redor da casa é um invólucro de água quente.

"Os mundos são oceanos." Aza flutua mole e comprida como uma corda pendurada em uma árvore. "Existem correntes entre eles, que os conectam. Estreitos, como riachos. É assim que viajamos, quando dançamos." Até os insetos ficam em silêncio.

Aza pensa que está dizendo uma coisa, mas diz outra. *Você poderia sair desta vida nadando*, ela está dizendo. *Pisando na superfície das águas, remando e chutando, e, quando você levantar a cabeça para respirar, estará em outro lugar.* Ela não sabe, mas está dizendo o seguinte: *Você poderia ir embora.*

"Posso nadar com eles?", pergunto.

Eu não preciso de você, penso.

"Você entendeu mal", ela diz.

"Como assim?", pergunto sem me importar o bastante para sussurrar, para temer que Emil ou Esther venham até mim enquanto converso com o que não podem ver.

"As dificuldades são de espírito."

"Como assim?" Eu caminho em sua direção. Meu pé fica preso em uma trepadeira de melão e caio de joelhos, de cabeça baixa, de quatro, com água salgada escorrendo dos olhos. Eu sou a suplicante que ela sempre quis. Aza levanta os braços, abre-os, respirando furiosamente, e há prazer em como ela sorri, fome em como ela se engasga. Aza sempre quer mais.

"Você está ligada ao corpo", diz ela, "a tudo que cresce e floresce. Você está ancorada aqui, neste lugar. Seu espírito pode viajar pelos estreitos, mas seu corpo está preso".

Mordo a língua e sinto gosto de sal, sangue. Limpo as lágrimas do rosto e me agacho. *O que mais*, penso comigo mesma. *O que mais?* Aza analisa minha liberdade como a senhora analisa nossa comida, seus tapas, as horas de moagem.

"Aquelas Que Recebem e Retribuem dizem que há outro caminho", digo. "Quando eu estava no chão. Disseram que eu poderia rastejar, poderia cavar, poderia abrir caminho através da terra."

Aza gira novamente, seus ventos se contorcendo.

"Elas sabem melhor do que ninguém o que é estar atada. Elas são tolas", diz Aza.

O corpo desajeitado do homem é dominado pela gravidade.

"Levantem-no!", a senhora diz. "Levantem-no!"

A senhora permite que apenas nós, mulheres que trabalhamos na casa, mudemos o marido para o caixão, ao passo que teria nos enterrado se tivéssemos olhado para ele em vida. Tentamos: o levantamos pelos braços, o colocamos de joelhos usando nossas coxas, apoiamos o peso dele nas costas.

"Cuidado", ela diz. "Cuidado!"

O peso túrgido, denso-apodrecido, puxa meus ombros, fazendo meus joelhos rangerem. Ela nos orienta a colocá-lo no caixão, ereto, recém-entregue pelas mãos. Os olhos cegos do marido abrem mesmo quando ela os fecha, então ela tira um lenço da saia manchada de sangue e o coloca sobre todo o rosto dele. Sob o pano branco e fino, a pele, a carne incham, se desprendendo do osso em uma grande nuvem carnuda. A mulher manda Esther sair, e volta com um menino da cor de noz-pecã. Os ombros dele são arredondados, assim como o pescoço, e ele olha para o chão. A senhora o orienta a buscar o homem da funerária. Ele olha para Esther e acena para ela em vez de acenar para a senhora antes de sair correndo do quarto. A mãe velha desce a escada lentamente, a madeira rangendo e gemendo com sua chegada. Eu a seguro e agarro seu cotovelo. Seu cabelo está emaranhado em volta da cabeça, os grampos escorregando do penteado feito há muitos dias. Ela costuma deixar só Mary cuidar dela. Às vezes ela briga com todas nós, em pânico por causa dos olhos cegos, da escuridão do quarto, das mãos que não são suas, mas não me afasta. Ela ainda está de camisola e a chuta para longe das pernas enquanto desce, cheirando a folhas quebradiças e terra argilosa.

A senhora chora silenciosamente. Enxuga as lágrimas que escorrem dos olhos, que escorrem pelo rosto do marido. A mãe velha me dá de ombros na porta da sala, então espero com Esther e Mary. A mãe velha escuta a filha e fica ao lado do caixão, sentindo o peito imóvel do homem, a cintura e depois seu rosto inchado e coberto. Ela cutuca o lenço, mas não o tira. Em vez disso, agarra as mãos da mulher e puxa-a para sussurrar: "A colheita!".

"Eu já ouvi. Está tudo pronto", diz ela. "Esperamos e vai amargar."

A mãe velha acaricia o rosto da filha com a mesma ternura com que Cora cuida da massa de torta, depois se vira e dá um tapa no rosto da senhora: uma, duas vezes.

"Foi uma lição que lhe ensinei: esta terra é impiedosa e nós temos a tarefa de domesticá-la", diz a mãe cega. "Eu disse que nunca seria fácil."

A senhora cai e a mãe velha levanta a mão novamente, mas a mulher mostra a palma das mãos, a carne branca e macia, como um cervo faria, como um coelho faria, antes de correr para se proteger em um matagal coberto de espinheiros.

"Nem eles", diz a mãe cega, abaixando desajeitada. A senhora se recompõe como Aza, reunindo todo o seu poder, fechando os punhos na saia, fungando o ranho das lágrimas antes de se afastar do marido.

"Todos vocês", ela diz, a voz como cascalhos num terreno baldio. "Para os canaviais."

Carroças margeiam os canaviais, junto com feitores e capatazes que montam cavalos marrons e vermelho-rio. Centenas de nós estamos nas filas. Mulheres e crianças, magras como a cana, nossas saias, camisas, lenços e calças bem amarrados. As crianças, delicadas atrás das orelhas, pele macia na parte de trás dos joelhos e na parte interna dos pulsos, ficam imóveis como mudas de pinheiro em uma clareira sem vento. Fico quieta como as mulheres da minha fila, que são tão estoicas quanto as crianças. Emil está dirigindo uma carroça atrás de nós, os cavalos espantando moscas. Uma fileira de homens avança diante de nós, mulheres e crianças, alguns vestindo camisa, outros com as costas nuas. Eles seguram facões que me lembram o modo como minha mãe segurava sua arma de treinamento: solta na palma da mão, um respiro antes de apertar. A cana silencia quando um vento forte a agita. Procuro Aza, mas ela não está aqui. O canavial é um lago verde: se estendendo até a floresta distante, quebrando em ondas esmeralda. A fome aperta todo o meu corpo e, se não fosse pelo homem montado no cavalo, com a arma pendurada na sela, eu cairia nesta maré viva, deixaria que me submergisse. Eu me pergunto se minha mãe sentiu essa vontade de se ajoelhar, de afundar, sob um sol claro de colheita, o ar alto e seco com o toque fresco de um riacho, mas logo não posso mais ficar perdida em pensamentos porque o homem no cavalo grita e uma fila de homens de ombros escuros levanta as armas imediatamente. Estamos indo.

Um cheiro, verde e doce, floresce sobre nós. Por um momento, preenche meu interior e posso imaginar que comi até me fartar, que estou saciada de farinha, açúcar e gordura, de biscoitos comidos pela metade e de bolos mastigados que já provei algumas vezes, roubados dos pratos. Um sabor de que me lembro facilmente: doce e amanteigado na língua. Comida feita para dar vontade de mais, com uma doçura que se acumula como névoa densa na boca: inalo e depois ela desaparece. Lanças de luz caem no canavial. Eu exalo, vazia de novo.

Será que os homens comeram? Eu sei que procuram alimento: ouvi Emil dizer que pegam punhados de ração dos animais, grãos de milho murchos, duros o suficiente para quebrar os dentes, para quebrar o jejum. Quando os feitores brancos estão vigiando, eles não têm nem isso. Tentam manter as hortas, mas as mudas murcham com o calor, murcham por negligência. Uma vez Emil nos disse na horta: *Não sei como os animais são tão gordos: não comem nada de bom neste lugar, a não ser os da casa*, e então ele riu, e o som rolou por suas gengivas, os fortes dentes brancos que restaram, e não havia alegria nisso. Estamos todos morrendo de fome.

Os homens erguem as armas para o alto e cortam a cana pela raiz. Seus braços ficam confusos; a cana quebra com rachaduras largas. Os homens tiram as bandeiras verdejantes, cortam a parte superior e depois jogam a cana no solo atrás deles. Antes que atinja a terra, levantam novamente os braços, zumbindo, cortando. Uma mulher lidera nossa fila, careca e baixa, pega uma cana, depois outra, e mais outra, e a criança que caminha ao seu lado, que é tão alta quanto ela, com o nariz da mãe no rosto, segue a líder da fila, juntas. Mãe e filha empurram os talos para cima da carroça, erguendo os fardos com o corpo inteiro. As outras mulheres e crianças na fila se dobram e se levantam, e o corte da cana, o passo dos pés através dos tocos tosquiados, o pisoteio nas bandeiras e folhas, ecoam o trinado minguante do último dos insetos, se acalmando à medida que morrem de fome como nós, enquanto diminuem a velocidade como nós, enquanto cochilam para sonhar no meio do rastejamento, no meio do salto, e acordam de repente, para lembrar que o que sonharam foi parado, parado nos campos cheios de cana.

"Eiaaa!", o homem no cavalo grita. "Eiaaa!"

Pego meu primeiro talo. É tão grosso que mal cabe nas mãos.

"Vamos!", o homem no cavalo grita.

Eu pego outro. Emil balança as rédeas e sua carroça avança e para.

"A cana não vai se cozinhar sozinha!", o feitor diz.

Pego outro e mais outro até que o peso deles empurra meus pés para o verde doce e atarracado.

"Acender o fogo!", o homem diz.

Tropeço em direção à carroça e as pessoas na minha fila me ajudam a ficar de pé enquanto golpeiam a terra.

"Caldeiras quentes!", o homem diz.

Coloco a cana na pilha.

"Rolando!", o homem diz.

Os espinhos dos talos tosquiados deixam marcas branco-rosadas nos meus braços.

"Açúcar docinho", diz o homem, assobiando.

Volto para a fila e me curvo.

"Eiaaa", diz o homem no cavalo.

Os homens levantam os braços. Eles cortam, despregam, jogam.

"Ótimo", diz o homem no cavalo.

Agarro a cana.

"Bons meninos", diz o homem, como se estivesse ajoelhado sobre um cão com o focinho molhado de sangue, acariciando suas laterais aveludadas.

Agarro outra cana.

"Mais rápido", Esther bufa.

Pego outra, com a mão escorregadia.

"Annis. Mais rápido", diz Esther.

Abraço outra.

"O chicote", diz Esther.

O cheiro de seiva por toda parte.

"O chão", diz Esther.

Eu gemo.

"Boas meninas."

Eu me levanto.

O dia queima a pino.

São seis carroças de madeira com traseira plana para carregar cana. Circundam os campos e vêm uma após a outra. Cortes marcam minhas mãos, braços, pernas, se conectam como os filamentos de um cogumelo, aquela parte do corpo que cresce sob a terra, se entrelaçando nas raízes de árvores, arbustos e samambaias em uma grande esteira: *Dói*, a esteira diz. *Esta lavagem sem fim*, diz. *Chega*, diz. *Chega*. Mas eu não paro. Eu sigo. Vejo o buraco, a parede de estacas. Sinto a lama afundando sob meus pés. Eu não vou para lá. Estamos todos cobertos de suor. Tento enxugar o rosto no ombro, para clarear os olhos, mas está tudo encharcado. Minha saia arrastando. As mulheres e crianças da minha fila soluçam. O dia abre a boca brilhante e nos engole. As horas, os feitores e os cavalos, as mulheres da casa; estão todos famintos por mais. Cortamos, descascamos e carregamos até o sol se pôr no limite do crepúsculo, além do mato escuro das árvores.

"Vamos", Esther diz, agarrando minha camisa, e seguimos a última carroça do nosso turno por uma estrada estreita e esburacada que serpenteia longe dos canaviais, longe das fronteiras, até o rio e o engenho de açúcar.

Coloco uma mão na carroça, deixando me arrastar um pouco pelo caminho estreito. A poeira anuvia nosso percurso e eu observo meus pés, sentindo o cheiro do meu próprio sal, do meu próprio sangue. Nunca estive tão cansada. Pisco, e demora muito até que meus olhos se abram e percebo que quero cair de joelhos, com a barriga, com o rosto, nos sulcos empoeirados. Mas não caio. Não há ninguém para me carregar de volta. Levanto os joelhos, tentando me livrar do cansaço, até sentir o cheiro do rio, musgoso e lamacento, e depois, numa grande maré, açúcar caramelizado e fumaça.

As árvores vergam e o engenho paira sobre as copas; é tão grande quanto a casa onde mora a senhora. As mulheres e crianças com quem trabalhamos nos canaviais estão descarregando uma carroça e colocando a cana em duas esteiras gigantes que fazem barulho sobre as engrenagens, se movendo lentamente enquanto giram a cana para dentro.

Nossa carroça se junta às outras. A clareira diante do engenho está repleta de pessoas, cana e carroças. Esther se inclina para mim, com a boca na minha orelha. É muito parecida com a do seu irmão.

"Precisamos descarregar a cana!", ela grita.

Eu balanço a cabeça.

O fogo brilha pelos túneis onde desaparecem as esteiras e a cana. Então as engrenagens giram, grandes engrenagens, e esmagam. Elas moem, transformam em polpa, um purê verde e branco. É assim que a cana oferece seu caldo, que desce até as cubas. É aqui que o fogo ferve, lambendo e envolvendo o fundo de ferro dos tachos com tanta força que o calor é expelido do local pelas frestas. Um fio de brisa passa pela minha nuca, pela minha bochecha, joga meu cabelo antes de recuar, mas esse farfalhar das saias de Aza não consegue apagar o cheiro dos cristais congelados ou o crepitar da queimada no céu cada vez mais profundo. E ainda assim as carroças se erguem como pequenas colinas à nossa volta, carregadas de cana.

A mãe e a criança com o mesmo rosto surgem da escuridão. Ela tem outra filha ao lado. A inclinação baixa dos ombros desta criança me diz que está cansada, exausta como a mãe e a irmã, mas ela agarra a cana.

"Helen", Esther chama e acena com a cabeça.

"Esther", diz a mulher.

"Seu bebê está aqui?", Esther pergunta.

Helen estende a mão e segura a nuca da criança.

A criança afasta a mão de Helen e junta três talos de cana de cada vez; ela leva para a moenda, os braços como cordas amarradas que ela afrouxa ao deixar cair os talos. Ela aperta o lábio inferior entre os dentes, se concentrando em levantar, equilibrar, arrastar os pés no ar sujo e depois jogar a cana. A maneira como Helen observa a criança ecoa em mim; há uma linha tenra, fina como uma corda de pesca, que sai das mãos de Helen, do coração de Helen, subindo e passando por cima da cabeça de Helen, que a liga à criança, a criança de ombros finos, toda tendões e pele. A criança tropeça e Helen corre até ela.

"Mamãe", diz a criança com uma careta flutuando no rosto, rápida como uma mariposa, mesmo quando se inclina para Helen, mesmo quando segura com mais força os talos.

"Cuidado", diz Helen.

Quero ver minha mãe. Quero me ver quando tinha o tamanho da filha de Helen: baixa, franzina, com o cabelo desgrenhado caindo no pescoço. Quero ver minha mãe percorrendo o caminho entre os barracões, mão no meu pescoço, o V do polegar e do indicador guiando e dizendo: *Ela é minha, ela aqui é minha, eu sou dela e ela é minha*. Os nós da cana tosquiada me cutucam em preto e azul, desenham em vermelho. O fogo nos chicoteia, lambe o céu, cavalga o vento. O esgotamento do dia empurra e puxa: uma correnteza implacável. Helen está cantando, baixo, bem baixo, e então sua filha começa a cantar, amarra sua voz com a da mãe, com a da irmã mais velha e com todos nós que trabalhamos no canavial, estamos todos cantando, e então eu vejo minha mãe, e eu me vejo, vejo a trama nodosa do meu cabelo, o fio vermelho transmitido pelo meu pai, mas mais brilhante é a mão profunda da minha mãe, as orelhas pequenas que ela me deu, a maneira como parece estar nadando quando ela caminha pela estrada de terra entre os barracões, como arde quando me entrega sua arma e sussurra: *Sinta, sinta o equilíbrio – você se move com ele, pequena, você consegue*, e então a correnteza e o canto me trazem de volta, de volta ao engenho, à fumaça e à doçura. Aza me deu a verdade: posso ver, posso ver, posso ver.

A senhora e sua mãe estão sentadas comendo em uma mesinha na sala da entrada: Esther e Mary arrastaram a mesinha do canto e a colocaram ali, enchendo de colheres, garfos, facas e pratos de modo que os pires e as xícaras ficam ao lado deles como pétalas de flores. A cada tilintar dos talheres das mulheres, a mesa treme.

O corpo do homem está diante delas, imprensado em sua sólida caixa de madeira com bordas lisas. A cabeça roçando o topo do caixão. A morte continua a inchá-lo. Ele é quase um estranho, todo o vermelho desapareceu do rosto, suas feições espalhadas e pálidas como uma panqueca. O cheiro do lodo preto rastejando abaixo da superfície, sob suas roupas bem tecidas, coagula o quarto. O ar é uma toalha molhada; eu inalo em respirações quentes e fétidas.

"Ele parece bem", diz a senhora. Ela coloca um infusor de chá sobre a xícara.

"A colheita?", pergunta a mãe cega.

"Reduzimos o tempo", diz a senhora. "Foi por pouco."

"Senti o frio chegando", diz a mãe velha. "Senti nas juntas dos dedos, nos joelhos."

"Ainda precisam da minha mão", diz a senhora.

"Fiquei acordada a noite toda", diz a mãe cega.

"São lerdos demais", diz a senhora.

"O frio e o vento, sacudindo as janelas. Foi demais", diz a mãe.

"Muito lerdos." A senhora serve o chá. "Precisa pressioná-los." Ela levanta o bule e ergue uma sobrancelha para a mãe, que assente. Ela serve.

"Esta casa se altera. Levanta e se acalma." A mãe ri. Ri até tossir e toma um gole. "Açúcar."

A senhora tira açúcar de uma pequena tigela de porcelana branca com bordas azuis. Há pontos dourados em toda a borda. Uma dor de cabeça surge atrás do meu olho esquerdo.

"Eles aguentam algumas cutucadas", diz a senhora.

A mãe velha bebe e cantarola, e a dor na minha cabeça aumenta.

"Seu pai dizia que a casa se move mais rápido que os escravos", diz a mãe.

A mulher mergulha a colher na xícara, mexe e depois aponta para o ar, na altura dos olhos. Ela olha por cima da colher para o homem.

"Ele quer açúcar em tudo. Seu mingau. Seu café. Seus ovos", diz a senhora. Ela enfia a colher na boca e suga os doces cristais. Engole lentamente. O som está alto na sala. Ela coloca a colher no prato, que estremece. "Eu só gosto de açúcar no meu chá", diz a senhora.

A mãe cega ri do arremedo da senhora e seu som se espalha como um rangido pelo meu globo ocular e pelo meu crânio.

"Ele adora", sussurra a senhora.

Fecho os olhos e o ouro toma conta de mim. *Minha pequena*, minha mãe dizia. A dor me martela. O morto cheira a tripa frita e bocas famintas de água. Eu me pergunto o que Aquelas Que Recebem e Retribuem farão com este homem amante do açúcar: transformá-lo em um talo alaranjado, borracha doce, barro vermelho e duro? Se eu pudesse virar a cabeça com rapidez, penso, conseguiria ver além da dor, estas mulheres, este quarto, estes corpos em decomposição.

Poderia ver a mim e minha mãe novamente.

Capítulo XI: Minguando e manchando

Os dias se esvaem. A colheita avança de uma manhã para outra. Pisco, durmo e logo já acordo novamente. A senhora ordena que Emil e seis dos homens coloquem tijolos no mausoléu em uma pequena clareira visível da janela do quarto. Depois que o cimento seca, ela manda que os homens pintem de branco e depois os instrui a tirar o marido do quarto. O mausoléu tem o sobrenome deles gravado na parte superior e é largo, o suficiente para caber o caixão do marido e, um dia, o da esposa. Os vizinhos da senhora vêm de suas fazendas, cercam o túmulo do marido, fungam nos lenços e pulsos, com os rostos cerosos e sombrios. Ela exige que nós da casa compareçamos, mas os feitores e os que trabalham no campo continuam a ir para o canavial, uma multidão. A senhora fica o mais perto possível do mausoléu, sem se arrastar para dentro dele, imóvel, as lágrimas escorrendo lentamente pelo rosto e se acumulando em volta do pescoço, e, quando os homens deslizam o caixão e começam a tapar a abertura, ela cai de joelhos. Quando seus vizinhos tentam pegá-la, ela cede, como eu fiz, como Emil fez, nos braços dos homens a caminho do buraco. A mãe dela sussurra algo, tenta dissuadi-la da assustadora tristeza, mas ela permanece no chão. Gostaria que a terra lhe retribuísse: que se abrisse debaixo dela e a engolisse com sua multidão de bocas. Ela chuta a terra e soluça.

Depois do funeral, iniciamos a colheita, e não tem fim: servimos o café da manhã antes que o sol se espalhe pelo céu, colhemos e carregamos a cana, descarregamos no engenho, servimos o jantar tarde da noite, as velas tremeluzindo e fumegando nos espelhos. A senhora, como uma rainha no centro da sua colmeia, não dorme. Nós não dormimos. Rastejamos pelos campos. Reunimos os feixes doces. Nós os esmagamos. Queimamos o néctar. Coletamos o açúcar. Embalamos em barris, grandes barris de madeira, e os enviamos rio abaixo.

Encolho-me: o trabalho me aperta como cordas. Caminhar, levantar, pegar, lavar, limpar e andar com dificuldade esfolam meu rosto. Eu sou menos. Somos todos menos. Os ossos dos quadris de Mary sobressaem da pele como uma tigela. As maçãs do rosto de Esther são colheres viradas. Quando abro os olhos para esta manhã sei, com um aperto no estômago, que parte de mim sempre estará aqui, neste lugar sem fim, atolada até o pescoço: presa firmemente nas garras destes campos verdes e eriçados, desta terra preta, esta queimada perpétua do meu corpo, as pétalas abertas das minhas mãos, as hastes machucadas dos meus pés, esta fome que me esvazia pelo lado de dentro assim como a terra me esvazia pelo lado de fora.

Hoje pegamos lenha para as lareiras da casa; não há nada sobrando nas árvores próximas. O fogo do engenho consumiu tudo. Vamos para mais longe, onde a floresta está de pé, o frio que se aproxima lança um leve tom marrom nas folhas, da mesma forma que a doença empalidece o rosto dos doentes. Três garças pousam no cipreste; acenam e se curvam umas para as outras, se agachando. Hoje, eu decido, irei devagar; a senhora não está aqui, não na floresta. Ela não tem nenhum direito aqui. Todas as partes de mim sentem dor: ela sobe pelos longos músculos das pernas, passando pelas costas, até os ombros. Procuro cogumelos e encontro um, pálido e com pele do mais macio couro. A sujeira no caule estala. Meus dentes são adagas em minhas gengivas. Olho para Mary e Esther, encontro outro e entrego a elas.

Agachada, Esther levanta os olhos.

"Irmão", ela diz.

Bastian, com o cabelo puxado para trás e trançado, rasteja pela clareira. Ele pega Esther e a abraça com força.

"Não ache que você é nada", diz ele.

"Bastian", ela diz.

Ele franze a testa para mim antes de se virar para Mary, que empilha galhos e toras meio podres em uma pirâmide.

"É tempo de colheita ao longo de toda a estrada do rio", diz ele.

Esther solta os braços e dá um passo para trás.

"Não", ela diz.

A luz do dia passa num raio salpicado de sombras entre eles: um vazio dourado.

"Esther", ele diz novamente, e a inclinação dos ombros, a maneira como sua voz cai como uma queda-d'água entre eles o tornam menor.

"Eu a conheço", diz Esther para a palha do pinheiro a seus pés. "Ela vai nos perseguir."

"Nenhum mal vai te acontecer", diz Bastian.

"Não", ela diz, se afastando novamente. Ele levanta um braço para ela, com os dedos bem abertos, mas ela está muito longe para que ele a toque.

"Venha", diz Esther, se virando para Mary. "Não tem muito o que pegar aqui." Mas ela para antes de sair, se inclina e murmura para ele, tão baixo que não consigo entender.

Mary pega seu feixe, segurando contra si: uma das ripas coça seu queixo, deixando um vergão branco, uma linha vermelha. Ela acena para mim e segue Esther por cima dos tocos, ambas lentas, depois tropeçando e logo trotando antes de desaparecerem na floresta.

O nariz do irmão de Esther é uma quilha em seu rosto, os olhos são o fundo da parte mais profunda de um rio, o frescor negro aonde a corrente não chega, onde a madeira que flutua, troncos inteiros, afunda e se transforma em lodo. O pescoço, embora seja quase tão magro quanto os nossos, é sólido como um pinheiro jovem. É assim que ele fica parado na clareira, mas também se inclina como uma árvore, enraizado no lugar, exceto pela torção do vento que o empurra para um lado e depois para outro. Para caminhar na minha direção, ou não.

"A gente sempre diz a mesma coisa", diz Bastian.

Eu me pergunto se suas mãos ainda estão calejadas com as marcas do tempo que passou nos campos. Não tomo banho desde o início da colheita, não tive tempo de desembaraçar e trançar os cabelos, de acalmar a pele com água e gordura. Sei que estou cheia de cortes, completamente, os ossos saindo da pele como espinhos de penas em um travesseiro fino. Sei que minha língua está grande e pesada como algodão por causa da sede, mas, se eu for até ele e colocar minhas mãos nos seus ombros, esperar por seu consentimento, posso ser suave ao me inclinar para a frente e acariciar seu pescoço. Passo por cima dos dedos retorcidos do carvalho negro, do mar de cogumelos, dos insetos comendo desenfreados, armazenando e acumulando para o frio. As agulhas dos pinheiros são trituradas. Aperto as mãos na saia e me inclino na direção dele.

“Ela está com medo”, digo.

“Eu posso mantê-la segura”, diz Bastian, mas sua voz aumenta no final, e me pergunto se ele duvida disso mesmo enquanto o diz, se ele sabe que sua coluna dorsal é feita de pinho, que o centro dele só se dobrará até certo ponto antes de quebrar. Que ele é uma muda e este mundo, um furacão.

“Ela não tem medo. Ela te conhece.”

“Ela disse isso?”

Balanço a cabeça e suspiro sem fazer barulho. Bastian cheira a enxofre do pântano, a sal, a carvão de caça selvagem assada em fogo aberto. Há uma essência de carinho em seu coração, dada ao florescimento em seus buquês de coelho, na carne embrulhada em folhas que ele tira do saco pendurado ao seu lado.

“É guaxinim”, diz ele. “Comida mirrada, mas vai alimentar.”

Bastian me entrega a carne embrulhada em folhas. Seguro o pacote frouxo na minha mão. Eu me pergunto se o homem que amava Mama Aza olhava para ela como este homem grande e calmo olha para mim: com a fome alerta e cuidadosa de um caçador. Ele se inclina em minha direção e a linha da clavícula, o arco dos braços chamam Safi para mim, se curvando sobre mim enquanto me sento na borda da porta de nossa cabana, soprando o ar em um chiado doloroso e choroso que escorre pela minha canela. Como ela se inclinava sobre mim, tirando a areia e sussurrando: *Calma, amor, calma*. Meu coração bate forte. Dou um passo para trás, levanto o saco de folhas, sinto o ferimento fantasma formigar na minha perna.

“Ela tem medo de todo o mal que pode acontecer. A demônia daqui? Ela conhece a demônia daqui”, digo.

“Eu iria protegê-la.”

“Ela não duvida de você.”

"De que então?", ele pergunta. Posso ler a frustração na inclinação das suas sobrancelhas, pretas e finas como gravetos queimados de fuligem, em sua boca enrugada, na maneira como ele olha de mim para a trilha de Esther e depois de volta para mim, onde permanece.

"Do resto do mundo que ela não conhece", respondo.

O vento sopra alto nas árvores antes de descer, escovando nós dois. O toque é suave.

"E você?", ele pergunta.

O abraço úmido que cai na primavera e perdura no verão tem diminuído nos últimos dias. Parece que aquela mão líquida do ar me empurra para a terra, mês após mês, de modo que numa manhã como esta, mais fresca e mais leve, o toque ausente pareça estranho. Faz com que eu sinta meus braços finos como um chicote, meu pavio seco, ainda mais claros.

Eu poderia ter outro toque. Outro abraço.

"Eu?", pergunto.

"Você iria?", Bastian pergunta.

Coloquei a carne embrulhada em folhas no chão. Dou um passinho até ele. Ele engole, sua pele vibra na garganta em ondas tão suaves e hesitantes quanto uma das minhas abelhas pousando em uma flor.

"Posso proteger vocês", Bastian sussurra. Suas palavras passam pelo meu rosto.

Pisco ao sentir o rastro macio, me lembro do último, quando Safi colocou os dedos na minha bochecha antes de correr para a cachoeira.

Bastian passa as pontas dos dedos pela ponta do meu nariz. Deslizo meu polegar ao longo dos seus lábios.

"Por que eu?", pergunto.

Ele inclina a cabeça para um lado. Seu olhar é uma linha de pesca ancorada por uma pedra, caindo cada vez mais fundo em mim.

"Você é cuidadosa quando junta as coisas. Você pega cogumelos suficientes para todos e deixa mais para depois. Você é atenta: você leu minha irmã e Mary. Você me ajuda a conhecê-las de maneiras que não posso, porque você pode." Ele toca a lateral do meu pescoço. "Você é triste. E bonita. Igual a uma raposa magra. Por mais que o mundo te bata, ele não te deixa feia, como pode?"

"Você acha", eu digo.

"Você merece mais", diz ele.

Pego a camisa de Bastian e o puxo para mim. Fico na ponta dos pés, mas ele precisa se abaixar para encontrar minha boca. Ele tem gosto de musgo, caça e cinzas. Lambo seus dentes, me inclino nos seus braços e vivo dois momentos agora. Com Safi, a suave Safi, o braço em volta dos meus ombros, os dedos na dobra do meu cotovelo, a boca macia, tão macia, cada toque dela vibrando, tirando mel do meu peito e da minha boca; e com Bastian também, seus braços como grandes galhos ao meu redor e embaixo de mim, o toque dos seus dedos hesitantes, a penugem de algodão, seus pelos do rosto como o fino filamento da asa de um inseto, a pressão do seu nariz contra o meu, a lambida da sua boca firme e presente, respiramos um ao outro antes de eu recuar e me sentar. Levanto as palmas das mãos, esperando, e ele se agacha diante de mim. Eu beijo os nós dos dedos dele. Ele toca meu pescoço, meu peito, minha barriga. Tudo fica mais lento. Puxo as saias para cima. Recebo essas carícias, esses prazeres sutis. Devoro essa ternura, mas quero que ele me ouça antes de me abrir para ele.

"Eu te entendo", digo.

Às minhas costas, a terra zumbe. Aza está lá, subindo no alto das árvores, derrubando folhas douradas em uma chuva morta, e elas se acomodam nas costas de Bastian.

Eu a mando embora com uma mão e limpo as folhas mortas da ponte viva dele com a outra.

Não olho para Aza quando ela desce ao meu lado na caminhada de volta da floresta. Um dos feitores, ao me ver andando com os fardos de madeira e a carne embrulhada em folhas, me para na trilha. Olho para a boca e para a barba amarelada e manchada de marrom por ele mascar tabaco, e depois para a vegetação rasteira enquanto ele me diz para ir até o dique, que o canal precisa ser limpo para que as barcaças carregando os barris de açúcar flutuem. Aza espera, me envolvendo em uma garoa nebulosa. Um urubu sobrevoa antes de afundar como uma lança no topo das árvores. Enormes gansos voam para o sul em triângulos estridentes.

"Você iria com ele?", Aza pergunta. Seu cabelo se move em uma borrifada fina ao seu redor.

"Eu poderia."

"Sua avó..."

"Eu sei."

O borrifo do cabelo dele fustiga meu rosto com pequenas ferroadas.

"Ela confiou nele, foi o que a levou às entranhas escuras daquele navio. Ele não pôde protegê-la."

"A última pessoa que me protegeu foi minha mãe", digo, e não entendo essa verdade até dizê-la.

Ela para diante de mim e eu me esquivo, mas suas vestes, os riachos dos seus braços, ainda parecem reais, e cortam em linhas frias e dolorosas.

"Eu te protejo", ela diz.

Aza sopra nas dobras da minha saia. Penso em como Bastian me tocou com gentileza, assim como a borrifada sussurrante de Aza queima os arranhões nas minhas costas e pernas. Paro num pequeno bosque de ciprestes quando avisto o rio. As folhas das árvores ficam vermelhas e finas como penas, caindo no chão. Deito meu feixe de lenha e o guaxinim.

“Não disso”, eu sussurro, e passo a mão nos vergões e feridas dos meus braços. Caio de joelhos, pensando em descansar, talvez eu possa tirar alguns minutos agora na vegetação rasteira para dar um, dois respiros e observar o rio, inchado pelas tempestades do norte, pororocando branco e turvando marrom-esverdeado. As margens estão entupidas de árvores lascadas e galhos em forma de leque.

“Estou gerando outra tempestade”, diz Aza.

“Eu sei.”

Eu sei o que acontece quando alguém escapa. Os ladrões reúnem seus homens, os cães de saliva grossa e dentes afiados, e correm atrás para roubá-los de volta. Quando encontram os que fugiram, amarram as cordas em suas mãos, pés e pescoços. Batem neles com couro, com tábuas. Aquecem o aço em fogo alaranjado e depois marcam as pessoas: nas bochechas, nas costas, as prendem com metal pontiagudo. Cercam seus tornozelos com ferro e correntes; eles fazem as grávidas se arrastarem até o parto. Eu quero. Quero deixar meu cabelo crescer, encontrar comida e me alimentar sem precisar me esconder, me sentar ao sol e coçar a cabeça sem preocupações, respirar sem que o medo e o terror me sufoquem, escolher meus segundos, escolher meus minutos, escolher meus dias. Já sofri o bastante. Aza oscila ao meu lado, finíssima e molhada.

“Eu poderia cavar uma caverna na margem do rio. Aquelas Que Recebem e Retribuem poderiam fazer isso dar certo”, digo.

“Você confia nelas?”

Balanço a cabeça, confirmando.

"Os perseguidores encontrariam sua fogueira um dia." Aza vibra sombriamente. "E você."

"Eu poderia atravessar o rio. Poderia percorrer um longo caminho", digo.

"Essa água não tem piedade."

Conheço a fome do rio. Limpo a garganta e engulo o nada para engolir alguma coisa.

"O que você quer, Aza?", pergunto.

Um mosquito retardatário mexe na minha orelha.

"Correr. Corra na tempestade", diz Aza.

A madeira pantanosa fica marrom ao meu redor.

"Não sei."

"Vou borrar seus rastros. Soprar seu cheiro para longe", diz Aza.

"Para onde?"

"Para o norte, Annis."

Ouvi histórias sobre os que transportam alguém deste submundo. As pessoas falavam disso nas cabanas quando eu era criança, como a barqueira chegava no meio da noite e levava as pessoas para um lugar mais longe, e a moeda que lhe entregam é o desejo de ser livre. Mas não sei se alguém vem de barco até aqui, e não quero o tipo de liberdade de Bastian, sua meia liberdade vivendo nas fronteiras, contando histórias ao longo da estrada do rio, negociando conosco, ainda amarrado, testemunhando aqueles que ama sendo triturados com as estações; ele também é um fantasma nas terras cinzentas dos mortos. Outro pensamento me surpreende, uma ideia pequena, musculosa e aguada, de cabelos felpudos: *quero caminhar por um mundo que eu mesma crie.*

"Se eu não for?", pergunto.

Aza flutua e chuvisca ao meu lado. Um barulho estridente surge da margem lamacenta abaixo de mim, e sei que são Aquelas Que Recebem e Retribuem, que o silvo do sedimento do rio quando repousa na margem, junto com a madeira podre e encharcada, as faz cantar com prazer. *Sim*, eles dizem. *Aqui*. Aza faz uma careta, seu descontentamento crepitando. Quando minha primeira abelha-rainha morreu, as operárias começaram a alimentar as larvas – uma delas seria a próxima rainha – banhando-as em creme opaco. As larvas cresceram e emergiram de seus úteros pegajosos, todas de corpo negro e furiosas, e lutaram impiedosamente até que apenas uma delas estremeceu no meio do enxame de trabalhadoras cuidadoras; a nova rainha cantou para elas, bêbada de batalha. Esses espíritos querem veneração, querem socorro, querem adoração, querem obediência, querem filhos. Querem amor. Nós estamos famintos, mas elas também têm fome.

"Aza."

O cabelo dela desliza pelo rosto, se espalha até que vejo apenas seus olhos elétricos.

"Vou abrir um caminho", diz Aza.

Eu poderia cavar uma caverna, cobrir a entrada com arbustos de pinheiro e madeira morta. Eu poderia construir túneis a partir da caverna, por dias, que dispersariam a fumaça para que eu pudesse acender uma fogueira lá dentro. Eu poderia viver meus dias no escuro, nas entranhas da terra. A lama suga meus pés quando fico de pé, mas me afasto e caminho até a água. Aza flutua e segue. Entro na parte rasa, na água corrente que agarra meus tornozelos com mãos fortes e puxões. Eu me inclino contra a corrente, pego outro galho e o jogo no chão. Mary e Esther estão rio acima com mais mulheres e crianças; elas me veem e começam a descer o rio, vão se aproximando de onde estou. As mulheres e crianças estão ao redor das árvores, umas em volta das outras, formando uma corrente humana para limpar as madeiras arrancadas pela tempestade, para limpar a face do rio.

Estou tão cheio, tão cheio, mas bem que viria a calhar com outro, outro, bem que viria a calhar com você, eu me envolveria em você e iríamos longe, para as planícies do pântano, para as baías, para o mar, o rio fala.

Entro mais fundo na água e puxo um galho da sua boca.

Aquela ventania não pode te levantar, mas eu posso, diz o rio. *Os outros iriam te enterrar.*

Pego outro galho e puxo, mas o fluxo puxa de volta.

Eu te levaria para o oceano e para as ilhas lá longe, murmura o rio.

A madeira se arranca das minhas mãos, levando junto a pele, tirando sangue. Mais oferendas. O rio ri.

Eu poderia te levar embora, diz o rio.

Pego outro pedaço de madeira. Há homens mais adiante na água. Amarraram-se a troncos na ribanceira e estão puxando para a margem as árvores derrubadas, para que sequem e queimem nas fogueiras dos engenhos, que fumegam e chamuscam a garganta ao acordar, ao dormir. Eu viajo. A corrente é forte e me atinge alguns metros rio abaixo antes que eu consiga cravar os dedos dos pés na areia e cambalear para fora da água. A corrente ri, fria, em pororoca. Esther e Mary descem até a beira do rio e Esther estende a mão.

"Aqui. Vamos."

Ela me puxa para a margem. Minhas roupas pesam muito e minhas pernas doem na dificuldade de caminhar até a linha das árvores.

"Agarra a árvore", diz Esther.

Escolho um pinheiro fino para abraçar. Esther segura minha saia com uma mão e a saia de Mary com a outra, todos os músculos e tendões do seu ferimento tensos como fios de lã. Mary vai para a parte rasa e apanha galho após galho, jogando nas margens. Ela dá um passo hesitante e depois outro, mais adiante no rio, esticando bem nossa fina linha.

"Mary", Esther chama. "Para."

Mary não escuta. Ela dá outro passo cambaleante. Esther se inclina tanto que sua mão agarra apenas um pequeno punhado da minha saia e outro pequeno punhado da de Mary. Mary dá um passo novamente e sua saia é arrancada da mão de Esther. Mary afunda até o pescoço. Ela se afasta de um barranco.

"Mary!", Esther grita.

Mary se vira e tenta agarrar Esther, mas já está começando a balançar e se debater na correnteza. Os gemidos e soluços, embriagados pela tempestade.

Eu, cutelo de pedra, diz o rio.

Mary afunda, depois emerge e grita.

"Esther!", Mary canta.

Esther solta minha saia, corre e pula na água, brilhando no ar, longa, esbelta e linda como um cervo assustado buscando seu alimento. Mary afunda e aparece novamente. Os olhos arregalados, a boca aberta.

Eu, engolidor de cidades, diz o rio.

Esther nada, puxando com a palma das mãos, chutando com as pernas. Os destroços batem nos seus flancos, mas ela passa por eles, de forma segura e direta. Ela pega a mão de Mary e a levanta, agarrando-a. As duas se abraçam. Suas cabeças balançam ao longo da curva da água. Elas falam na boca uma da outra antes de erguer o rosto para o céu.

Como você vai me chamar?, o rio pergunta.

O último dos insetos grita. A luz corta o ar em facas azuis. Vai, eu penso. Vai, eu lamento na minha cabeça. Vai! Um tronco rolante assusta Mary e Esther, que nadam freneticamente e lutam juntas antes de agarrá-lo com força.

Os homens estão gritando para elas, gritando uns com os outros, gritando para que alguém salte para salvá-las.

"Vai", eu sussurro. Mary e Esther entrelaçam os braços no tronco.

Por que eu me importaria, diz o rio bêbado, *já que engulo o mundo?*

A agitação marrom da água leva depressa Mary e Esther pelo rio abaixo. A tora gira e depois gira novamente; a água as carrega cada vez mais rápido até que vão direto para o centro do rio. Elas se aproximam da curva do rio. Esther passa um braço em volta dos ombros de Mary e sob sua axila, e levanta a mão no que pode ser um aceno enquanto olha para mim. Eu me defendo do nada, de Aza brilhando ao meu lado. Esther fecha a mão erguida em punho, e então elas são tão pequenas que tenho de apertar os olhos para distinguir uma da outra. As duas desaparecem na curva. Folhas caem em cascata das árvores. Eu me abraço e meu estômago queima. A tristeza é um trapo torcido na minha garganta. *Por favor.* A oração surge dentro de mim e não sei para onde vai, mas não é para nenhum destes espíritos aqui, não é para este rio impiedoso, esta terra opressiva, esta tempestade que espera. *Por favor*, mas mesmo pedindo não sei onde Mary e Esther poderiam encontrar segurança.

"Você não pode ajudá-las?", pergunto.

Aza lança outra rajada sobre a água. Tudo o que resta são nossos gritos na margem.

"Meu escopo é você", Aza diz.

Estou tremendo, os dentes batendo um contra outro, a mandíbula abrindo e fechando. Por favor, respiro, e então sei a quem estou rezando, a quem estou implorando: a Água, a água além desta água. De repente, estou cega para o mundo, para os homens, mulheres e crianças na margem, para a curva do rio onde Mary e Esther estão,

Aza, taciturna e quieta nas minhas costas, meu corpo dolorido, faminto, tudo se foi, e tudo o que resta é uma cachoeira. Ela corre através de mim, me cegando, e há uma grande presença em seu interior, que tudo vê, que tudo sabe. Sou pequena, estou com medo e horrorizada; estou abraçada. Eu sou. Ela corre através de mim por mais um segundo, e desaparece tão rapidamente quanto chegou, eu abro os olhos para o mundo, com lágrimas escorrendo pelo rosto, e eu sei, a cada respiração, que, se eu falar com a Água, vou entendê-la e serei abraçada.

"Annis?", Aza chama, mas eu rastejo de volta até a margem, me agacho perto de uma árvore e enxugo o rosto. Ainda posso sentir o eco da Água através de mim; é um murmúrio, lento, implacável, leve, *ali*. Os feitores chegarão aqui em breve, provavelmente estão vasculhando a margem do rio, interrogando, tramando até onde descer no rio para encontrar Mary e Esther, mas ficarei sentada até que eles cheguem. Ficarei sentada até que exijam mais: mais perdas, mais oferendas. O rio rosna. Sinto uma respiração irregular e espero. A memória da Água me envolve como nunca mais fui abraçada desde que minha mãe me envolveu por inteira quando eu era bebê, o seu bebê, muito branco, muito vermelho na boca e nas orelhas, molhado de placenta, a sujeira nas costuras dos dedos da parteira marcando minha pele, mas junto de tudo isso, como minha mãe me envolveu.

"Estou aqui", digo a Aza. "Estou."

Caminhando de volta para a casa-grande, atravesso uma maré alta impulsionada pela lua; penetrando suas entranhas, submerjo em um lago negro-zibelina. Olho para os pés, para não ver a senhora na cozinha, branca e magra como um pavio não queimado. Cora reluz negra e alta; ela olha para o chão, com as mãos cruzadas, e é a primeira vez que o espaço, e tudo que há nele, não cede a ela. A boca da senhora é um corte torto, a testa, uma queda enrugada. Paro na porta, com o buquê de guaxinins embrulhado em madeira e folhas, ceroso e escorregadio nas minhas mãos.

"Venha", diz a senhora.

Cora cantarola e tento esconder o embrulho nas costas, mas a senhora olha diretamente para ele e eu paro.

"Venha aqui", diz a senhora.

Ando em direção a ela até ficar a uma distância de pouco mais de um braço. Os guaxinins têm cheiro de caça e são almiscarados, e a senhora cobre o nariz.

"Você pegou?", ela pergunta por entre os dedos. Eu balanço a cabeça, negando. Ela me manda calar com um assobio baixo, com o movimento do braço magro.

"De quem é essa caça que você tem nas mãos, menina?"

Ela levanta a outra mão e cruza as duas em oração.

"De quem são essas folhas?"

Ela leva as mãos em oração à boca e fala pelas frestas.

"De quem é essa madeira, garota?"

A senhora pega um atiçador que Cora usa para acender o fogo.

"Os dois caíram aí?"

Ela balança o atiçador para mim, mas eu recuo e me inclino, todas as lições que minha mãe me ensinou cantando através de mim na esquiva, na defesa, levanto a lenha e o buquê mole de guaxinins para bloqueá-la, e a meleca de carne despenca no chão.

"São meus", diz a senhora. Um tremor a sacode, agitando-a com força.

Ela é um varal estalando em uma rajada de vento. Eu me pergunto que espírito a move, que espírito a transforma em sangue, tendões, ossos. Deve ser uma enorme tempestade branca. Deve ter um cheiro cremoso de larvas, de osso branqueado. Eu conheço: vi isso nos dentes do meu pai. Vi isso nos nós dos dedos do homem da Georgia. Vi isso nas mãos do médico, nas rugas da pele do traficante. Vi isso no revirar de olhos do marido desta mulher. Esse espírito monstruoso a prende, a cega.

"Parada!", ela grita, e balança novamente.

Não, meu corpo diz. *Não*.

"Parada." Ela golpeia. Já faz muito tempo que aprendi essa dança com minha mãe, há muito tempo que vou para um lado e para outro, me abaixo e desvio de uma arma. O atiçador me atinge o braço e faz um chiado forte e ardente. A mulher solta um grito agudo.

"Você!" Ela bate o atiçador na minha cabeça. Eu me inclino e bloqueio com as toras, mas a madeira se estilhaça, o metal atinge minha têmpora e a dor explode, escaldante. Cora e a mulher desaparecem. Eu desmorono.

Capítulo XII: A barqueira

Acordo no punho negro da terra. Estou no buraco. Acima do telhado de terra, o céu está tempestuoso, e no enraizamento do trovão reconheço Aza, uivando lá fora, rodopiando, balançando as saias, batendo palmas e iluminando o céu. Minha cabeça pulsa com cada relâmpago dela. A chuva se acumula e escorre pelas paredes deste poço, encontrando alegria em poças aos meus pés, me lembrando da promessa bêbada do rio de me levar para longe deste lugar.

Assim, sibila a terra vermelho-mármore, *é assim que você escapa. Encontre o barro vermelho e cave, cave um túnel, cave uma caverna.*

Eu toco minha cabeça. Sangue quente nas costuras dos meus dedos.

Eu vou te abraçar, a terra treme.

Levarei a marca desta noite para todas as noites que me restam.

Eu vou te esconder, gemem Aquelas Que Recebem e Retribuem.

Sangue sedimentoso na minha boca.

Você poderia construir uma vida na escuridão, dizem.

Aza me chama para a superfície.

Você poderia ter filhos lá, na escuridão, dizem.

Com quem, eu penso. "Com quem", pergunto.

Estão em silêncio. A piscina crescente murmura aos meus pés, lambendo e chapinhando os tornozelos. A lama do fundo amolece e escorre.

Existe vida no afogamento, diz a água aos meus pés. *Vida na descida*, entoa o sussurro do aquífero.

"Não", respondo. "Isso não é viver."

Enfio as mãos nas frestas da parede de barro. Algumas das estacas próximas à boca do buraco foram substituídas, mas o resto do buraco está nu. Não consigo respirar com a chuva escorrendo pelos olhos, pelo rosto, com a lama sugando meus pés, ancorando minhas pernas. Agarro-me à parede e me arrasto com todo o corpo para cima. Minhas unhas se rasgam, a terra se solta e eu caio. Não consigo respirar soluçando, engasgando. Chupo lama e sangue dos dedos, sugando para aliviar a dor, antes de enfiar as mãos de volta na parede. Chuto os dedos dos pés no barro e subo, chorando. Tudo queima, mas rastejo em direção à grade, à tempestade-relâmpago. Agarro duas estacas perto da porta e tento me içar, mas Aza grita, e perco os apoios nos pés, arrancando as estacas da parede e deslizando de volta para a lama molhada.

"Não."

Cravo uma estaca no barro derretido na altura do meu ombro, com outra avanço o máximo que consigo acima da minha cabeça e a espeto na terra, enfio os dedos dos pés na parede novamente e me esforço para subir. Arranco uma estaca e apunhalo novamente, imaginando o rosto da senhora, seu olho gelatinoso na órbita, e puxo. Rastejando para cima. Comendo lama. Ardendo e rastejando. Sempre arderei, sempre rastejarei, para me libertar desse ventre escuro, dessa oferenda eterna. Sinto-me uma entre tantos, sinto como se todos que estiveram neste buraco, sangrando nesta lama, amarrados com cordas, cortados com machados, queimados vivos, enterrados vivos, estivessem aqui comigo, todos. Engolimos água da chuva, engolimos lama, lamentamos contra o vento.

"O que você nos oferece?", pergunto. "O que você oferece?"

Não sei se estou de fato falando até que meu nariz bate na grade da porta. Encaixo um pé na cunha de uma parede e o outro pé em outra. Entrelaço os dedos na grade e golpeio o solo ao redor da fresta. Cavo a terra. Eu sou a arma. Aza uiva e torço o ombro e o peito o máximo que posso, puxo a mão para trás, reunindo força, reunindo movimento, o que poderia ser um golpe mortal, e dou um soco. Corto a terra que derrete com a chuva, cavando e cavando até que haja um buraco na fresta da porta, e continuo a cortar. A porta gradeada pega minha pele, arrancando-a do meu braço.

"Vai", diz Aza.

Vai, diz a terra.

Vai, diz a água.

Há um fluxo através de mim, o fluxo da Água, estou cega de raiva, de dor, com o testemunho da Água. Golpeio e golpeio, retirando terra da terra, lama da lama, barro do barro. Meu braço é uma lança perfurando o ar agitado pela tempestade. A lama da terra escorre do buraco, um buraco do tamanho de um melão grande. Esfaqueio repetidas vezes, alargando a abertura pouco a pouco até conseguir passar meu ombro, e então sinto a chuva na lateral do meu rosto. Abro mais o buraco antes de largar a estaca, agarrando o topo da grade com uma mão e me levantando e puxando através da costura rasgada entre a terra e a porta, tudo de uma vez. Empurro a cabeça através da lama, coroando a terra, mas fico presa rapidamente. O buraco não é grande o suficiente para passar minha clavícula e meu tronco. Eu meio que lamento e Aza grita de volta. Puxo a grade, mas há um cadeado. Eu insisto, torcendo o metal, tentando afrouxar o aperto da terra, mas está firme.

Você é sua própria arma, minha mãe disse. Eu sou minha própria arma.

A agulha, penso.

Pego a agulha de marfim no cabelo e a enfio no cadeado, golpeio e torço, tateando as pequenas partes de metal, buscando que ela ceda. Vacilo em desespero enquanto Aza rasga o céu, me encharcando.

"Por favor", digo. "Abra." Eu mexo, bato, e a lama começa a deslizar. Empurro-me para cima com as pernas, sabendo que não vou durar muito. "Por favor", repito. "Por favor!", eu grito, mesmo quando o desespero corre pela minha boca com a chuva que cai, mesmo quando meu corpo começa a afundar.

Minha própria arma, penso, e mexo a agulha, desesperada, respirando rápido, em pânico, até que haja uma pequena cedência, o mais infinitesimal dos cliques, e o cadeado se abre. Eu me atrapalho com a fechadura, volto para dentro do buraco e dobro os joelhos. Deslizo, a terra comendo meus pés presos. Inclino os ombros num certo ângulo e arremesso, batendo na porta, mesmo perdendo o controle sobre as paredes lamacentas e derretidas.

A porta se abre. Agarro o batente e saio no ar, caindo no chão ao lado do buraco. O vento de Aza me fustiga. Sou recém-nascida em carne viva, agachada, com o queixo apoiado no joelho, o coração batendo tão forte que posso ouvi-lo acima do grito frenético de Aza. Passo o dedo inutilmente no meu rosto coberto de lama.

"Venha", diz Aza.

Venha, diz a terra.

Venha, diz o rio.

"Estou aqui", sussurro. Longe, na direção da casa e dos quartinhos, uma luz laranja oscila: uma lanterna erguida. Estão vindo. Rastejo para longe da jaula na terra, me arrasto para trás apoiando as mãos e os joelhos na lama e na grama até esbarrar em um arbusto, onde me escondo. Fragmentos de palavras são levados pelo vento de Aza, lançados com a chuva.

"Aqui", dizem os homens. "Aqui", os feitores chamam. Eles caminham até o fosso e baixam a lanterna no buraco da prisão, e há um choque quando puxam a lanterna de volta, um choque por eu não estar lá, por ter escapado de seu domínio. A luz treme e recua em direção aos quartinhos, para despertar Emil, aposto. Para chamar os homens que ainda não estão sob os choupos sufocados pela selva, sob os carvalhos cobertos de musgo em busca de Mary e Esther, para que me procurem. Vejo que a luz da velha está acesa, assim como a da senhora. Elas querem o que acreditam ser delas. A tempestade grita. A noite é ampla.

Eles te marcam, Esther me disse. *Eles te marcam com a flor-de-lis no rosto para que todo mundo, toda pessoa que te vir, saiba que você fugiu e foi pega. Botam correntes nos seus pés, te fazem andar com pulseiras de aço até que elas se unem a sua pele. Botam coleiras em você, coleiras de metal que comem o pescoço, fazendo pequenos colares de feridas. E isso se não atirarem em você, se não te enforcarem, se não cortarem sua garganta porque teve a ousadia de voltar.* Posso ouvir sua voz, as palavras sussurradas em meu ouvido, tão nítidas como se ela estivesse agachada ao meu lado na terra escura, envolta pelo vento e pela chuva. O medo dobra minhas costas e escorre pelas pernas, me faz querer ficar de pé, gritar, me render aos feitores, então, depois que me baterem, me levarão de volta para a cozinha escura, para Cora fazer algum milagre, certamente algum milagre para se alimentar, para alimentar Emil, para alimentar os outros que chegam à cozinha, levados pela fome, para implorar por restos na escuridão com cheiro de farinha.

Eu me levanto para acenar, para voltar ao inferno que conheço, mas uma maré se move nas minhas entranhas, se move dentro de mim, na parte que primeiro apodreceria se eu morresse. Ela se agita e sobe pelo ninho do meu peito, pelo ramo da minha garganta, até a minha cabeça. A Água também está aqui.

"Você", eu digo.

Abro os olhos e deixo a grande rede da Água me puxar para rastejar, baixinho e escondida na chuva noturna, até chegar ao anel de mata ao redor da casa. Corro instintivamente, contínua como a respiração, contínua como meu coração batendo no peito. A chuva fecha meus olhos, então não consigo ver, mas ainda assim confio na corrente da Água, em como ela se curva com o alvoroço das saias de Aza marcadas pelo vento, me guiando em direção ao murmúrio impetuoso do rio bêbado, de seu apelo agudo. A Água limpa a chama de açúcar queimado do engenho, me guia para debaixo do escuro, para debaixo do mato e me faz deslizar e cair na margem do rio, trepadeiras balançando, pequenas árvores descascando, a mão deste mundo querendo me deitar, mas a maré da água não cede até que eu esteja afundada até os joelhos na parte rasa, de pé, sozinha.

Vem, diz o rio. *Posso te levar para o mar.*

Cave, dizem Aqueles que Recebem e Retribuem. *Cave.*

"Corre, garota", Aza sopra. "Corre."

Nade, o rio ri.

Escave, diz a terra.

"Mamãe", eu chamo, seu nome lambendo minha garganta, um gemido na abrasão machucada entre o luar e a escuridão. "O que eu faço, mamãe?"

Não consigo respirar.

"Mamãe."

Pequena, minha mãe diz. Eu me agito com vigor e firmeza. Primeiro sua voz vem de fora, um toque difuso na noite, mas então ela fala novamente e sua voz está em toda parte.

"Pequena", mamãe diz, o apelido carinhoso que ela me chama ressoando nos ouvidos. Já passou mais de um ano desde que o homem da Georgia a arrastou, mas agora eu ouço. "Eu estava a quilômetros de distância, a quilômetros do pântano, da água. Quando caímos, eu sabia que eu era muito devagar. A corrida, muito longa. Aza não ajudou. Mas eu tinha que tentar, Arese. Eu tive que lutar. Achei que poderia transformar você em um Moisés se chegasse ao pântano. Pensei que poderia te colocar em juncos, em arbustos, em um tronco, e você poderia flutuar. Flutue, meu amor. Flutue", ela diz, e então eu sinto, sinto o amor da minha mãe por mim tão fresco quanto posso sentir o ímpeto da Água quando chega. Posso sentir seu amor ao meu redor, mais forte que a tempestade de Aza, que o afundamento da terra, que o arrastar do rio. Isso me alegra.

Desço pela margem, contra o bater dos troncos, das árvores que não conseguimos tirar da água. Encontrarei um canteiro de juncos. Eu vou encontrar. Eu vou. Eu me seguro em uma treliça de árvores flutuantes, unidas pelos galhos, todas emaranhadas umas nas outras. Não penso; rasgo a camisa e enrolo as mangas por baixo e por cima dos galhos, apertando bem, enquanto ouço o latido de um cão de caça. Os feitores soltaram os cães. Dou um nó e me atrapalho no meu caminho até os troncos e galhos encharcados. Afasto-me da ribanceira, mas a palha é tão pesada que não se move.

"Aza!", eu grito. "Aza!"

"Não é este o caminho", ela responde.

"Aza, empurre!", peço enquanto empurro novamente com as pernas e me inclino, no vórtice do rio.

"Você me pede que te entregue a uma criatura como este rio!", Aza cospe.

"Nunca mais vou falar seu nome!", digo. "Nunca mais vou te chamar, e meus filhos, meus filhos, nunca saberão o seu nome! Nunca chamarão seu nome, Aza, se você não fizer isso."

Balanço contra a treliça de troncos e galhos e ela se move, muito pouco, antes de se encravar na terra novamente. "Solta!", grito para a sujeira, a areia, o barro. "É o meu caminho", digo, caindo de bruços no ninho de árvores flutuantes, a camisa amarrada, antes de sair da ribanceira com os pés.

"Vai", diz mamãe.

Os cães ladram alto, excitados.

"Empurra, Aza. Empurra!"

O latido dos cães é agudo como os dentes de uma serra. Não há misericórdia aqui. Se esses espíritos falharem comigo, vou oferecer a garganta. Vou me atirar naqueles cachorros, lutar com eles e perder, e vou de um jeito ou de outro – para a Água, para o lugar de canto além da Água, para Mama Aza, para Safi, talvez, para minha mãe. Estarei livre esta noite, pela porta ou pela janela, pelo buraco da fechadura ou pela água-furtada. Eu estarei livre. A verdade explode em mim.

"Vai", diz Aza, sacudindo as saias.

Vai, dizem Aquelas Que Recebem e Retribuem.

Vai, diz o rio.

“Vai.” Chuto de novo, meus dedos escorregam da ribanceira e, por um segundo, tudo fica parado até que estou deslizando pela superfície do rio no meu ninho de árvores, no meu barco improvisado. Desço em direção ao centro da água, direto e verdadeiro, com um movimento sibilante. Meu rosto corta o vento. Quando olho por cima do ombro, as lanternas iluminam a beira da água e iluminam o latido dos cães. Seus pelos cintilam um brilho amarelo e oleoso; os braços dos homens brilham no escuro, vermes subindo da terra lamacenta. Eles lutam uns contra os outros na margem, os cães puxando os homens, os homens puxando os cães, todos me olhando, onde os cães farejam, mas ninguém salta.

“Vai”, eu digo. “Vai.”

Não sei com quem estou falando, se com tudo e nada, ou simplesmente comigo, apenas para minhas mãos enterradas nos ramos dos pinheiros, para minhas pernas enfiadas entre os troncos, para minha cabeça, para o coração batendo forte, esperança e terror se debatendo.

“Obrigada”, digo, gesticulando para os galhos. “Obrigada, obrigada, obrigada.”

Fecho os olhos para a tempestade de Aza, para o murmúrio inarticulado do rio, o farfalhar das árvores. Minha mãe não fala. O amor que me envolveu, denso como a noite, se foi. Tudo que sinto é o frio da chuva e do vento, arranhões e cortes queimando minha barriga, braços, pernas e peito. Estou sozinha. Pergunto-me se foi assim que Safi se sentiu quando fugiu da nossa fila amarrada, rumo à escuridão. Se Mary e Esther estão em algum lugar antes de mim, no rio, ainda agarradas uma à outra e ao tronco. Ou foram arrastadas para o fundo lamacento do rio, pálidas e abafadas? Ou escaparam do rio, da tempestade, e estão na margem, ouvindo ao longe o latido dos cães, com as mãos cerradas uma na outra, fugindo?

"Mamãe", eu digo.

Mas ela não vem. Os cães e os feitores gritam da lama, correndo atrás de mim, de Mary e de Esther, as vozes deles rasgando o ar em uma faixa de vento. Eu fecho os olhos.

"Há uma história", diz uma voz ecoando na minha cabeça. Eu não a reconheço. "Há uma história que você precisa conhecer", diz a voz, e então está em toda parte. É profunda como a da minha mãe, mas as palavras surgem no final. Há um canto abaixo das frases. Olho de esguelha e a vejo, enevoada como a tempestade Aza, que dança no alto, derrubando e empurrando. Mama Aza está ao meu lado: minha avó. Um cachorro está ganindo.

"Eu sabia que estava carregando sua mãe quando nos conduziram através daquele forte que era uma carcaça, daquele espaço que era uma última tumba, da porta sem retorno, e desceram até o fundo do barco", diz Mama Aza.

Outro cachorro grita.

"Eu sabia que ela estava em mim e me perguntava como poderia crescer naquele lugar escuro, sob a pressão dos vivos e dos moribundos, naquele submundo agitado e cheio de sal", diz Mama Aza.

Outro cão gane. Mama Aza é magra, exceto pela protuberância da minha mãe dentro dela.

"Dormi desesperada. Acordei em desespero. Queria morrer. Tinha uma menina ao meu lado que um dia foi dormir e não acordou. Eu a invejei, mesmo quando ela começou a inchar e ficar cinzenta."

Outro cachorro late, mais distante. Mama Aza tem membros longos e delgados.

"Nós sussurramos no escuro. Compartilhamos nomes, histórias de mães autoritárias, de mães gentis, de pais ausentes, de pais orgulhosos, de irmãs mais novas, de irmãos mais velhos, de primos atenciosos. Rolávamos, tentando impedir que as feridas se abrissem nas nossas pernas, costas e braços, e que ficassem verdes e pretas."

Outro cão responde, mais perto agora. Há músculos marcados nos ombros e no pescoço de Mama Aza.

"Achei que havia maneiras melhores de morrer. Achei que, se me deixassem subir à superfície do navio, eu pularia a amurada e cairia na água. Peguei a corda que me prendia e soltei, enrolei no pescoço e tentei prender a respiração. Encontrei um prego que saía do chão e o pressionei com os braços, com as pernas, tentei encostar a garganta nele, mas os cortes não eram profundos o suficiente. Os cortes formaram crostas, lentamente, lentamente. Minha barriga cheia com sua mãe. Pensei no homem, grande e gentil, com quem a fiz e chorei."

Eu lambo meus lábios. Há linhas tênues que vão do nariz até a boca de Mama Aza, devido ao esforço da caça, à sua corrida interminável.

"Quando veio a tempestade, por um momento pensei: *Agora, agora o barco vai virar e todos nós vamos morrer. Vamos todos afundar.* O oceano rugia tão alto que não pude ouvir minhas orações, nem as orações das pessoas que estavam comigo. O oceano era tudo. O mar invadiu o porão e nadamos na água salgada, na urina, nas fezes e no sangue. Rezei, mas nossas entranhas me sufocaram, e tossi, tossi e tossi, enrolada em torno da sua mãe, que nadava dentro de mim."

Lá longe, entre as árvores agitadas, lanternas piscam para dentro e para fora como insetos encharcados de verão. O rio ulula minha jangada.

"Foi aí que a tempestade respondeu, que ela se deu a conhecer a mim."

Os gritos dos feitores passam despercebidos: seus gritos quentes.

"Foi quando ela pegou meu rosto. Minha forma." Os olhos de Mama Aza são ainda mais tristes que os da minha mãe. A lembrança dessa tempestade astuta que a tomou mesmo quando implorava por sua vida, mesmo quando a honrava chamando com contemplação, pesa no olhar de Mama Aza. "Sim, a tempestade poupou o barco. E sim, ela falou comigo. Mas quando eu estava engasgada com tudo aquilo, minha garganta fechando como um punho na luta por ar, eu sabia de uma coisa: eu queria viver. Mesmo que eu estivesse pronta para morrer, para tirar minha própria vida, não queria que ninguém fizesse isso por mim."

Mas agora Mama Aza é ouro.

"Esse espírito me poupou, nos poupou. E o oceano. E eu também." Mama Aza acena para mim diretamente. "Eu me poupei, Annis. Todos os dias que acordei, me poupei."

Há uma faísca, um clarão, à minha direita, e agora minha mãe brilha em direção à luz: jovem como nunca a vi, cabelo trançado e preso em volta da cabeça em longos cachos, o que deve ser os olhos do pai dela em seu rosto: grandes e macios como os da minha avó Aza são pequenos e cortantes.

"Eu já sabia o que era poupar", diz Mama Aza. "Eu vi isso nos olhos dos elefantes que perseguíamos. Como, até o último momento, eles quiseram a vida, mesmo cobertos de centenas de cortes."

Minha mãe coloca a mão brilhante sobre a minha, e não é mais do que um toque de ar fresco.

"Mesmo presos pela dor, eles gritavam pela vida. Ansiavam pela vida", diz Mama Aza.

Bebo minha mãe com os olhos. Não consigo parar de olhar para ela.

"Pegue para você, criança. Tudo isso", diz Mama Aza.

Minha mãe: minha lua. Seu sorriso, o livre voejar de uma mariposa.

“Lute por tudo”, diz Mama Aza.

Mamãe toca minha bochecha: uma chuva mais fresca.

“Eu sabia”, diz mamãe. “Sabia antes de você chegar.”

Ouço e reconheço sua voz ao mesmo tempo, assim como a conheço: a mamãe que costura nossas roupas, soltando e pregando; a mamãe que cozinha arroz para nós, temperando com cogumelos, ervas silvestres e tripa de porco roubadas; a mamãe que trança meu cabelo, a coxa macia sob meu rosto. A mamãe que conta as histórias de Mama Aza, rindo, esperando meu sorriso. Uma grande cobra se aperta em mim, aterrando a dor, por eu ter esquecido como é sua voz, como é rochosa no fundo e suave como um rio correndo acima, porque eu não a escutava havia tanto tempo.

“Quando você andava, quando dormia, quando corria. Você envolvendo suas abelhas. Você com seus equipamentos. Você coçando minha cabeça.”

“Mamãe”, eu digo.

“Como você brilhava”, diz mamãe. “Como você brilha.”

“Mamãe”, eu digo. “Mamãe.”

Não posso dizer mais nada.

“Você é sua própria arma”, diz mamãe. “Não esqueça.”

O choro me atravessa.

Mama Aza coloca a mão em minhas costas e não é nada além de um lampejo quente, um calor evocado, então ela balança a cabeça e desaparece. Depois ficamos apenas mamãe e eu neste leito de junco, nesta jangada solta. Ela olha para mim com a mesma seriedade e calma de sempre. Seu nariz se espalha. As maçãs do seu rosto escurecem. Ela está desaparecendo, mas o veludo preto dos seus olhos permanece.

“Não é para sempre, pequena. Não é para sempre.”

Ela sempre estará comigo. Sei disso pela minha respiração ofegante. Sei disso pelo meu apego. Sei que verei seu brilho no cintilar da lua, em seu brilho incandescente. Sei que a verei no fluxo desfeito de estrelas pelo céu escuro como o melaço. Sei que a verei nas minhas mãos envelhecidas, nos meus cabelos grisalhos. Depois do meu último suspiro, no final do meu trabalho e das minhas horas, sei que é ela quem me transportará pela Água. *Mamãe*. Tenho certeza disso, assim como reconheço os cães distantes, vasculhando a vegetação rasteira à beira da água, erguendo o nariz para latir de uma só vez, os gritos se arrastando e voando no ar: frenéticos e famintos. Relâmpagos iluminam o rio, o túnel de árvores pendendo sobre a água, girando sobre mim e minha jangada, me chamando. O trovão atinge o céu e gira ao meu redor em um grande círculo.

Eu choro e abocanho as agulhas do pinheiro. Com sabor de resina.

A tempestade parece infinita até que deixa de ser. O vento e a chuva escoam e, na sua ausência, o rio murmura como um bêbado pegando no sono. Aza desce, fundida em sua forma humana, e flutua na parte de trás da jangada. Vejo nela outros aspectos de Mama Aza: Aza imitou o longo alcance dos membros de Mama Aza, as linhas finas de seus braços e pernas, a expressão leonina do seu rosto, até mesmo a pequena saliência redonda da mamãe na sua barriga. Eu engulo.

Aza quer mais do que adoração. Ela quer amor. Vi inveja em sua imitação de Mama Aza, inveja da minha avó, que respirava apesar de tudo que a sufocava; que carregou no ventre o fruto das carícias do seu amante; que sabia o que era se sentar com suas esposas-irmãs, suas irmãs-guerreiras, depois de uma longa corrida, com o vento transformando o suor em sal; que sabia o que era contar piadas vendo a alegria tomar conta dos rostos das suas esposas-irmãs como um arrepio verde na vegetação rasteira, e todas elas rirem, com covinhas esculpindo girinos nas suas bochechas.

Aza cobiçou quando desceu para aquele barco. Ela cobiçou quando deixou Mama Aza nesta terra estranha, mas voltou para vê-la, repetidas vezes, para ver minha mãe nascer e, mais tarde, eu. Ela viu o amor de uma mãe na vontade de viver de Mama Aza, na corrida da minha mãe comigo para o Grande Pântano Sombrio, e cobiçou esse relacionamento para si mesma: Aza queria ser uma mãe para as mulheres da minha linhagem. Nossas súplicas, nossos clamores nunca foram considerados suficientes; Aza desejava mais. Mas ela foi tola porque nunca poderia nos conhecer em nossa plenitude.

Tenho que desviar o olhar de Aza quando percebo que, mesmo ao ofertar, esse espírito também recebeu; mesmo quando o trabalho de Mama Aza neste lugar horrível a definhou, quebrou seu corpo, esse espírito permaneceu, uma imagem zombeteira do eu mais jovem de Mama Aza. Aza enrola uma brisa nos troncos amarrados. O rio diminuiu a velocidade, e minha jangada em ruínas fica à deriva, de um lado para outro na água. O pântano se ergue denso ao nosso redor, nos envolvendo em um rolamento verde de folhas e uma luz branco-perolada. Uma névoa paira sobre o rio, mas fico abaixada na jangada e espero que minha cor amarronzada se misture com o amarronzado das árvores amarradas.

“Este rio vai desaguar no rio maior, aquele que corta a cidade. Devíamos parar por lá”, diz Aza.

Os pássaros cantam nas copas das árvores, voam de galho em galho, nos seguindo.

“Por que na cidade?”, eu pergunto.

“Tenho filhos lá”, ela diz.

São grous, esbeltos e de pernas longas, pálidas como a neblina matinal. Quando levei água para as pessoas que trabalhavam nos arrozais, os grous se moviam lentamente, como se fossem dançarinas, balançando a cabeça e se curvando.

Os grous deslizam de uma árvore para outra. Pousam, leves como papel ao vento. Param quando minha jangada fica presa na margem e os ventos de Aza param.

“Você pode desaparecer; se tornar uma entre muitos”, diz ela.

Os pássaros nos estudam com olhos de bordas pretas. Agitam as penas e se acomodam. Eles assistem.

“Você poderia encontrar meus filhos.” Aza desvia o olhar quando diz isso, mas sei que ela está me observando. “Aqueles que me chamam.” O que ela não diz: *Você poderia ser minha filha.*

O obstáculo da minha jangada ecoa o aperto no meu peito. Não quero me esconder na cidade, viver meus dias como um rato, escondida em paredes e cantos, desviando o rosto, aparecendo à noite para mendigar, furtar, roubar. Não quero entregar minhas partes íntimas a homens como o marido da senhora. E também não quero me estabelecer nas fronteiras do escravizador, nem mesmo com Bastian, nem com Mary, nem com Esther, se elas estiverem vivas, se, com a ajuda de Aza, eu puder encontrá-las. Nunca conseguiria dormir, nunca conseguiria rir, por ouvir o latido dos cães, os gritos excitados dos capitães do mato. Como os cães uivariam. Como os homens entrariam em fila na nossa clareira no pântano, armas engatilhadas e empunhadas nos ombros, dentes à mostra e mandíbulas desequilibradas. Com fogo suficiente, até o verde incendiaria.

"Não", eu digo.

Até os homens iriam queimar. Como o negro do fogo agitado e o cheiro deles, enjoativo como porco assado, subindo ao céu, rendendo mais oferendas à camada de algodão cinza acima de nós, à terra de muitas vozes abaixo.

"O quê?", Aza diz.

Como nos dissipamos pelos deuses.

"Não", digo novamente. "Quero ir além da cidade."

Os pássaros saltam de perna em perna pelos galhos da árvore antes de parar. A floresta pende sobre a água, deixando cair agulhas alaranjadas e folhas marrons nos redemoinhos.

"Quero encontrar um pântano tão denso que nem o homem da Georgia conseguirá atravessá-lo."

Os grous levantam os ombros de uma só vez, depois encolhem.

"Um lugar tão denso que só os espíritos poderão me encontrar."

O prazer floresce no rosto de Aza. Sei que a lisonjeio. Sei que alimentei sua fome de adoração, de maternidade. Eu: sua filha rebelde e cheia de dúvidas. Sei que, se tivesse outra escolha, a mataria de fome e a tiraria do corpo de Mama Aza. Deixaria que morresse de fome até ver sua verdadeira face, sua verdadeira forma, mas preciso que ela mexa as saias. Preciso que me empurre para longe destas margens, que me esconda na sua névoa na cidade. Preciso que ela me conduza pelos barcos a vapor e navios negreiros até a solidão na natureza distante. Saio da jangada, afundando as coxas no rio, a pele do peito formigando de frio. Pego um grande galho quebrado, cheio de folhas, e subo de volta na jangada. Enterro a ponta do galho no meu estômago e me esforço contra a força da água. Os grous silenciosos estremecem.

Enfrento o galho por cima de mim, me deito de bruços sob a renda dos galhos e das largas folhas de carvalho.

"Por favor", eu peço.

Aza se levanta e alisa as saias. Uma brisa floresce. Os grous se acomodam e observam, esticando o pescoço para que o movimento de Aza arrepie a nuca, aliviando uma coceira que não sabiam que tinham.

"Vamos?", ela pergunta.

Concordo com a cabeça e Aza empurra.

Acordo com a escuridão perfurada de New Orleans. O rio se alargou em um murmúrio silencioso e brilhante. É uma avenida aguada, um amplo zumbido, obstruída por rebocadores e barcaças que transportam algodão, cana e homens e mulheres roubados, que choram, conspiram e constituem famílias nos seus porões escuros. As pessoas falam ao som do rio. Prédios altos se erguem ao longo das margens, a luz das lamparinas brilhando nas suas janelas cegas. Mulheres e homens xingam, se esmagam no escuro, em paralelepípedos e reboco, amando num minuto, arranhando e esbofeteando no minuto seguinte. Os cavalos relincham em seus postos. Sobrepondo tudo, está a névoa de Aza, musselina cinza salpicada de ouro, pêssego e silêncio.

A terra abaixo de nós geme, afundando sob o peso do lodo arrastado por esta terra arruinada, ao longo dos quilômetros de rio. O laminado do rosto de Aza fica marrom à noite, mas ela não é o único espírito que se move nesta cidade. Aquela Que Lembra queima sobre as docas, gravando os nomes dos escravizados no pergaminho de sua pele enquanto os observa cambaleando nos porões dos navios, cegos até mesmo para a luz da noite da cidade: as línguas grossas, o couro cabeludo coçando, a podridão da viagem ao sul revirando o estômago. Outro espírito, branco e frio como a neve, caminha à beira do rio; tem fome de calor, de fôlego, de sangue, de medo, ele também olha para o que foi roubado e se alimenta. Outro espírito desliza de telhado em telhado antes de se enrolar nas varandas de ferro forjado do lado de fora dos quartos das mulheres de *plaçage*, onde zumbe, dizendo às mulheres sujeitadas para distribuir veneno às pitadas ao longo dos anos, para se revoltarem, revoltarem, revoltarem. Outro espírito galopa pelas ruas, com o chapéu preto torto e sorrindo. Outro espírito toca tambores, tambores furiosos, as batidas são o som de manadas de cavalos, varas de porcos selvagens, abrindo caminho pela terra, vasculhando florestas e desnudando planícies. Outro espírito se senta aos pés de uma cama onde uma criança grita, e guia seus dedinhos negros até a boca, manda o bebê esfregar os pés um no outro, cantarolando para o confortar. Outro espírito está sentado numa montanha de lâminas, afiando facão após facão antes de embainhar cada um deles na terra, entre os paralelepípedos; quando passo flutuando, ela sorri e aponta uma lâmina para mim. Aceno com a cabeça, sabendo o que é a saudação, e ela volta a afiar o metal na pedra. O ar da cidade cheira a enxofre.

Aza afunda até mim.

"Por que não aqui?"

"Não", eu digo.

Conheço meu lugar. É em algum lugar lá fora, além do rio largo e profundo, além de um lago distante e trêmulo. Ele farfalha e espera, repleto de árvores cujas raízes se elevam acima da água como joelhos, repleto de taboas-finas carnudas e crocodilos sibilantes, denso de bagres bigodudos e árvores de mangue.

"Pronto", digo.

Aza dobra a névoa de seu cabelo, suas roupas, mais apertada em torno dos pinheiros. Afasto o rosto da abundância de deusas e deuses, espíritos e pessoas ajoelhadas, os pés cansados de andar, de costas nas sarjetas. Eu sei que está tudo encadeado, que a Água corre até aqui, mas este lugar não é meu. Minha pele coça por causa da seiva, mas esfrego o rosto na casca e respiro o verde acre das agulhas mesmo assim.

Capítulo XIII: Revemos estrelas

Sob a primeira névoa do amanhecer, descubro que estou em água marrom-prateada e salobra, à beira de um vasto lago faminto que engoliu minha jangada. O lago se espalha tanto que preciso apertar os olhos para ver a fumaça lá longe, onde as pessoas estão acordando, colocando fogo na lenha e cozinhando. Suas vidas se transformam em manchas no horizonte e depois desaparecem. Estou tremendo, tensa por causa do frio e da jangada cada vez menor. As ondas do lago empurram tronco após tronco, então fico com os braços e as pernas entrelaçados em torno dos dois troncos que amarrei primeiro com minha camisa. Meus dentes batem, tão insistentes quanto o barulho da água. Levo os lábios ao ombro, só para sentir algo macio, algo terno, mas estão duros como uma poça congelada no primeiro dia de inverno.

"Por favor", digo a Aza.

Ela me empurra ainda mais pela extensao do lago, em direção a um rio que flui para o norte.

"Pronto", eu digo, e ela me segue.

Respiração por respiração, estalo por estalo, o farfalhar selvagem que me chamou aqui ao longo dos quilômetros fica mais alto. Estala e faz barulho, pausa e depois retoma. Acena. Com o passar das horas, o rio se estreita, fechado por todos os lados pelo verde alaranjado e opaco do outono, até que o galho de uma das minhas árvores se enterra no leito do rio, parando minha jangada. Caio na água e arrasto a embarcação até a margem. Levo as mãos à cabeça e respiro o frescor entre as sacudidas. Os ciprestes se curvam e brilham. Tento ouvir além do coaxar dos pequenos sapos na lama à minha volta, ofegantes de frio, morrendo na lama. Eu estou tão cansada. O tremor dificulta a respiração. Deito-me com as rãs e elas saltam.

"Annis", diz Aza.

"Não consigo respirar", digo. Eu me abraço. Minha cabeça parece rasgada pela costura, pelos fios desgastados, aperto os olhos contra o açoite da dor. Tento ouvir o chamado, canalizado através da Água, que me trouxe até aqui, mas não consigo ouvir por causa da chicotada. Minha pele queima e fica tensa, pronta para cair. Fecho os olhos para a dor. Cada respiração: um mergulho raso. Cada piscada: um sinal para parar. Eu poderia adormecer assim, segundo meu próprio julgamento, meu próprio desejo, mas ali – um tufo amarelo e preto, zumbindo no ar. Uma abelha. Eu me esforço para ficar de pé e segui-la.

Luto para tirar os pés da lama, apertando os olhos contra o céu cinzento, o verde lixiviado das árvores. Afasto-me das trepadeiras, cordas que crescem em emaranhados secos de árvore em árvore. Desisto e rastejo de barriga por baixo delas. A abelha acena, voando lentamente em espirais e volteios. Aza bufa atrás de mim e a abelha balança com sua brisa. O verde que me chamou agora se acalmou, ficou em silêncio.

"Aza", eu digo. "Por favor, fique quieta." Ela gira.

"Posso encontrar um caminho", ela diz.

"Não."

Quero conduzir. Quero encontrar meu próprio caminho através deste nó de floresta, secando em direção ao sono de inverno. Quero escolher onde colocar um pé dolorido, onde afundar na lama, com os mosquitos até os tornozelos, antes de puxá-lo para pisar novamente. Quero levantar minha cabeça para a abelha. Quero escolher. A respiração queima meu peito, inspirando e expirando. A dor na minha cabeça, nos meus membros, diminui à medida que sigo. Os insetos farfalham e gritam e a abelha segue seu caminho com um zumbido tão baixo que é quase inaudível.

Há flores aqui sob a lama, na escuridão de baixo, em tudo o que está afundando na lama ondulante para ressurgir na próxima primavera. Um aglomerado de roxo aqui, depois amarelo e depois branco. As pétalas olham para o céu como eu, tentando captar o último brilho do outono, a última onda de calor. A abelha se acomoda para beber de uma flor, depois sobe para voar novamente e cair em outra para saborear. Escalo os troncos. Os galhos arranham minhas canelas em fios vermelhos, puxam minhas panturrilhas, dizem: *Fique aqui, conosco, e se esvazie.* Eu chuto através deles. A abelha segue seu caminho e eu subo e desço com a terra. Subo aos tropeções uma colina baixa, mais seca que as outras, e encontro a grama mais rasteira aqui: em vez do capim serrado roçando meus ombros e as taboas-finas balançando sobre minha cabeça, aqui a grama do pântano cresce até minhas coxas e em tufos esparsos. Havia uma trilha aqui, talvez um dia tenha havido, passando pela vegetação rasteira e escura. As trepadeiras sobem e se enrolam nos galhos acima de mim, caindo como uma cortina no caminho. A abelha passa pela cortina venosa, então caio de joelhos, procuro até encontrar uma abertura e rastejo novamente. A malha verde branqueada tem espinhos que se agarram em meu cabelo, minha pele. Procuro até ver a luz, até conseguir me agachar ao ar livre: encontrei uma clareira. A palha queimada de uma casa se estende como uma mão, do solo alto e seco, até o céu. O pântano zumbe em assentimento ao meu redor, me selando no seu coração secreto.

Eu encontrei um caminho.

"Havia doença aqui", digo. Eu sei. Aza está certa; desde que me abri para a Água, é fácil entrar na visão, ver além deste lugar, na direção de outro. Este é o passado; vejo o brilho de um homem branco, a pele pálida como cascas de ovo, parado na clareira, apontando, falando sem fazer barulho, enquanto três pessoas negras, cansadas do trabalho e malvestidas, descarregam canoas cheias de martelos, estacas e machados. O homem branco está doente, caído de joelhos nas ruínas semiconstruídas da casa-grande que ele forçava neste lugar impossível; na visão seguinte, ele está sangrando pelos olhos, unhas dos pés, nariz e boca.

"A febre amarela... está enraizada no escravizador", digo a Aza.

As pessoas que restaram atearam fogo nos ossos da extensa fundação, o terrível sonho do homem pálido, e fugiram para o pântano, livres. "As pessoas queimaram isso." As abelhas encontraram a casca negra de um galho de carvalho que pegou fogo: percorrem seus veios vazios e enchem seus buracos sagrados com cera e filamentos, mel e juventude. A selva tomou as ruínas, cresceu ao longo de horas, dias, semanas, meses, anos, sobre a madeira queimada, os tijolos irregulares, subindo pela terra encharcada de fuligem, para embrulhar a cabana onde as pessoas viviam enquanto preparavam os ossos para esta plantação escondida. Esta cabana vazia e verdejante, os fugitivos não queimaram. Isto aqui eles deixaram para mim.

"Por que aqui?", Aza se contorce ao meu lado, o aborrecimento evidente em seu rosto. "Este lugar solitário? Na cidade..."

"Não", eu a interrompo.

"Não tem pessoas aqui e ninguém para te alimentar."

Aza balança a saia como o rabo de um gato. Sei que ela está falando de mim, mas ela está falando também de si mesma. Ela morreria de fome neste lugar sem ninguém para adorá-la.

"Vou me alimentar", digo, e começo a fazer exatamente isso. As abelhas ainda não me conhecem; não posso enfumaçá-las, não posso persuadi-las. A cabana está repleta de ferramentas enferrujadas: um machado, uma machadinha e martelos. Cavo e encontro novelos de barbante endurecidos pela sujeira, uma colcha costurada de retalhos e ossificada até ficar rígida como uma tábua, e também uma frigideira de ferro.

"Obrigada", sussurro para Aquelas Que Recebem e Retribuem, a sujeira grudando nas minhas unhas arruinadas. A terra se enraíza e se instala em resposta.

Aza solta um suspiro e a cabana fica fria. Eu tremo. Ela balança os ombros e suas saias ondulam do lado de fora da porta estreita.

"Eu volto", ela diz.

Aza sai girando, sobre os ossos arruinados da mansão, rumo ao céu baixo.

Sigo-a com os olhos até não conseguir mais, e então volto para meu quartinho escondido, de paredes verdes. Colho ervas-azedas, cogumelos e sassafrás e como até aliviar o estômago, até que as pontadas de fome abrandem. Um pequeno coelho marrom me leva a um riacho fino e claro onde procuro por mais alimento e encontro muitas plantas e cogumelos, minha saia fica cheia. Sento-me à beira da água, apenas me sento e observo dezenas de sapos verdes molhados saltando de uma margem para a outra, coaxando uns para os outros. Uma garça cinza e branca com penas com linhas lilases pousa na margem e outra a segue. Pisam e bicam, pisam e bicam, devorando os sapos. Sento-me enquanto o sol atravessa as nuvens e brilha dourado e pleno nas cabeças coroadas de preto dos pássaros e em mim: bolo barrento, tecido de espinhos.

Os grous olham para mim com olhos negros e meigos, tão meigos quanto os da minha mãe, e ficamos sentados juntos até eu me levantar, voltar para a cabana e começar a limpeza. Limpo o chão, empilho o que sobrou de madeira cortada para fazer um estrado, varro ninhos de toupeiras e teias de aranha com um galho de pinheiro. Enquanto o céu fica laranja e os insetos entoam um coro crepuscular, eu me lavo no riacho. Colho musgo-espanhol para fazer uma cama. Minha pele, com todos os cortes e lanhos, crostas e arranhões, absorve a luz e brilha. Abro uma pequena cavidade numa vara de pinho nu, coloco uma camada de palha nela, encontro o galho mais reto que consigo, enfio na cavidade e depois giro com as mãos até meus braços doerem, até o sol quase se pôr, até a fumaça subir do buraco e faíscas serem cuspidas dali de dentro e atiçarem as pinhas.

"Obrigada."

Aquelas Que Recebem e Retribuem farfalham e então o pântano ecoa e canta, e eu deixo a solidão e a gratidão pelo primeiro dia da minha vida livre vazarem dos meus olhos, abrirem trilhas quentes pelo meu rosto e caírem. Cubro a boca e rio e choro nesta nova vida após a morte, neste outro mundo.

"Eu gostaria que você tivesse isso", digo para o céu escuro, enfeitado de rosa e pêssego, um roxo mais profundo. "Eu gostaria que você tivesse isso aqui", digo para minha mãe, para Mama Aza. Uma coruja pia no verde-escuro, ficando preta com a noite, e uma sensação percorre o centro do meu esterno antes de ecoar em círculos, e ouço minha mãe – apenas um fragmento, apenas um sussurro.

"Eu sei", minha mãe diz.

Ao longe, um crocodilo sibila.

"Estou com saudades de você", eu digo. "Eu te amo."

"Eu sei", minha mãe diz, e então faz-se um silêncio em minha mente, uma quietude.

Mais tarde à noite, Aza se instala na clareira. Ela arde com o fogo baixo, a chama iluminando seus braços, seus olhos, as pontas dos cabelos. Sua falsa barriga redonda. Nenhuma criança ali: ela está alimentada e cheia de elogios.

"Eles tocam tambores numa praça lá na cidade", diz ela. Seus olhos brilham em laranja. "Eles me chamam por outro nome, mas cantam para mim. Eles cantam para todos os espíritos."

Ela se aproxima, fica diante de mim e estende a mão hesitante; seu dedo parece um respingo de chuva que cai sob o sol.

"Eles pedem que limpemos suas vidas, para levar tudo o que não serve, tudo o que desorganiza, tudo o que bloqueia." Ela acaricia meu braço, que a fome reduziu à mesma largura do ombro ao pulso. "As mulheres usam branco."

Eu a afasto.

"Nós dançamos com eles." Aza olha à minha volta, para a cabana atrás de mim, para as ruínas além. "Eles se abrem." Aza desperta a colmeia com seu vento embriagado de adoração. "Nós dançamos."

As abelhas emitem um zumbido repentino e sonolento. As chamas tremeluzem.

“Eles te receberiam”, diz Aza.

Mantenho o rosto imóvel, sinto o calor do fogo me cobrindo como um cobertor. Agarro as pontas da colcha que encontrei e lavei no riacho e cubro minhas costas. Quase não está úmida.

“Como te receberam?”, eu pergunto.

Aza sorri: um pequeno deslize de dentes.

“Como uma das minhas filhas?”, ela diz. “Como alguém com quem eu falo?”

A dor lateja da unha da mão ao dedo do pé. Estou com fome de novo. Aza vai para o outro lado do fogo e me lembro da época da colheita, quando eu era criança, minha mãe cozinhava uma panelinha de arroz, temperava com um pouco de banha roubada, um pouco de sal roubado, e como eu comia até me fartar, a barriga cheia, e deitava a cabeça no colo da minha mãe. Fico com água na boca.

“Eu não sei, Aza.”

“Você poderia ser minha sacerdotisa. Você poderia ensinar meu verdadeiro nome.”

Estremeço, me lembrando da história que Mama Aza me contou na jangada, do alcance do seu braço fino. *Não é seu nome*, quero contar para Aza, mas não falo nada. Aza sobe com a fumaça, rica em resina, ondulando com as estrelas em suas costas, a cabeleira das árvores sob seus pés.

“Estou cansada”, digo.

“Eu volto”, Aza diz, e sei para onde vai, embora ela não diga. Sei que ela sopra o vento por cima das árvores, correndo de volta para sua cidade de espíritos e adoradores: seus filhos. Os sapos fazem barulho e ouço também o barulho dos peixes saltando da água para comer insetos noturnos antes de descerem novamente.

Deito-me em meu ninho de musgo-espanhol diante do fogo. Amanhã vou cortar dois galhos e colocar um terceiro no fogo para poder cozinhar. Vou fazer um chá com raiz de taboa-fina. Vou pegar uns sapos, matar, tirar a pele e cortar as coxas saltadoras. Vou procurar cogumelos. Vou colocar tudo na panela. Vou seguir minha mente.

A calma que senti no primeiro dia não ecoa na manhã seguinte. O medo, presente e espinhoso, me toca durante a noite. Eu durmo aos pedaços. Meu pânico diminui quando a manhã passa pelo pântano, mas retorna com o passar das horas, me surpreendendo. Eu me assusto enquanto conserto a casa. Fecho as trepadeiras pelas quais rastejei para chegar aqui, as entrelaçando novamente, e então permaneço escondida em seu crescimento emaranhado, tentando desacelerar minha respiração, meu coração estalando. Ouço cães. Na noite seguinte, exausta, adormeço sob a roda de estrelas. A lua esconde o rosto. Uma manhã, um pôr do sol, um amanhecer, um dia, uma noite; a primeira semana, a segunda semana, elas correm uma depois da outra. Durmo aos poucos até parar de dormir, até ficar acordada por um dia e uma noite, e então cochilo com o sol filtrado pelas árvores, acolchoada em suas pinhas, juntando taboas-finas e raízes nas mãos. Mais tarde, me agacho na estrutura da casa-grande incendiada, os batimentos cardíacos pesados no pescoço e nos ouvidos, me esforçando para ouvir a chegada de homens com boca de serra. A saída de Aza se torna cruel.

Certa manhã, acordo e me lembro vagamente de ter sonhado com minha mãe, com Mama Aza, mas, quando tento lembrar se falaram comigo, não me recordo de palavras e não consigo ver seus rostos. Só me vejo no sonho, os joelhos protuberantes e o pescoço magro, comendo tigela após tigela de grãos ricos e salgados até meu estômago inchar. Quando acordo, minhas costelas se projetam como facas de passar manteiga. No mundo desperto, a Água está silenciosa. Eu conserto a cabana e guardo comida para o inverno, ocupada aos solavancos. O vento sopra fresco do norte. Demoro mais algumas semanas para analisar o que há dentro de mim, seca e vazia como uma colmeia abandonada, já que não sinto isto desde que minha mãe foi tirada de mim: a solidão. O que será de mim se eu não seguir Aza até a cidade? Ela retornará um dia para me encontrar morta? Ou talvez viva, mas muda, cabelos emaranhados, o pântano crescendo sobre mim?

Mas então uma família de javalis escapa pela vegetação rasteira e os vejo partir, com as barrigas dos leitões menores fazendo cócegas na terra, e penso: *Não estou sozinha.* E Aquelas Que Recebem e Retribuem chapinham sob meus pés, as árvores farfalham seus galhos, e estendo a mão para a Água, imagino o que minha mãe diria: *Você não está sozinha.* Encontro um punhado de cogumelos. Mas, ainda assim, quando me sento diante do fogo à noite, afiando um machado e pensando no pouco que aprendi com Emil sobre abater animais, me perguntando se conseguiria construir uma pequena defumadora, quanta gordura conseguiria extrair de um daqueles leitões, fantasio sobre o banquete que os dançarinos de Aza me dariam se eu deixasse que ela me mandasse para a cidade, para as pessoas. Se eu a tivesse como minha mãe. E me pergunto se ela quer que eu pense isso, e então eu sei, sei que ela quer, sei que sua ausência tem a intenção de mostrar que preciso dela, que preciso de sua chuva, de seu vento e de sua maternidade elementar.

A lua brilha cheia e gorda. Sento-me diante do fogo, sentindo o peito dolorido. Nunca senti essa dor, fico pensando se estou doente, alguma doença transmitida pelo pântano.

"Você sabe?", eu pergunto à colmeia. Meu peito lateja, imitando as chamas que limpam ao queimar, e fico surpresa ao ver uma abelha solitária, dourada e brilhante, flutuando diante do fogo. Ela balança e depois cai, fazendo cócegas, macia, no meu pulso.

Eu sorrio e vejo outra, que paira e pousa. Olho para cima e há uma miríade de abelhas, todas inundadas pelo luar, acima de mim. Elas vagam e pousam, uma após outra, para aterrissar em mim, e só quando me envolvem, uma vestimenta viva e eriçada, é que percebo como estou faminta por bondade, e meus seios ardem de calor. Lembro-me da minha mãe sentada comigo na primeira vez que sangrei, me ensinando como estancar o sangue com trapos, e então disse: *Agora você pode carregar um filho.* Ela colocou o braço em volta de mim, me abraçou e chorou.

Por que você está chorando, mamãe?, perguntei, mas ela esfregou minha orelha e abafou meu rosto em seu pescoço, suas lágrimas queimando meu rosto.

"É por isso, mamãe?", pergunto à noite, as abelhas levantando voo dos meus braços, do meu cocuruto, de volta à colmeia, numa subida silenciosa e doce.

Alcanço o outro lado da Água, me lembrando de como minha mãe enxugou as lágrimas, bruscas e fortes. Agora entendo sua razão: terror, amor, alívio por eu ter vivido o suficiente para sangrar. Meu senhor a venderia três safras depois.

"Mamãe." Eu a busco.

"Bênção", ela diz, e então fica em silêncio. Conto os dias desde meu último sangramento e, de repente, percebo o resultado da minha busca por prazer com o irmão de Esther. Eu sei o que significa a dor no meu peito. Eu sei que há uma semente, uma canção, um bebê vindo até mim.

Coloco as mãos na barriga e nos embalo.

Engulo a náusea ao longo dos dias e caço cogumelos para ter força e cura. À noite, sinto a pressão das minhas unhas voltando a crescer nas suas bases, a coceira na pele se estendendo até os quadris. Construo um pequeno alpendre para defumar carne, e mato esquilos, um guaxinim e um leitão com um estilingue, mas não consigo parar de pensar em arroz e grãos, especialmente de manhã. Tento deixar o pensamento, a memória dos grãos ir embora quando bebo o caldo de cogumelos e carne. É isto o que vou comer na noite em que Aza retornar.

"Você está trabalhando", diz Aza, descendo para a clareira com uma névoa cinzenta. O fogo diminui com a umidade, e eu desperto seu coração em brasa com uma vara.

"Sim", respondo, surpresa com o sentimento em mim, a gratidão pelo seu retorno, o prazer da companhia, que é quente e espessa como um bocado de bolo de milho com mel. Ela está ainda mais corada do que da última vez que a vi, os braços redondos e roliços, o rosto iluminado por um raio, inundado de prazer. Mama Aza provavelmente nunca teve o luxo dessa plenitude.

"Você está mais saudável", ela me avalia e, por um momento, a expressão em seu rosto é a da senhora magra e de rosto branco, arrancando riqueza das pessoas, do açúcar, da terra. Sinto uma rápida pontada de pânico.

"Eu andei comendo melhor", digo para disfarçar. "Mais do que quando roubava."

Aza acena com a cabeça e cantarola. Suas saias escurecem com o som. Ela está reunindo poder.

"Construa uma jangada." Ela sorri e sopra um vento forte pelas copas das árvores, que se agitam e murmuram, obscurecendo a lua. "Você está pronta."

Olho para Aquelas Que Recebem e Retribuem. Minhas abelhas, o pântano, Aza, a terra: tudo é silêncio, espera. Cruzo os braços e olho para Aza, sua beleza acentuada, o emaranhado do seu cabelo magnífico, o espírito que habita a memória da minha avó, e penso na semente, na canção, no segredo que há em mim.

"Não", eu respondo.

Ergo o braço em direção ao espaço da clareira, às árvores trêmulas, aos animais que deslizam pela noite, aos ossos da casa-grande, à palha da pequena cabana que raspei, varri e remendei para virar minha própria casa.

Aza fica quieta. O trovão bate em sua respiração. Ainda assim, suas palavras são calmas.

"Eu trouxe você aqui, a este lugar."

"Não", eu digo.

Levanto minhas mãos. Fico maravilhada com meus braços, pouco mais do que ossos envoltos em pele quando cheguei aqui, mas agora repletos de músculos. "Eu me trouxe."

"Não", ela diz.

"Sim", eu repito. "Você me ajudou, Aza."

Ela joga os ventos sobre os ombros.

"Estou aqui por minha causa", digo.

Ela chicoteia o vento novamente e eu me agacho mais perto da terra. Tenho que fechar os olhos por causa da rajada e depois olhar para ela para ler as palavras em seus lábios quando ela fala.

"Sem mim, você teria morrido na trilha."

"E Safi", eu digo.

"Sem mim, vocês teriam morrido nos mercados."

"E Phyllis", eu digo.

"Sem mim, você teria morrido no canavial."

"E Emil."

"Você teria morrido no buraco."

"E Esther."

"Você teria se afogado no rio."

"E Mama Aza."

"Você teria se afogado no lago."

"E minha mãe", eu digo.

O vento se retorce na clareira como um grande parafuso. O céu é de um preto mais profundo. Ele arde com o rosto de Aza, e onde seus pés estariam fica escuro como fuligem. Ela rola a cabeça no pescoço e gira.

"Você não quer conhecer essa dança?", Aza pergunta. Ela se vira novamente, suas saias são um borrão. "Esse amor?"

Eu cavo a terra, os dedos em carne viva. Agarro raízes e ramos. As rajadas de ar de Aza. O que me leva a me curvar. Adorar. Deito-me de barriga para baixo na areia agitada que varro todos os dias. Meu fogo morre. Eu me afundo o máximo que posso, me encolhendo com o giro de Aza, seu frenesi tempestuoso: seu peito lava e se espalha, seus braços se levantam e giram, seu cabelo se contorce em um cone. Ela dançou ao som de um tornado. Eu respiro com o mínimo de fôlego que consigo.

"Você me ajudou, Aza", digo.

A lua se foi. Minha boca está pastosa de areia.

"Mas não posso te dar minha vida", digo.

O pântano escurecido afundou sob o vento fustigante de Aza.

"Sempre te verei, sempre serei grata a você, mas não sou sua."

Aza explode, um som alto como o oceano agitado durante uma tempestade. Fecho os olhos para o mundo do sal.

"Você não é minha mãe."

"Sua mãe?", ela pergunta, as palavras sussurradas no lugar baixo onde estou agachada. Eu suspiro em goladas. Abro os olhos e eles ficam pretos. Ela tiraria até meu fôlego, especialmente isso.

"Você não...", me engasgo.

Abocanho a lama. Os ventos de Aza se elevam em uma canção, uma canção cantada com os pés na poeira, o caixão enterrado na carne macia do ombro, o peso da caixa leve como um cílio sob a pressão da tristeza.

"Eu sou", digo. "Minha."

As árvores chicoteiam o ar. Balançam com a copa para a terra com cheiro de enxofre. Eu me apego aos pequenos, aos de coração pequeno e aos de membros rápidos. Eu me mantenho discreta com aqueles que silenciam, com os olhos brilhando na noite, e fingem estar mortos para frustrar o coiote esguio, para enganar o lobo de sorriso amarelo. Os sapos protestam, os insetos discordam, e meus gemidos são rápidos e agudos, mas Aza não ouve o gemido dos pequenos seres. Ela está cheia de fúria, torcendo e jogando membros feridos pela seiva em seu rastro.

"Você me abandona", soluça Aza enquanto corta, como um facão afiado, através do pântano noturno, enquanto gira para longe. Mesmo com a semente, o segredo, o bebê em mim, a partida de Aza dói. Quebra algo em mim. *Mãe*, quase tenho vontade de chamá-la assim. *Mãe*, porque esse é o nome que ela queria de mim e da minha mãe, o verdadeiro nome que ela deseja. Eu poderia chamá-la assim. E ela voltaria. Se eu a chamasse agora, ela voltaria. Eu poderia arranjar uma nova jangada, me prender a ela, poderia deixá-la me transportar de volta para a cidade sufocada de pessoas, de crianças que a chamam por outro nome, poderia tomar meu lugar entre eles, me esconder na multidão, rezar para nunca mais ver aquela senhora de rosto afiado ou seus capitães do mato. Mas não. Não. Eu não quero essa perseguição, essa caçada. Quero este lugar verde, esta cama forrada de musgo e pinhas de cipreste, esta sopa de tartaruga, este javali defumado, este mel que chegará com a primavera. Quero que a semente, o segredo, o bebê nasça aqui. Quero que sua primeira respiração, o estalido de seu grito rodeiem a clareira, despertem os girinos em desova, abram os olhos dos filhotes de gambá, levantem os leitões enraizados.

Aza rasga o céu. Destroça o livro do ar. Ela sobe e rodopia, e sei que a feri gravemente porque ela não vai voltar para New Orleans, que fica a oeste. Em vez disso, ela viaja para o leste, em direção ao agitado oceano de ardósia em que encontrou Mama Aza pela primeira vez. Ela irá girar por terra pela longa estrada que percorremos, de volta à casa do meu senhor, de volta ao berçário do seu mar. Ela dançará de torrente a gota, e se dissolverá sobre a água, se espremerá sobre os esqueletos do povo submerso de Mama Aza, e então passará por um estreito para retornar à própria mãe: a Água. Aza fez sua oferta: ela escoltou as pessoas que iam para o sul, testemunhou nosso afogamento, nosso incêndio, nosso sangramento, nossa descida às entranhas dos rios, à foz negra d'Aquelas Que Recebem e Retribuem. A primeira vez que Aza veio até mim, falou comigo, tinha o toque tão fresco, como era reconfortante: a mão de uma mãe carregando um pano gelado na hora da febre. E agora ela vai embora: o pano quente cai. Quando retornar ao reino das tempestades, às suas cidades arejadas, isso será suficiente? Ela conhecerá a Água e a Água a respeitará?

Com a partida de Aza, a noite do pântano desdobra seus minutos. Os insetos choram com a respiração quebrada. A escuridão fervilhante cheira a seiva e ovos podres. Subo sobre os escombros para me ajoelhar no riacho e enxaguar minha boca, meu rosto, meu corpo, tudo limpo. Enxugo minhas partes macias, procurando sangue; fico aliviada ao descobrir que a semente em minha barriga permanece. Galhos com tufos e folhas rasgadas cobrem meu fogo morto, encobrindo a clareira iluminada pela lua. Procuro minha colcha e a enrolo, chuto a bagunça da porta e me deito no batente. Minha boca tem gosto de raiz densa de terra. Sugo o sabor, olhando para cima. A tempestade de Aza limpou a abóbada do céu e o grande rio de estrelas brilha.

Espero que minha mãe dirija um barco com uma grande vela branca na via navegável celestial entre os mundos. Seu navio faz parte da frota ressuscitada que navega nas Águas. Espero que ela esteja de pé no convés, com Mama Aza ao seu lado, as velas balançando ao vento escuro e invisível. Mulheres seguras e previdentes. Os amplos caminhos se abrem e brilham para elas, fervilhando de gelo e luz, água e espírito. Como a cal da luz das estrelas as impulsiona. Como elas dançam com o balanço do convés. Como elas cantam.

Agradecimentos

Gostaria de agradecer à minha editora, Kathy Belden. A criação deste livro foi particularmente difícil, e sou para sempre grata a ela por ter feito as perguntas necessárias que, no trabalho crucial de edição, levaram à metamorfose do romance. Ela me salvou na escrita deste livro e na vida, porque segurou minha mão enquanto eu atravessava minha dor, e me ajudou a reencontrar minha voz. A Rob McQuilkin, meu agente literário, por defender veementemente a mim e ao meu trabalho. Agradeço a Rebekah Jett, editora-assistente, que me manteve organizada e fiel aos prazos. A Jaya Miceli, minha diretora de arte, que criou a capa linda e transcendente. A Laura Wise, minha coordenadora de produção, por garantir que todos os detalhes do livro estivessem certos. Agradeço a Stuart Smith, editor-chefe, um dos primeiros defensores de Annis. A Ashley Gilliam Rose e Brianna Yamashita, por trabalharem incansavelmente para levar este livro aos leitores, assim como a Georgia Brainard. Kate Lloyd tem trabalhado na divulgação de alguns dos meus romances e é fantástica: uma pessoa firme e inventiva, que levou meus livros e meus filhos ao mundo com o mesmo cuidado. Agradeço a Nan Graham, que escolheu defender meu trabalho, investir em minha carreira, e que também forneceu comentários úteis a este romance. Gostaria de agradecer também a Miriam Feuerle, Hannah Scott e a todas e todos os funcionários da Lyceum Agency, que trabalham incansavelmente para levar meu trabalho aos leitores.

Agradeço aos meus colegas da Tulane University, que foram flexíveis e me apoiaram na elaboração deste livro, especialmente aos professores Michael Kuczynski e Thomas Beller. Ao presidente Michael Fitts e ao reitor Brian T. Edwards, que também abrem espaço para minha carreira literária, ao mesmo tempo que apoiam minha carreira acadêmica. Meus alunos na Tulane são excepcionais e me inspiram a me dedicar à escrita criativa e a romper barreiras na minha ficção.

Eu não teria conseguido encontrar meu caminho para escapar dos sedimentos frescos da perda sem meus amigos, principalmente a dra. Veronique Robins-Brown: meus eternos agradecimentos a ela. Meus colegas escritores sempre me inspiram e são sempre gentis, mesmo quando desapareço: Elizabeth Staudt, Natalie Bakapoulos, Sarah Frisch, Justin St. Germain, Stephanie Soileau, Ammi Keller, Harriet Clark e Rob Ehle. Um agradecimento especial a Christian Kiefer, que se tornou meu amigo no auge da pandemia, e a Regina Bradley, prima do meu coração, duas pessoas que me incentivaram a terminar este livro quando também concluíam seus trabalhos. Minhas melhores amigas da faculdade, Julie Hwang e Brenna Powell, que nunca me deixam sucumbir. Todo amor às mulheres que riem, mas não brincam: Kimberly McWilliams, Anna Liese, Tatum Wingfield e Amanda Wood, que amam meus filhos como se fossem seus, que me dão motivos para rir e que me apoiam e me defendem.

Para concluir, eu não poderia ter feito nada sem minha família. Minha mãe me ama, me alimenta e me conduz através de uma dor indescritível. Meu pai apareceu e me apoiou depois que meu amado B. morreu. Minhas irmãs, Nerissa e Charine, estão comigo todos os dias, me apoiando. Meu sobrinho mais velho e afilhado, De'Sean, foi o primeiro a me dar alguma compreensão do que significava amar uma criança e cuidar dela incondicionalmente; muitos anos depois, quando perdemos B., ele cuidou de mim tanto quanto cuidei dele. Minha madrinha, tia Gretchen, sempre cuidou de mim. Minha tia Judy me ensina o poder de um diálogo bem construído e provoca risadas toda vez que conversamos. Meus tios, especialmente Tom e Phil, Jason e Dwayne, são faróis. Minha prima Nadine sempre foi um modelo de graça, sabedoria e destemor. Meu irmão/primo mais novo, Aldon, se lembra das histórias que esqueci, das histórias que Joshua levou consigo, e as conta para que eu não perca aquela parte de mim que só ele e Josh conheciam. Meus primos Rhett e Jill sempre me amaram, independentemente dos meus fracassos, erros e escolhas. Minha grande família sempre me incentivou. Meu melhor amigo, Mark, sempre está presente, sempre é fiel, mesmo quando me silencio por algum tempo. Minha irmã do coração, Mariah, me trouxe de volta à terra dos vivos, repetidas vezes. Minhas sobrinhas e sobrinhos me mantêm aberta à alegria: Joshua B., Kalani, Au'laysia, Joshua D., Jhernii e o pequeno Brandon. Meus parentes me ajudam a lembrar que vale a pena viver a vida: Danielle, Bernetta, Robynn, Nikki, Rachel, Blake, Diedre e Dwynette, e seus filhos, que também são estrelas para mim. Meu novo parceiro, Marcus, me lembra que existe mais amor e mais vida. Meus filhos são milagres maravilhosos e me fazem respirar: Noemie, Brando e Xavier. O espectro de perder cada um de vocês me ajudou a compreender a descida de Annis, e cada palavra que escrevo é para vocês.

Posfácio: As fronteiras desfeitas

RONALDO VITOR DA SILVA

Um dos tantos casos emblemáticos resgatados pela historiografia da escravidão no Brasil é o da escravizada Caetana, que, em 1835, foi obrigada a se casar com Custódio, um dos outros escravizados de seu proprietário, o fazendeiro Luiz Mariano de Tolosa. Entre as muitas nuances que constituem esse evento, uma se destaca: Caetana não tinha nenhum interesse no matrimônio, mas, sem condições de enfrentar seu senhor, precisou acatar a ordem e se unir a Custódio. Concessão, contudo, não significa resignação, e Caetana se empenharia para garantir suas vontades, mesmo após a confirmação dos votos. Foi o que aconteceu.

Quando procurada pelo marido após a cerimônia, Caetana recusou-o, irritando Custódio a ponto de ele ameaçá-la com agressões físicas. Certa de sua posição e sob risco de vida, a jovem correu em direção a um tio e ao proprietário, argumentando que não cederia aos pressupostos que o casamento implicaria. O que se desdobrou daí é surpreendente, pois Luiz Mariano de Tolosa decidiu interferir no caso, separando o casal que ele mesmo juntou e entrando com uma petição para *anular* o matrimônio. De acordo com Sandra Lauderdale Graham, historiadora que se dedicou meticulosamente ao caso, pouco menos de quatro meses depois da união, em 1836, o pedido de anulação foi confirmado nos tribunais da Igreja.

Se por um lado a reconstituição da história de Caetana ilustra a força das instituições e hábitos que organizavam o cotidiano de um sistema regulado pelo escravismo, como o mando, a família e a Igreja; por outro, dá pistas para pensarmos como pessoas escravizadas elaboraram formas de viver que zelavam por sua dignidade e máxima liberdade possível. Ainda que esse caso não trate da luta de um coletivo contra uma ordem social (como um quilombo, por exemplo), ele representa algumas das formas discretas pelas quais escravizados friccionavam as estruturas sociais que os cercavam. Em outras palavras: a partir de Caetana poderíamos inferir quais estratégias discursivas, argumentos, gestos, promessas ou ameaças a jovem – na época próxima dos 17 anos – articulou para convencer que a manutenção do casamento era a pior das decisões.

Ao fim e ao cabo, a luta de Caetana foi bem-sucedida e o enredo daqueles dias quentes no interior de São Paulo não podem ser tratados, evidentemente, como benevolência do senhor ou das instituições escravistas. Sua vitória particular não mirou o fim da escravidão em escala global, mas permitiu o gosto da conquista num terreno no qual aquilo que estava em xeque para a protagonista "era a resistência de uma mulher jovem, contra a autoridade masculina".[4] A negação feita por Caetana mostra também como a semântica da palavra liberdade era ampla e agregadora durante o escravismo, vinculando-se a sensos de justiça, a valores e ideais comuns – afinal, a ruptura do matrimônio e até mesmo a ajuda do tio nos permitem interpretar a proximidade da ação da escravizada com os propósitos de um grupo, sobretudo de escravizados. Não seria insensato perguntar: quem compactuou e apoiou Caetana?

4 GRAHAM, Sandra Lauderdale. *Caetana diz não: histórias de mulheres da sociedade escravista brasileira*. São Paulo: Companhia das Letras, 2005, p. 27.

De onde veio a possibilidade de aventar a negação do casamento?

Na diáspora africana nas Américas, a recusa de Caetana é especial, mas não única. Da Argentina aos Estados Unidos, do Brasil a Cuba, é raro não encontrar a história de uma pessoa negra que protestou, fez uso ambíguos dos códigos sociais, negociou, jogou ou balanceou discursos para garantir algum grau de liberdade e reconhecimento. No entanto, inúmeros silêncios também eclipsaram esses processos históricos, seja pelos critérios da legitimação de fontes e arquivos, seja pela maneira como narramos os fatos do passado.[5] Reveladora em muitos casos, a história carrega também lacunas e sustenta poderes, a ponto de, no que trata dos arquivos da escravidão (a vida de pessoas escravizadas), ser preciso ler essas fontes *com* e *contra*[6] elas mesmas, verificando o que está nos documentos, o que não está e o que pode ser notado por meio de inferências ou especulações.

A história da jovem escravizada que contamos até aqui ilustra bem esse cenário. É certo que Caetana ficou solteira por si, mas quem escutou seus lamentos, apoiou suas decisões, aconselhou seus movimentos e a inspirou com palavras firmes? Quem ouviu sua história e se arrepiou, encorajando-a a negar o marido? Quem a defendeu no dia a dia e celebrou com ela a anulação do casamento? Que pensamentos e dúvidas pressagiaram a persuasão

5 TROUILLOT, Michel-Rolph. *Silenciando o passado*: poder e a produçao da historia. Curitiba: Huya, 2016.

6 SOUSA, Fernanda Silva e. *A terrível beleza cotidiana do negro drama: uma leitura com e contra o arquivo da escravidão dos diários de Lima Barreto e Carolina Maria de Jesus*. 2024. Tese (Doutorado em Teoria Literária e Literatura Comparada) – FFLCH-USP, São Paulo, 2023.

do senhor? Por fim, para quem a história de Caetana serviu como referência ou ampliação de um horizonte de possibilidades, mesmo que de forma silenciosa?

Tão próxima de Caetana na defesa da própria vida e liberdade está Annis, a protagonista de *A descida* (2023), terceiro romance da escritora Jesmyn Ward. Ao explicitar os desafios de uma jovem mulher negra na sociedade escravista, a narrativa propõe a enunciação de um Eu em meio à ferocidade daquele período, especialmente nas zonas rurais da Carolina e de New Orleans. O livro comunga literatura e história para fazer da ficção um meio comprometido com a restauração da memória do escravizado, conferindo sentido e profundidade para "um domínio de experiência que está situado entre duas zonas de morte – a morte social e corporal".[7]

As primeiras páginas de *A descida* já indicam alguns dos dramas que serão vivenciados ao longo do romance. A narrativa começa com o treinamento de Annis por sua mãe, que lhe ensina um tipo de autodefesa após desgastantes horas de trabalho na lavoura. Ambas são mulheres escravizadas e o aprendizado de luta busca proteger dos assédios de seu proprietário. A preocupação materna logo faz com que Annis entenda que "a primeira arma que segurei foi a mão da minha mãe" e que seu próprio corpo também desempenhará esse papel. A luta ainda é uma compreensão da tirania, buscando prevenir a repetição de uma tragédia: os reiterados estupros que a mãe sofreu do fazendeiro e que levaram ao nascimento de Annis.

7 HARTMAN, Saidiya. Vênus em dois atos. *Revista Eco-Pós*, v. 23, n. 3, 2020, p. 29-30. Disponível em: https://revistaecopos.eco.ufrj.br/eco_pos/article/view/27640.

O arranjo sádico que amarra as relações é descrito com tamanha frieza que elimina qualquer solidariedade paternal entre as personagens. Ao narrar um encontro com seu progenitor, por exemplo, Annis nos informa que "seu olhar se fixa em mim, direto, e depois me segue pelo quarto enquanto eu encho a pia, recolho suas roupas, pego seu penico. Ele me avalia da mesma forma que estuda seus cavalos".

Os ensinamentos de Sasha, a mãe de Annis, retiram as personagens de qualquer passividade favorável à ordem senhorial, ora pela capacidade de embate físico, ora pela partilha sensível de afetos. Mais do que isso, o afastamento breve da lavoura permite uma comunicação que as inscreve numa genealogia de saberes conservados ao longo de gerações. A cada noite de treino, notamos conversas que levam ao amadurecimento da protagonista, que deixa de ser alguém com "ossos de passarinho" para se tornar "alta o bastante para olhar para a cabeça da minha mãe". Mais do que proteção e carinho, com a luta desenha-se o prosseguimento de uma tradição que valoriza o passado e se compartilha através da memória e valorização da hereditariedade africana. A reconstrução desse tempo anterior, comum e honroso, cuja tormenta escravista não regulava a experiência dos sujeitos, é uma das estratégias que a mãe de Annis encontra para fortificar o orgulho e a autoestima da filha, contrariando a paternidade tirânica do senhor. Daí que a luta é bivalente, sinalizando a violência e a intimidade, um recuo de carinho pelo qual descobrimos que Annis descende de Mama Aza, sua avó, uma mulher guerreira da realeza do antigo Daomé.

Tudo o que é apreendido por Annis, portanto, baliza entre a herança ancestral da avó e as normas que estruturavam o escravismo. As escolhas da personagem, suas recusas e até a constituição de sua identidade irradiam, por um lado, a genealogia de uma nobreza aguerrida, orgulhosa, ativa numa época que "não era um mundo perfeito, mas não era tão errado quanto este"; e, por outro, um aprendizado constituído sob a condição de escravizada. Não à toa, o romance desloca o papel de Mama Aza da referência histórica para o polo espiritual, presentificando-a em toda a narrativa como uma entidade capaz de orientar, escutar e conversar com Annis; simultaneamente, a protagonista de *A descida* assiste de soslaio às suas meias-irmãs brancas terem aulas com um tutor que ensina *A divina comédia*, obra da qual Annis absorve inúmeros versos e toma como repertório para as mediações de sua vida.

Tal tensão, aliás, está posta no formato da obra, já que a expressão que deu o título original ao livro remete aos versos de *A divina comédia*, quando Dante anuncia a descida ao inferno para depois iniciar sua subida ao paraíso. Longe da paisagem italiana, a jornada particular da jovem e negra Annis emulará tal percurso no sul dos Estados Unidos, com a ênfase de que, numa sociedade escravista e racista, talvez o inferno seja um estado e o paraíso, um horizonte, um propósito. Cada passo de Annis, cada um de seus olhares espelha o ar sufocante de uma realidade cruel, quase inenarrável; o seu desejo pela vida contrasta com a brutalidade que pressiona o ambiente e se materializa nas palavras do senhor, na grossura das paredes brancas e no peso dos móveis. A referência a Dante, portanto, não é somente formal, mas vivida em carne e osso. O inferno seria tão diferente da escravidão?

> O tutor diz: "*Vamos descer,* disse o poeta, *e entrar neste cego mundo*", suas palavras ecoam através de mim. Ouço os suspiros: o vento de verão empurrando a casa, a

> madeira rangendo, mas, em vez do poeta italiano descendo ao inferno, vejo minha mãe labutando no inferno desta casa. Descendo do sótão quente e abarrotado de caixotes para um segundo andar repleto de quartos onde as filhas do meu senhor choraram atrás do buraco das fechaduras depois da morte da mãe delas, depois que minha mãe se tornou a ama de leite delas e as tirou do peito; descendo para o primeiro andar, onde minha mãe ficava cada vez mais seca diante de um fogão aceso; para o porão cheio de batatas e cebolas, frio e infestado de ratos; descendo cada vez mais, até porões mais profundos, porão abrindo-se para porão. Mais inferno. "*Eu irei primeiro. Você vem logo em seguida*", diz o tutor. "*Através de mim você vai para a cidade atormentada pela dor*", diz ele, a voz como um zumbido suave do veludo. (p. 41)

E em outro momento, já vendida para um comerciante de escravizados, Annis se vê "pensando se o italiano se sentiu assim em sua caminhada descendente, pensando se sua mente se prendeu a tudo no mundo".

Apesar de marcante, o contato de Annis com sua mãe ocupa poucas páginas do romance, já que a tônica da narrativa gravita em torno das separações e acúmulo de experiências vivenciadas pela ruptura de laços mais ou menos antigos. Com exceção da memória, qualquer permanência é rara em *A descida*, embebendo a trama com uma constante apreensão de perda. Por mais próximos e vitais que sejam os vínculos entre as personagens, eles são igualmente voláteis, sendo descartados à revelia dos gostos senhoriais ou da imprevisibilidade do jugo escravista.

Ainda assim, são os laços de amizade, carinho e amor que permitem a sobrevivência no inferno. Quando Annis é afastada de sua mãe e precisa lidar com a dor e a solidão, ela encontra em Safi – uma linda mulher com "bochechas que parecem ameixas" – alguém capaz de acolhê-la e compartilhar belezas outras. Nessa relação amorosa que, ao ser descoberta pelo senhor, inicia a via-crúcis da protagonista, há uma explosão de vitalidade, um grito de rebeldia e a breve suspensão do terror por alguns instantes, constituindo situações de prazer, humanização e fortalecimento subjetivo. Tal como outras interações, o contato com Safi foi breve e passageiro, mas marcante enquanto memória que se esparrama e é acessada constantemente por Annis.

O acúmulo de experiência e a força do lembrar se destacam porque são o ponto de estabilidade para a constituição subjetiva das personagens do romance. Não são apenas os vínculos que são passageiros, mas também os espaços, impedindo o enraizamento e aumentando o tom da barbárie. Com sua venda após o beijo em Safi, ambas as mulheres são passadas para as mãos do homem da Georgia, um traficante de escravizados que as leva em direção a New Orleans. No longo caminho até o desconhecido mercado de escravizados, Annis é tratada como carga viva junto de outros semelhantes, sem saber exatamente seu destino. Ao longo desse dolorido e animalizante percurso feito a pé ("Nós andamos como gado, cabras. Fomos feitos para ser um rebanho, mas não somos. Não somos, não"), nos deparamos com rios, matas fechadas, pântanos e toda sorte de natureza abrupta; paisagens que se esfumaçam rapidamente, dando lugar a outros cenários amedrontadores. Tudo é passível de perda (algumas, inclusive, são vistas como gestos de amor, como é o caso da fuga de Safi); por isso, preservar a memória do passado é algo a que vale a pena se apegar, presentificando-o e extraindo dele todas as ferramentas necessárias.

A fronteira entre os tempos é embaralhada em *A descida*, a ponto de passado, presente e futuro conformarem um tempo híbrido, justaposto. Se no começo da trama são as memórias pessoais e a hereditariedade africana que dão substância para a protagonista, com a partida de Safi pulsa o diálogo de Annis com uma entidade que corporifica sua avó, Mama Aza. Esse espírito, dotado da habilidade de aparecer e desaparecer em diferentes formas, sopra conforto para Annis, trazendo consigo o testemunho de histórias que anteciparam a escravização. Suas apresentações lecionam uma época de luta e delicadeza, de sagacidade e bonança. A encantadora agulha de marfim que Annis recebeu de sua mãe é um item que materializa esse tempo outro.

Mama Aza é a ancestralidade viva, uma possibilidade de descoberta, afago e proteção. Sua presença fortalece Annis e acalma as dores nos tantos momentos de crueza. Não se trata de onipresença, mas a chegada do espírito possibilita que a raiz africana se articule com a personagem e atue em diferentes tempos históricos, testemunhando os horrores diários e oferecendo alternativas mais amenas para o cotidiano do inferno. A matriz africana comporia o mundo como um conjunto de signos capazes de refutar a hegemonia da ordem senhorial. Se tudo é posto à venda – os laços, o corpo, a família e a condição de humano –, conversar e se nutrir com esse espírito dilui as fronteiras do tempo, costurando o vínculo entre as gerações e reconstituindo humanidade pela tradição e memória. Há, portanto, uma diminuição da distância entre os vivos e os mortos, os fantasmas e o agora.

Mama Aza caminha junto de Annis durante praticamente todo o romance, dialogando com o papel de Virgílio em *A divina comédia*. No entanto, se por um lado essa constância visualiza as mesmas agruras e as amarra numa linha cronológica capaz de aproximar os tempos, por outro deixa evidente que há uma condição diferente entre os mortos e os vivos. Aza e Annis não estão em pé de igualdade, elas não são iguais. O mundo espiritual pode até integrar o terreno humano, mas não está vinculado a ele; o que é sobrenatural atua e interpela o plano dos vivos, mas não corre os mesmos riscos. Daí que há um custo e uma necessidade que medeia a interação entre os escravizados e aqueles seres que trazem à tona o tempo ou a natureza. O diálogo com a entidade depende da manutenção da fé, do amor, da nutrição dos espíritos pelos ritos, rezas ou oferendas.

Daí que, sob o escravismo, que esgota desgraçadamente o espaço e os homens, *A descida* vai compondo um cenário onde até mesmo as entidades são ameaçadas, esquecidas ou postas em descrédito. Como crer diante de tamanha dor? Como acreditar frente ao cativeiro? A natureza, o sagrado, os escravizados e seus descendentes, todos são vítimas da exploração, da fome, perda e tortura. Mama Aza não é a única presença inumana do romance, há muitas outras como a Terra, a Água, Aquelas Que Recebem e Retribuem e o Rio; todas dependem de devoção e, ao serem desacreditadas, também estão passíveis de esquecimento, num certo tipo de morte de deus. A consequência de tal instabilidade é que as entidades estão expostas à falha, ao erro e à inveja. Elas são compostas por interesses e medos que podem levar à atuação enviesada.

Com uma paisagem caracterizada pela impossibilidade, carestia e fragilidade, articula-se um mecanismo duplo em que o humano questiona os interesses dos mortos, ao passo que eles agem sob vieses tão nebulosos quanto sua linguagem cifrada. A provocação posta é que com a escravidão já não se trata de pensar onde reside humanidade no torturador que queima a pele negra com ferro e no escravizado que luta pela liberdade, mas como a violência foi tamanha a ponto de corromper o plano do sagrado, o mundo dos mortos. É assim, por exemplo, que, ao se jogar no rio, Annis não sabe qual conselho seguir, ou, ao refletir sobre o tamanho de suas perdas e as constantes dores acumuladas (entre elas as violações contra sua mãe), ela desconfia da força dos espíritos:

> Eu me pergunto se o espírito que arde também testemunha isso, as dores privadas, o nosso choro na calada da noite, ou se ela apenas escreve e se lembra do sofrimento público. O tipo de sofrimento que o tutor das minhas irmãs disse que abundava no inferno italiano, com suicidas sendo transformados em árvores, comidos por harpias, ou com hereges queimados em criptas incendiadas. Eu me pergunto se Aquela Que Lembra flutua agora, invisível acima de nós, nos observando chorar e chamar por nossas mães. (p. 111)

Já em outro momento, quando vendida para a casa de uma senhora branca, Annis objeta os interesses de Mama Aza, que, necessitada de amor, expõe aquilo que a saciaria: “Queremos ser vistos por vocês [...] Queremos suas súplicas. Desejamos seus cantos”.

A escrita literária que retoma o passado escravista para encontrar as bifurcações da experiência negra desempenha um papel duplo em *A descida*. Por uma via, ela agudiza a compreensao da violência antinegro, dando as pistas de que aqueles tempos sombrios atacavam os indivíduos em sua totalidade, ferindo suas memórias, identidade, cultura, perspectivas e esperança. Por outra, humaniza e complexifica os mesmos sujeitos vitimados, distanciando-os da objetificação perpetrada pelo regime de exploração. Nesse ponto, aliás, a busca por liberdade e dignidade passa pelo reconhecimento de si e daquilo que pode ser aceito ou negado dentro de um campo de possibilidades limitado, criando uma busca por entendimento subjetivo capaz de causar uma "descida aos verdadeiros infernos"[8], parafraseando Frantz Fanon.

É por isso que suspeitar das entidades ou se indignar com elas não é um tipo de heresia ou incoerência, mas sim parte do drama subjetivo, da manifestação da consciência numa vida alocada entre o abjeto e a urgência do viver. Annis não nega integralmente aquilo que é de outro plano, mas compreende que, para alcançar o que deseja, também precisa do livre-arbítrio. Sua devoção só poderá ser genuína quando ela também tiver autonomia de escolher o próprio destino a partir do que ela viveu e ambiciona.

São os aprendizados acumulados apesar e com as perdas que condicionam as estratégias de luta – o processo de formação – de Annis. A peregrinação dantesca da protagonista (na qual Mama Aza talvez desempenharia o papel de Virgílio); por isso, não é um caminho linear capaz de elevá-la a um paraíso idílico. Não há um tom heroico, mas sim uma justaposição da ficção que redime com a maldição da história, desenhando um processo caracterizado pelos entraves, ora impostos pelo mundo, ora decididos pela personagem. O poder que antes era exclusivo da ordem senhorial passa a ser ameaçado com o não assumido por Annis. A negativa é a forma possível de recusa contra o estupro pelo pai, contra patrões que a violariam, contra a vida na casa da senhora branca, contra uma liberdade escondida nos pântanos ou nas cidades.

8 FANON, Frantz. *Pele negra, máscaras brancas.* Salvador: Edufba, 2008, p. 26.

“Mas não. Não. Eu não quero essa perseguição, essa caçada. Quero este lugar verde, esta cama forrada de musgo e pinhas de cipreste, esta sopa de tartaruga, este javali defumado, este mel que chegará com a primavera.” Para valorizar a vida dos que se foram, resgatar o passado digno dos escravizados e com isso desdobrar caminhos possíveis num mundo ainda antinegro, em *A descida* Jesmyn Ward expõe a complexidade da experiência no que ela foi e ainda é. O afastamento de Annis num campo isolado ou sua recusa à vida num tipo de quilombo talvez sejam excessivamente individualistas; no entanto, o que a personagem compartilha é sua singularidade, cujo interesse não reside na satisfação de nossos propósitos. Bem ou mal, a trajetória de Annis nos leva para anseios distantes da representação negra como objeto de satisfação de torturadores.

Nesse sentido, embora o livro tenha o paraíso como horizonte, o percurso trilhado por Annis dialoga com aquilo que é imediato a seu tempo, deixando para nós, leitores, a missão de prosseguir com seu legado, do qual somos descendentes. Ao longo de *A descida*, fica nítido como romper com o escravismo de maneira geral seria inverossímil para a protagonista, daí que o livro propõe o encontro com outro tipo de vida e luta, um reconhecimento da complexidade da vida em situações tão inóspitas. Atritando história e ficção, a obra passa pela experiência particular do sujeito escravizado, confirmando que a passividade negra é um mito e que, sob diferentes estratégias, a liberdade sempre foi perseguida.

Uma célebre passagem do abolicionista Joaquim Nabuco informa: “a escravidão permanecerá por muito tempo como a característica nacional do Brasil”. Talvez seja verdade, há um tempo deletério que persiste e exige ser revisitado. No entanto, tal como Annis e Caetana comprovam, esse tempo está para além do Brasil, rasgando fronteiras geográficas, temporais, históricas, culturais, de identificação, entre outras. O legado dessa época, contudo, não pode negligenciar aqueles que ali viveram sob o cativeiro e, a despeito de tudo, inscreveram suas memórias, sabedorias, conhecimentos e contribuições. Frente à tentativa de desumanização e de massificação dos escravizados, há que enfatizar o vigor que tais vidas ecoam até hoje. Considerar esse passado é se implicar em aprender com ele, como se, sob os escombros das ruínas, ainda vivessem os mortos.

Sobre os autores

JESMYN WARD, escritora nascida em 1977, é um dos mais recentes fenômenos editoriais e da crítica literária nos Estados Unidos. A romancista, que em 2018 apareceu na lista de 100 pessoas mais influentes do ano pela *Time*, foi a mais jovem ganhadora do Prêmio de Ficção Americana da Biblioteca do Congresso Americano (2022) e a única autora da história a vencer duas vezes o US National Book Award – em 2011, com *Recuperar os ossos*, e, seis anos depois, com *Cante, insepulto!*. (Ambos serão lançados no Brasil pela Carambaia.)

O aclamado *A descida* é seu livro mais recente, e marcou presença em várias listas de melhores lançamentos do ano, entre elas as das revistas *The New Yorker* e *Time*. Em 2024, Jesmyn Ward teve três de suas obras incluídas na lista de Melhores Livros do Século XXI proposta pelo jornal *The New York Times*.

Os homens que perdemos, seu livro de memórias, que também será publicado pela Carambaia, foi finalista do National Book Critics Circle Award e conquistou o Chicago Tribune Heartland Prize e o Media for a Just Society Award.

Mestra pela Universidade de Michigan, Jesmyn Ward é professora livre docente de escrita criativa na Tulane University e mora no Mississippi.

RONALDO VITOR DA SILVA, autor do posfácio, é professor, pesquisador, autor e consultor de cultura e identidade brasileira. Doutorando em Teoria Literária pela Unicamp, é bacharel em Letras pela Universidade de São Paulo e mestre em culturas brasileiras pela mesma universidade (IEB-USP). Foi editor da Carambaia, coordenador de educação da exposição "Um defeito de cor" (Sesc Pinheiros) e do Núcleo de Estudos e Pesquisas da Afro-América (Nepafro), é resenhista com artigos publicados nas revistas *Quatro Cinco Um* e *Suplemento Pernambuco* e no jornal *Folha de S.Paulo*. É autor do posfácio de *Da próxima vez, o fogo*, de James Baldwin.

NINA RIZZI é escritora, poeta, tradutora e pesquisadora nas áreas de literatura, artes, história e educação com enfoque em gênero, raça e classe. Formada em História pela Unesp, é mestra em Literatura Comparada pela Universidade Federal do Ceará. É professora de poesia do curso de pós-graduação em Escrita Criativa da Universidade de Fortaleza (Unifor). Autora de livros de poesia e para crianças. Traduziu, para diversas editoras, obras de autores como Abi Daré, Alejandra Pizarnik, Alice Walker, bell hooks, Chimamanda Adichie, Gayl Jones, Ijeoma Oluo, Jacqueline Woodson, James Baldwin, Nikki Giovanni e Toni Cade Bambara.

EDIÇÃO DE TEXTO Julia Bussius
PREPARAÇÃO Nina Schipper
REVISÃO Ricardo Jensen de Oliveira, Juliana Rodrigues e Tamara Sender
PROJETO GRÁFICO DE CAPA E COMPOSIÇÃO Julia Custodio
PROJETO GRÁFICO DE MIOLO Bloco Gráfico

DIREÇÃO EXECUTIVA Fabiano Curi
DIREÇÃO EDITORIAL Graziella Beting
PRODUÇÃO GRÁFICA Lilia Góes
DESIGN Arthur Moura Campos
COMERCIAL Fábio Igaki
ADMINISTRATIVO Lilian Périgo
ATENDIMENTO AO CLIENTE Roberta Malagodi
DIVULGAÇÃO/LIVRARIAS E ESCOLAS Rosália Meirelles

CAR
AMB
AIA

EDITORA CARAMBAIA
Av. São Luís, 86, cj. 182
01046-000 São Paulo SP
contato@carambaia.com.br
www.carambaia.com.br

Título original: *Let Us Descend – A Novel* [Nova York, 2023]

CIP-BRASIL. CATALOGAÇÃO NA PUBLICAÇÃO
SINDICATO NACIONAL DOS EDITORES DE LIVROS, RJ

W233d
Ward, Jesmyn
A descida / Jesmyn Ward;
tradução nina rizzi; posfácio Ronaldo Vitor da Silva.
1. ed., São Paulo: Carambaia, 2025.
304 p.; 21 cm.

Tradução de: *Let Us Descend*
ISBN 978-65-5461-089-6

1. Ficção americana. I. rizzi, nina.
II. Silva, Ronaldo Vitor da. III. Título.

25-98030.0 CDD: 813 CDU: 82-3(73)
Gabriela Faray Lopes – Bibliotecária CRB-7/6643

ilimitada

FONTE
Antwerp

PAPEL
Pólen Bold 70 g/m²

IMPRESSÃO
Ipsis